KB274366

무영신권

無影神拳

심심상인 新무협 판타지 소설

FANTASTIC ORIENTAL HEROES

무영신권 3

심심상인 新무협 판타지 소설

초판 1쇄 찍은 날 § 2009년 1월 22일
초판 1쇄 펴낸 날 § 2009년 1월 30일

지은이 § 심심상인
펴낸이 § 서경석

편집장 § 문혜영
편집책임 § 이재권
편집 § 문정흠

펴낸곳 § 도서출판 청어람
등록번호 § 제1081-1-89호
등록일자 § 1999. 5. 31
어람번호 § 제2-1668호

주소 § 경기도 부천시 원미구 심곡2동 163-2 서경B/D 3F (우) 420-822
전화 § 032-656-4452 팩스 § 032-656-4453
http://www.chungeoram.com
E-mail § eoram99@chollian.net

ⓒ 심심상인, 2008

ISBN 978-89-251-1666-2 04810
ISBN 978-89-251-1614-3 (세트)

3

무영신권

無影神拳

FANTASTIC ORIENTAL HEROES

도서출판 청어람

目次

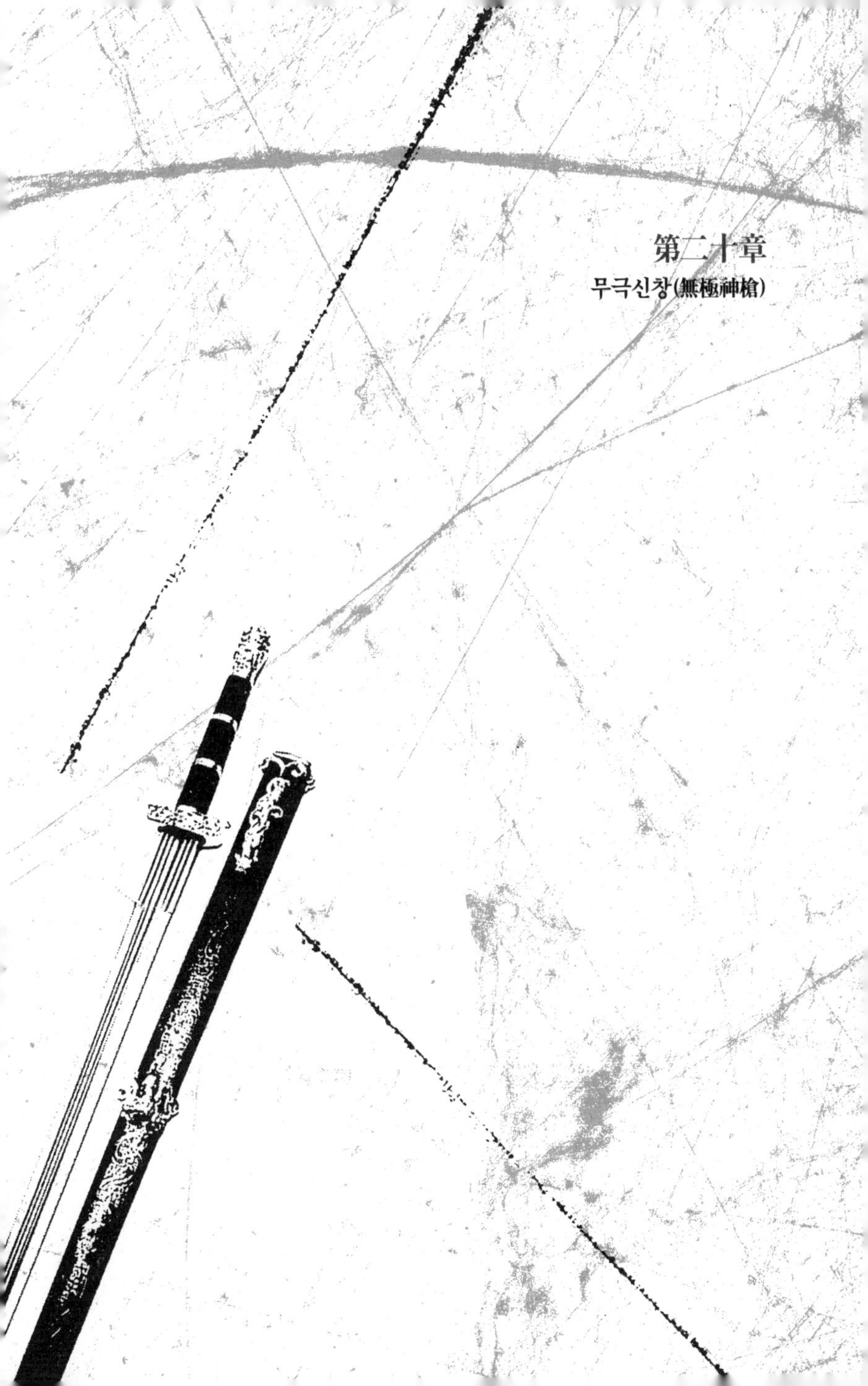

第二十章
무극신창(無極神槍)

하천 일행이 멀어져 가자 언주경은 양충에게 다가왔다.

"정말 저자들을 고이 보낼 참이오?"

양충은 고개를 저었다.

"당장이야 보는 눈이 저리도 많은데 어쩌겠소? 하지만 천리 미향을 저 천둥벌거숭이 같은 여아에게 묻혀놨으니 오늘 밤이면 종적을 찾게 될 거요."

언주경은 만족한 미소를 지으며 어깨를 으쓱했다.

"역시 양 형의 수법은 고명하오. 하나, 오늘 당한 망신은 놈을 찢어 죽인다 해도 분이 풀릴 것 같지 않소. 도대체 놈의 정체가 뭐요?"

"소림의 제자가 아닌 건 분명하고 놈이 무형권을 익힌 게 아니라면 엄청나게 빠른 신법을 지닌 것 같소."

"흠, 신법이 빠르기는 합디다만, 설마 어린놈이 무형권을 익히기야 했겠소? 권장으로 무형의 기운을 날려 보낼 정도라면 일 갑자의 공력으로도 부족한 일이 아니겠소?"

"그러게 말입니다. 하여간 양주에서 망신을 당했으니 절대 그놈을 살려둘 수가 없소."

양충은 서신을 적어 전서구를 날리고는 제자들을 불러 양가장으로 돌아가 천리미향을 추적하는 개들을 데려오게 했다.

"전서구는 어디로 향하는 거요?"

언주경이 눈을 동그랗게 뜨고 묻자 양충은 호탕하게 웃었다.

"하하하, 언 형은 정말 많은 것을 알려고 하는구려. 내 특별히 말해주리다. 천리미향을 묻히긴 했지만, 놈들이 수작을 부리면 종적을 놓칠 수도 있소. 그래서 성내 주루와 다루, 객잔에 그자들의 인상착의를 적어 보내서 혹시라도 낭패를 당할 경우를 대비하는 거요."

"호, 정말 양 형은 대단하오. 많은 것을 배웠소."

성내로 들어선 하천 일행은 혹시라도 있을 양가장 사람들의 미행을 피하기 위해 운하로 내려가 배를 타고 이리저리 방향을 바꾸고, 다시 몇 군데 점포의 앞문으로 들어가 뒷문으로 빠져나오기를 반복한 뒤 예향원으로 향했다.

종려시는 처음 모친이 하천을 사부의 예로 대하라 할 때는 기가 막히기까지 했다. 얼굴은 말상에다 멍청해 보이기까지 했고, 소문에 의하면 청량방주는 나이도 어린것이 아내를 잘 얻어 벼락출세를 한 멍청이일 뿐이라 했다. 하지만 양주의 호랑이라 불리는 무극신창 양충까지 꼬리를 내릴 정도로 고절한 무공을 지녔으니 사부로 모셔도 부족함이 없었다.

"양가와 언가 사람이 그렇게 많았는데 꼬리를 내리는 걸로 봐서 사부에게 완전히 겁먹었나 봐요."

종려시는 좋게 말한다고 했지만, 하천은 잡은 손을 살짝 놓으며 말했다.

"양가에서 완전히 꼬리 내린 거라 생각해?"

"그럼, 내일이면 항주로 떠나 버릴 텐데 양가에서 어쩌겠어요?"

"흠, 내 코엔 구린내가 진동을 하는데 넌 아무렇지도 않아?"

"그게 무슨 말씀이세요? 소녀는 아침이면 측간으로 달려가 하루 종일 방귀라고는 뀌는 법이 없어요. 무슨 냄새가 난다고 그래요?"

"일단 윗옷을 벗어봐."

"왜요? 똥이라도 묻었나요?"

"천리미향이라고 들어봤어?"

"으… 이거 엄청 비싼 옷감인데, 놈들이 천리미향을……."

종려시가 옷을 벗어 뒤로 보이는 운하에 던져 버리려 하자 영아가 달려와 손을 잡았다.

"아깝게 옷을 버릴 필요는 없어. 향이 어디 묻어 있는지 모르겠어?”

영아가 엉뚱한 말을 하자 종려시는 눈을 동그랗게 뜨고 쳐다봤다.

“그게 보여요?”

“보이지, 그럼 그게 안 보이겠어? 처음엔 냄새로 찾아. 그담엔 눈으로 확인해. 향이 어디 있냐 하면 바로 저고리 끝단이야. 그러니 저고리 끝단만 떼서 멀리 보내면 되지.”

영아는 종려시가 멍청히 바라보기만 하자 비수를 꺼내 끝에 댄 천을 살짝 오려낸 뒤, 주루 앞에 서 있는 마차로 다가갔다.

마부는 꾸벅꾸벅 졸고 있었고, 마차엔 해하표국이라는 깃발이 달려 있었다.

영아가 방긋 웃으며 돌아오자, 종려시도 그때서야 눈치를 채고 환하게 웃었다.

“놈들은 냄새를 쫓아 북경까지 가야 되겠군요.”

“그렇지, 어떤 일이 벌어질지는 모르겠지만 내가 상관할 바는 아니지.”

주루에서 술과 음식을 사 온 표사들이 마차를 몰아 떠나가자 종려시는 박장대소를 했다.

“깔깔깔, 정말 북쪽으로 가는데요?”

그리고 네 사람은 유유히 걸어 예향원으로 돌아와 저녁을 먹은 후 팔비선자는 후원에서 하천과 담소를 나누고 있었고, 영아와 화진은 종려시와 함께 다과를 즐기고 있었다.

　양가장의 무사들은 개를 앞세우고 천리향의 냄새를 추격했지만, 성내로 들어온 개들은 다시 성 밖으로 달려가니 언주경은 혀를 차댔다.

　"쯧쯧, 놈들이 눈치를 채고 멀리 달아난 것 같소. 북쪽으로 갔다면 잡기가 막막하오."

　"아니오, 그게 아닐 거요. 놈들의 행색을 보지 못했소? 놈들은 행낭도 없었소. 차림새가 짐을 내려놓고 한가로이 유람 나온 행색이었소. 그러니 분명 양주성 내 어딘가에 그자들의 근거지가 있을 것이오."

　양충은 다시 제자들을 불러 하천 일행의 행적을 수소문하게 했고,

　한참이 지난 후 무사 하나가 달려왔다.

　"장로님, 그자들이 예향원에서 나오는 것을 봤다는 자가 있습니다."

　"남장을 한 계집 둘에 멍청하게 생긴 놈 하나, 어린 계집 하나가 기루에서 나왔다? 천방지축 어린 계집은 이제 막 기적에 이름을 올린 동기(童妓)일 것이고, 놈은 예향원 기녀들의 기둥서방이라도 된다는 건가? 남장을 한 계집들은 닳아먹은 기녀일 것이고, 일이 더럽게 되어가는구나. 일단 예향원으로 가자."

　하천이 막 팔비선자와 본격적으로 사업 이야기를 시작하려는데 총관이 달려왔다.

“양가장 사람들이 기루를 봉쇄하고 방방을 샅샅이 뒤지고 있습니다. 아이들의 얼굴을 하나하나 확인하고 곧 이쪽으로도 달려올 기세입니다.”

하천은 공연히 양가장과 시비를 벌여 팔비선자가 난처하게 되었으니 미안했지만, 지금은 일단 네 사람이 몸을 빼 예향원을 떠나는 것이 우선인지라, 방으로 달려가 수다를 떨고 있는 세 사람을 데리고 지붕 위로 올라갔다.

네 사람이 막 지붕 위로 몸을 날리자 양충이 안채로 들이닥쳤다.

“이놈, 여기서 무슨 수작을 벌이고 있느냐?”

총관은 양충이 눈을 부라리자 팔비선자의 뒤로 숨었다.

“누구를 찾으시는데 안채까지 뛰어드셨나요?”

팔비선자가 절묘하게 엉덩이를 흔들고 머리를 쓸어 올리며 말하자, 양충은 팔비선자의 위아래를 살피더니 얼굴을 붉히며 말했다.

“남장을 하고 있는 두 년과 어린 계집아이 하나, 말상에 멍청하게 생긴 젊은 놈 하나를 찾고 있소. 어디에 있소?”

“글쎄요, 이곳은 안채이니 그런 자들이 있을 리가 만무하지요. 남장을 한 여자가 왜 기루의 안채에 있겠어요?”

“한번 찾아봐도 되겠소?”

“마음대로 하세요. 하지만 내일 이사를 준비 중이라 집 안이 어수선하니 물건을 함부로 들쑤시지는 마세요.”

팔비선자가 물건에 손을 대지 마라 하니 양충은 무사들에게 눈짓을 해 싸놓은 물건을 집중적으로 뒤지게 했다.

결국 허탕을 친 양충은 처음 예향원을 거론한 무사의 머리 통을 쥐어박았다.

"네놈 때문에 시간만 낭비하지 않았느냐? 어떤 녀석이 헛소 리를 한 것을 믿고… 에이!"

양충은 가려다가 다시 팔비선자에게 다가왔다.

"내일 이사를 한다 하셨소?"

"그래요, 기루가 팔렸어요."

"실례지만 어디로 가는지 물어도 되겠소?"

"글쎄요, 아직 확실히 정하지는 않았지만, 소주나 항주를 생 각하고 있어요."

"흠, 어찌 되었든 미안하게 되었소. 그럼 인연이 있다면 다 음에 또 봅시다."

양충은 예향원을 떠나가면서 몇 사람을 남겨놓고 예향원을 감시하게 했다.

"저놈들, 아주 비겁한데요?"

종려시가 눈을 흘기며 말하자 하천은 머리를 쥐어박았다.

"쓸데없는 싸움을 하는 것보다 더 미련한 일은 세상에 없다. 왜 이익도 없는 일에 방정맞게 입을 놀려 화근을 만든다는 말 이냐?"

"그렇다고 힘도 없는 애를 때려요?"

종려시가 눈을 부라리며 대들자, 하천은 기가 막혀 노려보 기만 했다.

날이 밝자마자 짐을 실은 수레와 마차가 예향원을 출발했
다.

양주를 벗어나 관도에 접어들자마자 다시 양가장의 무사들
이 앞을 막았다.

"소주나 항주로 간다더니, 이 길은 남경으로 가는 길이 아니
오?"

양충이 길을 막으니, 마차에서 팔비선자가 내려섰다.

"밤새 마음이 변해 합비로 가려는 거예요. 그런데 내가 어디
로 가든 그게 당신과 무슨 관계죠?"

양충은 능글맞게 웃으며 말에서 내렸다.

"당신에게 천둥벌거숭이 같은 딸년이 하나 있다 들었소. 그
애는 지금 어디 있소? 안을 좀 뒤져 봐야겠소."

양충이 눈짓하니 양가장의 무사들이 벌 떼같이 마차와 수레
로 달려들었다.

팔비선자가 탄 마차에는 종려시 또래의 여자아이 네 명과
열두어 살 정도의 여자아이 네 명이 타고 있었는데, 다들 마차
에서 끌려 내려오고 있었다.

"이게 도대체 무슨 짓이에요?"

팔비선자가 얼굴을 붉히며 앞을 막아섰지만 양충은 버럭 소
리를 내질렀다.

"물러서라. 천한 퇴기 년이 감히 양가장의 일에 나서겠다는
게냐? 애들아, 저년과 어린 기녀들을 묶어라."

　양충은 어젯밤, 팔비선자를 처음 보고는 춘심이 동했다. 그래서 일을 핑계로 수작을 부려 팔비선자를 양가장으로 데려가서 모진 고통을 준 뒤, 이리저리 겁도 주고 달래가며 첩실로 들이려는 수작을 펼치고 있었다.

　양가장의 무사들이 달려들어 팔비선자와 아이들을 제압하려는 순간, 방울 소리가 요란하게 울렸다.

　누군가가 나귀를 타고 이쪽으로 달려오고 있었는데, 벽력같은 소리를 내지르고 있었다.

　"예끼, 이놈들, 멈춰라. 대명천지에 강도질이라……. 어라, 양가에서 부업으로 강도질을 하시나?"

　나귀에서 내려서는 사람은 바로 어젯밤, 자칭 무영신권이라 했던 자인지라, 양충은 콧방귀를 끼었다.

　"흥! 놈이 제 발로 나타났구나. 얘들아, 저놈을 잡아 옷을 다 벗겨 나무에 매달아라."

　양가의 무사들은 팔비선자 일행은 내버려 두고 하천에게 달려들었다.

　장창과 검을 든 열 명의 무사가 합벽진을 이루며 달려드니 하천도 당황하며 연신 물러서고 있었다.

　좌우에서 검을 휘둘러 오고, 세 방향에서 동시에 창을 찔러 왔다.

　휙! 슈릭!

　"어이쿠, 너무한다. 너무들 해."

　하천이 피할 곳을 예측해 세 개의 창날이 다가오니 조금만 머뭇거려도 창에 찔리기 십상이었다.

사람을 가두어 사로잡겠다는 수법이 아닌, 꼭 죽이겠다는 필살의 창법이었다.

양가의 창법은 양업, 양연소, 양문광의 조손 삼대가 북송 때 요나라와 전쟁을 하며 만들어진 창법인지라, 혼자보다는 여러 사람이 힘을 합한 합벽진이 더욱 위력을 발휘했다.

양가장의 시조라 할 수 있는 양업의 본명은 중귀, 병주 태원 사람으로 송이 통일을 이루기 전 무적이라 불린 북한(北漢)의 맹장이었고, 훗날, 송 태종 때 귀순하여 변방에서 거란과 싸운 사람이었다.

그의 아들과 손자까지 나라를 위해 창을 들었으니, 양가에서 삼대에 걸쳐 혈전보국을 했다는 것은 참으로 장한 일이었고, 봉건조정에서는 양가장을 칭송하여 충효 사상을 보급하려 했다.

그 결과 현재의 양가장이 욱일승천하는 용과도 같은 가문이 될 수 있었다.

그런 역사를 지닌 명가, 양가창법은 참으로 흉맹했다.

독룡출동(毒龍出洞)으로 번개처럼 찔러오는 창날에 하천도 잠시 어디로 몸을 피해야 할지 알 수 없었고, 뒤에서 다시 다섯 사람이 다가오니 그야말로 사면초가라 해도 좋았다.

어쩔 수 없이 훌쩍 뛰어 마차를 등지며 검을 뽑아 들고 소리를 질렀다.

"도역유도(盜亦有道)라 했거늘, 도적들이 인간의 도리도 모른 채 이리도 강안(强顔)하니 내 오늘 매를 들어 큰 벌을……."

하천의 말이 끝나기도 전에 양가의 무사 세 명이 최벽파견(催壁破堅)의 창식을 전개하니 창날이 파공음을 내며 다가왔다.

"흥!"

콧방귀 소리와 함께 하천은 다가오는 창막 속으로 뛰어들었고, 검광이 번쩍이는 순간, 세 개의 창날은 잘려져 곤이 되고 말았다.

그때, 두 개의 검이 좌우로 찔러왔으나 하천의 신형이 흐릿해지며 주먹 그림자가 어른거리자, 두 사람은 검을 놓치고 코에서 피를 흘리며 쓰러지고 있었다.

"크윽!"

"헉!"

다시 신형이 번쩍이며 하천은 허공을 비스듬히 날았다.

퍼버벅!

"아아악!"

잘 익은 호박 세 개가 터지는 소리가 연이어 나더니, 곤이 된 창을 들고 있던 세 사람은 머리를 잡고 비명을 지르며 바닥을 굴렀다.

눈 깜짝할 순간 다섯 명의 무사가 바닥을 뒹굴고 있자, 양충은 직접 창을 들고 앞으로 나섰다.

양가의 오행검창진은 여간해서는 모습을 드러내지 않는 양가의 절진이었고, 후기지수의 정예가 나서서 펼친 오행검창진이 무너진 지금, 더 이상 제자들을 다치게 할 수 없었다.

어젯밤, 양충은 예향원 주인을 쫓는 꿈을 꾸었다. 구석에 몰린 여인은 치마끈을 잡고 오들오들 떨고 있었고, 그는 호탕하게 웃으며 바지 고름을 풀었다. 그때 돼지 다섯 마리가 양충에게 달려들었다. 깜짝 놀라 잠에서 깨어났지만, 평생 몇 번 꾸기 힘든 길몽을 꾼 것이라 생각했다. 다섯 마리의 돼지는 장차 큰 부귀와 영화를 가져다줄 것이라 믿었다.

"제법이구나. 가히 무영신권이라 할 만하다. 사문이 어딘지 밝힌다면 살려줄 용의도 있다만……."

양충은 마지막으로 내력을 알아보려 했지만, 하천은 껄껄 웃으며 그의 기분을 상하게 하고 말았다.

"연로하신 분이 포주의 사문을 알아 뭐 하려고 그러시오? 오관참장(五關斬將) 후에나 만날 수 있는 귀한 분을 만났으니 내 깨끗하게 육참(六斬)해 드리리다. 그래 목을 담을 단지는 준비해 놨소?"

관우가 단기로 조조의 다섯 관문 장수를 베고 유비를 만났다는 오관참장을 들먹이니, 양충은 어젯밤 꿈이 악몽이 아니었나 생각하며 하루 종일 좋았던 기분이 한순간에 상하고 말았다.

"닥쳐라, 이놈. 내 너를 사로잡아 능지처참하고야 말 테다."

양충이 양가창의 기수식을 취하며 소리쳤지만, 하천은 이 장을 물러나며 빈정거리고 있었다.

"늙은 분이 기고만장(氣高萬丈)에 방약무인(傍若無人)이시니 명대로 살지 못하고 죽어도 아주 비참하게 죽겠구려.”

하천의 말에 다시 화가 치밀었는데, 멀리서 들려오는 종려시의 말은 양충의 억장을 무너지게 했다.

“오빠, 그 늙은 개를 잡아 가죽을 벗기고 아가리에 똥을 물려요.”

양충은 너무나 화가 나서 멀리서 팔짝 뛰며 나대고 있는 종려시를 노려봤다.

멀리 물러나 있던 하천은 양충이 한눈을 팔자 얼른 안으로 뛰어들었다.

화들짝 놀란 양충이 춘뢰진노(春雷震怒)의 창술을 펼쳐 봤지만 창날은 허공을 갈랐고, 하천은 이미 바짝 다가와 주먹을 날리고 있었다.

파박! 퍽!

양충은 얼굴에 권영이 어른거리자 급히 허리를 틀어 피해봤지만 주먹은 어깨를 때렸고, 연이은 발길질에 오른쪽 종아리를 차였다.

“흡! 이놈이…….”

양충은 멀쩡한 왼발을 축으로 돌며 일 장을 벗이났지만, 바짝 따라붙은 하천의 손바닥에 가슴을 맞고 일 장을 날아가 바닥에 처박혔다.

“컥! 이, 이놈!”

양충은 간신히 고개를 들어 하천을 노려보다가 천천히 눈을 뒤집으며 혼절하고 말았다.

창로의 범위 안으로 파고들 때, 이미 양충은 하천을 상대할 수법이 없었다. 종려시의 말에 시선을 돌린 것이 화근이었다.

천하무적으로 알았던 양가의 호랑이 무적신창 양충이 사지를 뻗고 누워 있자 무사들은 너무나 놀라 어떻게 해야 할지를 몰랐다.

중강이 창을 놓고 달려와 양충을 안았다.

"백부님!"

그러자 나머지 사람들도 양충의 주변으로 몰려들었다.

종려시가 뭐라고 또 입을 놀리려 했지만, 영아가 입을 막았다. 그저 적당한 것이 좋았다. 세상에 지나쳐서 이득이 될 건 하나도 없었다.

"자, 부인, 그리고 예쁜 아가씨들, 이제 도적의 수괴는 길게 누웠으니 열 냥만 내놓으시고 가던 길을 가시오."

하천이 나귀를 쓰다듬으며 말하자 팔비선자가 다가왔다.

"큰 봉변을 당할 뻔했는데 정말 감사합니다. 백주대낮에 관도를 다니기도 위험한 세상이 되었으니, 소협께서 백 리만 동행해 주신다면 오십 냥을 더 사례하겠습니다."

"오호, 백 리라… 그 참, 멀기도 하다. 후불이라면 육십 냥이고 선불이라야 오십 냥인데, 부인께선 어떻게 하겠소? 선불이라면 어디가 되었든 따르겠소만, 후불이라면 어디냐에 따라 가격이 달라질 수도 있소. 이해하시오. 내가 후불한다 해 놓고 돈이 없다 배 내미는 인사를 많이 만나 그렇다오. 하지만 이 무영신권은 신용 하나로 평생을 살아온 사람이니 믿어도 좋소.”

팔비선자가 깔깔 웃으며 품에서 전표를 꺼내 주니, 하천도 호탕하게 웃으며 나귀를 몰아 선두에 섰다.

영아와 화진, 종려시도 말을 몰아 앞으로 나서고 마차는 다시 출발했다.

“형님, 도대체 저놈의 정체가 뭐란 말입니까?”

“양가 오행검창진이 무너지고 백부님께서 당하셨네. 경천동지(驚天動地)할 일이야. 놈의 육합권이 화경에 이르지 않고서야 어찌 이런 일이 일어날 수 있다 말인가?”

“네에? 놈의 권법이 육합권이었다 말입니까?”

“자네도 보지 않았나? 화산의 기초 보법인 구궁보에 육합권, 솔수천장(率手穿掌)의 평범한 수법에 백부님께서 당하셨어. 보기에는 평범한 육합권법과 한 치도 다름없지만 화산 기인의 제자라면 문제가 다르지 않겠나?”

“그리고 보니 놈이 가고 있는 방향이 화산 쪽인데요?”

“그래. 중양, 어서 달려가 마차를 끌고 오게. 백부님을 마차로 모셔야겠어.”

양가장의 무사들이 하천의 정체를 오해하며 넋을 놓고 있을 때, 하천 일행은 박장대소하며 즐거워하고 있었다.

“오십 냥을 그냥 챙기실 건가요?”

팔비선자가 눈을 흘기며 말하자 하천이 껄껄 웃으며 돌려줬다.

"놈들이 추격대를 보낼지 모르니 서둘러야겠소."

"그럼, 나귀는 버려야겠는데요?"

팔비선자가 웃으며 말하자, 하천은 나귀를 버리고 말을 타고 달리기 시작했다.

무사히 청량방에 도착한 하천은 팔비선자와 함께 일향궁으로 향했다.

일향궁의 궁주 자리는 비어 있었고, 통귀 수하의 총관이 일향궁을 관리하고 있었다. 예향원보다 두세 배는 큰 규모였지만, 하천은 문서를 초연에게 맡겼다.

초연은 몇 번을 사양하다가 이익금의 반을 청량방에 바친다는 조건이면 맡겠다 했다.

하천은 초연의 깊은 뜻을 이해하고 웃으며 고개를 끄덕였다.

초연은 종려시와 종강에게 하천을 사부의 예로 대하라 했지만, 하천과 영아는 두 사람을 동생으로 삼겠다고 했다.

종려시는 이제 열다섯이었고, 종강은 열여섯이었다.

옥방진결은 하천과 영아에게 날개를 달아주었다. 며칠 동안 열심히 익힌 결과 영아는 그동안 막혀 있던 독맥의 삼관인 미려, 협척, 옥척이 뚫렸다.

하천 또한 임독 양맥이 완전히 뚫린 것은 아니었지만, 그동안은 느낄 수 없었던 경락의 예민한 감각까지 느낄 수 있게 되었고, 소주천이 빨라지고 기경팔맥의 순환에 막힘이 없게 되었다.

명교의 후예가 저술한 옥방진결은 방중술이라기보다는 음양의 조화에 근본을 둔 내공심법이라 명교의 내공심법을 익힌 두 사람에게는 날개를 달아주는 최상의 심법이라 할 수도 있었다.

하천은 경혈의 미세한 움직임까지 조절할 수 있게 되어 암기를 뿌리고 거두고, 무형의 권장지를 날리고 조절하는 데 더욱 세밀해질 수 있었다.

암기술이 정밀해지자 하천과 영아는 비장의 암기 수법으로 맹군이 만든 자모환을 사용하기로 했다. 자모환은 앞에서 큰 쇠구슬이 날아오는 듯 보이고, 뒤를 따라 작은 구슬이 모습을 감추며 날아오니 얼른 보기에는 단순한 암기처럼 보였다.

하지만 면전에서 큰 구슬이 여러 개의 철환으로 갈라지고, 뒤이어 작은 구슬이 다시 철환으로 갈라지니 절대고수가 아닌 다음에야 피하기 힘든 암기 수법이었다.

하천은 상승 무공을 익히는 데 도움을 준 매동주에게 보답하기 위해 매동주에게 자모환을 던지는 비법을 전수하려고 영아와 상의했다.

영아도 반대하지는 않았지만, 매동주가 하천에게 수작을 부릴까 우려해서 함께 자리하고 있었다.

몇 번을 연습한 매동주는 금방 자모환의 수법을 익혔다.

"정말 고수라 할지라도 피하기 어려운 암기 수법이군요. 그런데 어머니에게 자모환을 나눠 줘도 될까요?"

"아, 장로님께는 따로 드리도록 하겠소."

하천은 아예 암귀와 팔비선자를 함께 불러 자모환의 암기술을 가르쳐 주기로 했다.

암귀와 팔비선자는 자모환을 함께 익히며 금방 친해져 언니 동생으로 부르고 있었고, 매동주는 팔비선자를 이모라 부르며 잘 따랐다.

거만했던 암귀는 하천에게 완전 승복해서 틈만 나면 달려와 암기를 다루는 방법에 관한 고견을 들으려 했고, 하천은 그때마다 암귀가 익힐 수 있는 수법으로 바꾸어 자신의 비법을 전수해 주니, 어느덧 암귀는 하천의 사람이 되어 있었다.

좀처럼 안색의 변화가 없는 황사는 종초연과 눈만 마주치기만 하면 얼굴이 붉어졌고, 종초연 또한 황사를 보는 눈길이 예사롭지가 않으니, 하천은 두 사람을 엮어줄 방법을 생각했다.

영아도 하천과 같은 생각이었다.

하천은 팔비선자에게 귀영문의 신법만을 전수하고 황사에게 맡겨 버렸다.

두 사람은 서로 검식과 암기술을 나누어 익히며 조석으로 얼굴을 맞대고, 종려시와 종강도 황사에게 무공을 익히니, 자연스럽게 황사와 종초연은 친밀한 사이가 되었다.

황사와 운건에게 무공을 익히고 청량방으로 돌아온 이십사 명의 젊은 정예는 무공이 일취월장하고 있었다.

영아에게 무영신법과 환영미보의 기본 신법까지 익힌 젊은 무사들은 권법과 검식에 큰 발전이 있게 되었고, 자질이 좋은 소진과 곡아, 악원과 악설은 단번에 고수의 반열에 올랐다.

하천은 네 개의 당과 여덟 개의 사자대를 새로 만들어 이십사 명의 제자에게 맡겼다.

하나의 당은 이십사 명의 무사로 이루어지고, 하나의 사자대는 열두 명의 무사로 이루어지니, 이백 명에 가까운 정예가 만들어졌다.

악운건은 홍학방에서 후진을 양성하는 일에 만족했고, 홍학방의 방주라 불리고 있었다.

하천은 젊은 무사를 양성하는 일은 악운건에게 맡기고 청량방의 대소사는 황사에게 맡기니 두 사람은 하천의 양팔이라 해도 좋았다.

두 사람은 하천과 수시로 무공에 관한 토론을 했고, 하천은 초식보다는 경락과 내력, 발경에 관한 것을 주로 설명하고 두 사람이 스스로 깨달음을 얻어 새로운 무공을 만들 수 있게 도왔다.

하천은 비록 집안을 망하게는 했지만 맨 처음 자신에게 무공을 가르쳐 준 외숙 마완에게 깊은 정을 느끼고 있었다.

마완이 만들어준 신법을 연습하기 위한 장치는 무사들의 무공 연습에 토대가 되었고, 하천은 외공이 없는 내공은 사상누각이라는 것을 늘 강조했다.

하천은 맹군에게 도면을 주고 마완에게 배운 신법을 익히는 관문을 만들게 했다.

이 기관은 청량방 무사들이 꼭 거쳐야 할 필수 관문이 되어 모두 통과하지 못한 자는 일급무사가 될 수가 없었고, 그 관문은 마완의 이름을 때 마완관이라 불렸다.

모두 여섯 개의 관문이 있었는데, 최소한 세 개의 관문을 통과할 수 있는 자만이 하급무사의 훈련을 받을 수 있었다.

하지만, 외숙은 소식이 없고, 외숙의 애첩이었던 여인은 대화방의 외당 당주 신풍매검 오검생과 함께 모습을 감추고 말았으니, 실로 안타까운 일이었다.

하천은 통귀에게도 부탁하고, 화진과 금화방을 통해서도 수소문해 봤지만, 아무 정보도 얻지 못했다.

신투로부터는 연락이 끊어져 버렸고, 통귀조차 신투와 연락이 되지 않는다 하니 영아는 은근히 걱정을 했다.

이미 색귀와 통귀, 암귀는 완전히 하천의 수족이 되어버렸지만, 귀영문은 천불사의 불귀, 만보당주였던 복관홍이 또 다른 세력의 중심을 이루고 있으니, 여러 개의 세력으로 갈라져 있는 상황이었다.

만보당주가 된 매동주는 이전의 복관홍 같은 명성을 얻지는 못했지만, 오히려 수입은 이전보다 몇 배나 늘었고, 청량방은 모든 사업에서 성공을 거두어 다달이 막대한 은자를 벌어들이고 있었다.

초기 낭인들이 중심이 되어 번창하기 시작한 청량방은 이제 홍학방에서 무공 수련을 마친 젊은 무사들이 주축이 되어가고 있었다.

장강수로채와 긴밀한 관계를 유지하며 금화방, 천경방과 정보를 공유하니 강소 일대에서는 위험한 일이 벌어질 수가 없었고, 세 방파는 많은 수입을 올릴 수 있었다.

대화방주 염생이 도망가 버리자 몰락 직전에 있었던 천경방은 몇 달 만에 다시 일어날 수 있었다.

방주 문중옥은 늘 하천에게 공손히 대하고, 아랫사람의 태도를 취했다.

그렇지만 하천은 문중옥을 존장의 예로 대하고, 천경방을 돕는 일에 손해를 마다하지 않으니, 천경방은 청량방을 혈맹이라 여기고 있었다.

시작은 청량방과 금화방의 연합으로 시작되었지만, 어느새 청량방은 천경방과 더욱 긴밀한 관계를 맺고 있었다.

유구한 역사를 가진 금릉방과 화룡방은 자신들의 영역을 유지하고 지킬 수 있었지만, 기타 군소 방파들은 대부분이 천경방과 청량방의 휘하에 들어가야만 생존할 수 있는 상황인지라, 친분과 인맥에 따라 많은 방파들이 두 방파의 아래로 들어갔다.

의도적인 일은 아니었지만, 일이 그렇게 되고 보니 금화방은 남경의 이권에서 소외되게 되었다.

거기에는 금금표가 소인배이고, 그릇이 작은 까닭으로 사람이 모이지 않는 것이 원인이긴 했지만, 금화방주의 입장에선 하천에게 서운한 감정을 가지지 않을 수가 없었다.

　마침 통귀가 맹군 가족의 행방을 찾아냈다.
　맹군의 부친은 금화방 소유의 대장간에서 일하고 있었다. 하지만 금화방 소유의 대장간은 금역에 있어 일반 사람이 함부로 들어갈 수가 없었다.
　대장간에서 일하는 사람 역시 일정한 구역을 벗어나지 못하니, 맹군이 가족을 만날 수 있는 방법은 없었다.
　하천은 남경 분타주인 금금표에게 맹군 부친의 인적 사항을 적어주고 부탁을 했다.
　"죽마고우의 부친입니다. 친구는 대장간이 불나 타 죽은 줄 알았던 부모가 살아 있다니 한시라도 빨리 만나고 싶어합니다."
　하지만 금금표는 난감한 표정을 지었다.
　"대장간에서 일하는 자라면 직접 방주님께 말씀드려야 할 겁니다. 저 역시 금화방의 대장간에는 접근할 수 없는 형편입니다."
　하천은 그만한 일을 금금보에게 직접 말해야 한다고는 생각하지 않았는데, 뭔가 금화방에서 자신에게 틀어져 있다고 생각했다.
　하지만, 안달복달하고 있는 맹군 보기가 딱하니 서신을 적어 금금보에게 보냈다.

하지만 병기를 제조하는 비법이 새나갈 수 있으니, 어떤 이유에서든 대장장의 사람은 내줄 수 없다는 답신을 받았다.

그것도 금금보의 답신이 아닌 금화방 외당 당주의 답신이었다.

"금금보가 단단히 틀어져 있는 모양인데?"

"흠, 금화방이 남경을 완전히 장악하지 못한 것을 내 탓으로 아나 봐."

"이러다가 금화방이 적이 되면 어떻게 해?"

영아가 걱정을 하자 하천도 한숨을 내쉬었다.

"그렇다고 천경방을 망하게 하고 금화방에 그 자리를 내줄 수는 없어. 그렇게 한다 해도 결국 금금보는 우리에게 등을 돌리게 될 거야."

"그래, 이게 경고장 같아 보이기도 해. 우군이 아닌 적으로 간주한다는 경고 말이야."

"그렇다고 금금보에게 더 줄 건 없어. 그만하면 금금보도 많이 먹었지. 이제 각자의 길을 갈 뿐이야. 적으로 간주한다 해도 어쩌겠어?"

하천은 말은 그렇게 했지만, 금금보를 만나 기회가 된다면 화친을 도모할 생각도 하고 있었다.

금금보도 신통을 불러놓고 하천을 욕하고 있었다.

"그놈이 장하방이 나간 자리에 천경방을 끼워 넣더니, 이제 대화방이 망한 자리까지 두 놈들이 갈라먹고 입을 닦네. 이게 어디서 배워먹은 버르장머리인 게요?"

"아직 철이 없어……."

"그게 아니오. 놈은 나를 알기를 장기판의 졸 정도로 알고 있는 게요. 이제 토끼 사냥은 끝났으니 어차피 청량방은 필요 없게 되었소. 장하방과 대화방이 내놓은 것을 우리가 전부 차지해야만 하오. 천경방이야 청량방만 망하면 저절로 망할 것이니 먼저 손댈 필요도 없고, 신 형은 이제 그 미운 놈과 일절 상면하지 마시오."

신통은 금금보가 워낙 단호하게 말하니 더 이상 하천을 변호할 수 없었지만, 가급적이면 청량방과 등을 돌리지 않는 쪽으로 말했다.

"대장간에서 일하는 자 하나 정도를 내주고, 다른 큰 것을 요구할 수도 있지 않겠습니까?"

하지만 금금보는 신통이 좋게 하는 말에도 화를 냈다.

"신 형, 그게 무슨 소리요? 내가 고작 애한테 당과나 뺏아 먹는 날건달로 보이시오? 내가 원하는 것은 당과 따위가 아니라오. 더 얄미운 건 그 대장장이 놈은 허깨비였고, 재주는 그 아들놈이 가지고 있었는데, 그 아들놈이 지금 청량방의 대장간을 맡고 있다 하오. 아예 병기당이라 명명해서 당주 자리를 맡겼다 합디다. 물건이 될 만하고 좋은 것은 그놈이 다 빼돌리니, 내 어찌 화가 나지 않겠소?"

금금보가 그렇게까지 말하니 신통은 입을 닫고 말았다.

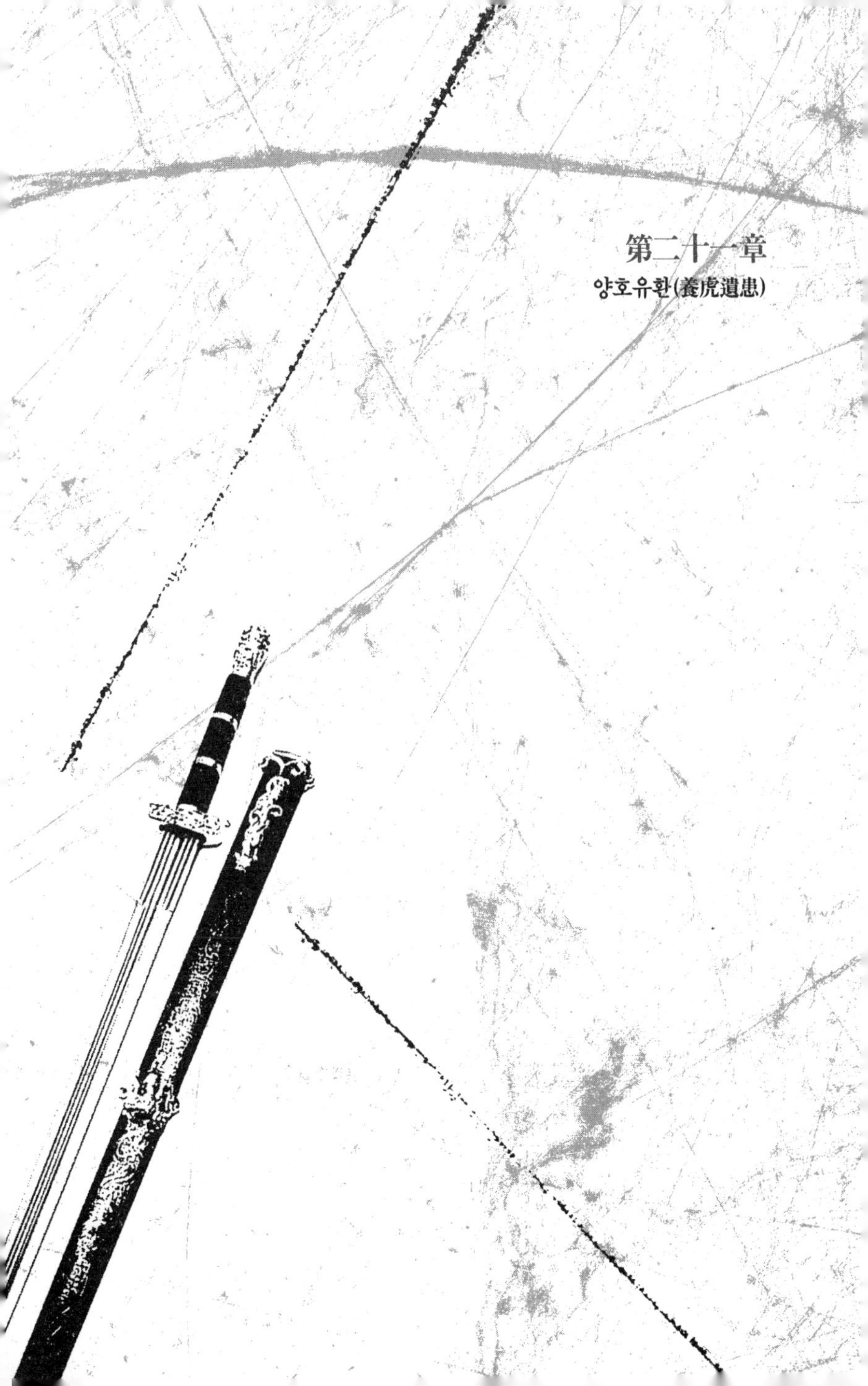

第二十一章
양호유환(養虎遺患)

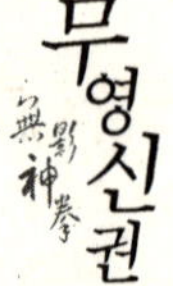

무영신권
無影神拳

삼월 보름날, 금화방주의 오십 회 생일을 맞아 금화방 남경 분타에서는 무림대회를 열어 대대적으로 무사를 뽑고, 큰 상금을 내걸었을 뿐 아니라, 무당과 소림의 고수까지 초빙했다.

삼월 초순이었으나 이미 남경으로 많은 젊은 무사들이 몰려들었다.

일반 무사뿐만 아니라 금화방주의 호위대까지 뽑는다 하니, 그야말로 낭인무사들과 젊은 무사들은 이 대회를 입신양명의 기회로 삼고자 했다.

하천은 큰 행사를 남경에서 가지면서 초청장도 보내지 않고, 아무 통보도 하지 않는 금화방주가 뭔가 감정이 크게 틀어져 있다는 것을 알았다.

외지의 무사들이 남경으로 몰려드니 곳곳에서 소란이 일 수밖에 없는지라 주루와 객잔, 기루를 많이 가지고 있는 청량방은 외지 무사들의 소란을 처리하느라 바빴다.

거리 곳곳에는 청량방과 천경방의 무사들이 순찰을 돌고, 무사들은 시비나 소란이 벌어지면 영업장에서 쫓아내고, 밖에서 일을 처리하게 하고 있었다.

하천은 이번 기회에 남경의 주인이 누구인지를 확실히 보여주기 위해 영업장 안에서는 어떤 소란과 시비도 벌이지 못하게 했다.

여덟 개의 사자대가 순찰을 돌았는데, 젊은 무사들이니 처음에는 대수롭지 않게 여기던 낭인들은 행패를 부리다 몇 명이 혼이 나고, 청량방으로 끌려가 고초를 겪은 다음에야 젊은 무사들이 보통이 아니라는 것을 알게 되었다.

남경의 주루나 객잔, 기루에서 소란을 피우면 청량방의 무사들이 달려오고 망신을 당한다는 소문은 삽시간에 퍼져 큰일은 없었지만, 그래도 소문을 듣지 못했거나 술 취한 무사들의 작은 소란은 끊이지 않았다.

그렇게 며칠이 지나자 외지에서 온 무사들은 남경을 장악한 방파가 청량방이라는 것을 확실히 알게 되었다.

금금표는 금화방의 무림대회에 참가하기 위해 남경에 온 무사들이 청량방의 제재를 받고 있는 상황에 분노해 소주로 전서구를 날렸다.

며칠 뒤, 소주에서는 방주의 직속 부대이자 정예라 할 수 있는 사십팔비호대가 남경으로 파견되었다.

비호대는 금화방의 표물이나 사람이 상했을 때, 범인을 추적하여 섬멸하는 일을 해왔던, 금화방에서는 가장 대외적인 경험이 많고 노련한 무사들로 이루어져 있었고, 비호대의 추종술과 합격술은 일절이라 알려져 있었다.

남경에 도착한 사십팔비호대는 분타에 머무는 것이 아니라 팔 사자대와 마찬가지로 열두 명씩 나누어 거리를 순찰하니, 청량방의 영업장에서 문제가 생긴다면 비호대가 과연 어떻게 나올지 의문이었다.

금화방은 남경에서 직영을 하고 있는 점포는 몇 개 되지 않으니, 금화방의 무사가 거리를 순찰한다는 것 자체가 말이 되지 않았다.

청량방의 사자대 무사들은 단창을 손에 들고, 허리춤엔 방패를 차고 있었다.

또, 어깨에는 작은 발사통이 여섯 개 달린 매화수전(梅花袖箭)을 메고 있었고, 등에는 검이 있었다.

방패에는 강침이 장착되어, 단창을 찌르면 창날이 날아가고 빈자리에 다시 창날이 채워지니, 고수라 할지라도 어처구니없이 당할 수도 있는 묘한 암기 장치였다.

수전 또한 작은 화살을 여섯 발까지 연사가 가능하게 제작되어 지척에서 쏜다면 피할 수 있는 자는 정말 고수라 할 수 있었다.

비호대의 무사들은 묘한 복장을 하고 거리를 순찰하는 사자대의 무사들을 비웃기도 하고, 마주치면 조롱하며 농을 걸기도 했지만, 사자대의 무사들은 아무 대꾸도 없이 눈길조차 주지 않았다.

금화방주의 초대를 받고 남경에 온 언가장의 장로 언주경과 소장주 창평이 옥화루에 모여 있었다.

창평은 옥화루가 청량방의 소유라는 것을 알고 소란을 피울 작정을 하고 들어온 것이라, 내오는 음식마다 트집을 잡으며 바닥에 내던지고 있었다.

"아니, 이게 사람 먹으라고 가져온 음식이냐? 너무 뜨겁지 않느냐?"

와장창!!

뜨거우면 뜨겁다, 차가우면 차갑다 하고 내오는 음식마다 다 집어 던지니, 주변의 손님들은 다 눈치를 보며 도망치고 있었다.

언가의 최정예라 할 수 있는 삼절검 세 사람과 삼절권 세 사람까지 와 있는지라, 창평은 이들 여섯이면 청량방을 초토화시킬 수도 있다 믿었다.

여덟 명의 언가장 무사들이 소란을 피우니, 손님들은 하나도 남아 있지 않았다.

결국 장궤는 축객령을 내리고 더 소란을 피우면 청량방의 무사들을 부른다고 경고했지만, 창평은 남아 있던 요리와 술마저 집어 던지니 장궤는 밖으로 달려나가 호각을 네 번이나 불었다.

주작가를 순찰하던 흑사자대는 네 번의 신호가 최강의 적을 의미하는 것이라, 인근에 있던 백사자대를 부르고 주루를 봉쇄하고 청량방에도 기별을 했다.

옥화루가 어수선하게 돌아가고 호각 소리가 들리자, 마침 주작가를 순찰하던 비호대주도 달려왔다.

백사자대가 주루를 봉쇄하고 흑사자대가 안으로 들어가자, 비호대주는 백사자대를 지나 옥화루 안으로 들어가려고 했다.

"손님, 주루는 잠시 휴업이오. 다음에 오시오."

자신이 누구인지 빤히 알면서 앞을 가로막으며 싹수없이 말하는 젊은 무사를 보니 비호대주는 기가 막혔다.

"나는 금화방의 비호대주다. 금화방의 초대를 받은 손님이 일을 벌였다면 그 처리는 금화방에서 하겠다."

"이 사람이 농담을 하나? 비호대주든 비구대주든 청량방과는 무관하니 물러나시오. 당신이 초대한 손님이 왜 청량방의 영업장에 있다는 말이오? 청량방의 영업장에서 벌어진 일은 청량방에서 처리할 것이오."

비호대주는 수하 앞에서 망신을 당하자, 얼굴이 붉어지며 참지 못하고 손을 뻗어 젊은 무사의 어깨를 잡아갔다.

젊은 무사는 소삼의 동생 소사였는데, 소삼은 흑사자대의 대주였고, 소사는 백사자대의 대주가 되어 있었다.

소사는 빙글 돌며 비호대주 금금승의 손을 피하고 오히려 손등으로 금금승의 손목을 쳐갔다.

요혈을 노려오는 반격에 깜짝 놀란 금금승은 뒤로 살짝 물러났지만, 소사의 발끝은 아랫도리 급소를 노리니, 금금승은 얼굴이 더욱 붉어지며 뒤로 한참을 물러나 검을 뽑아 들었다.

“어린놈이라 적당히 봐주려 했더니 수법이 악랄하구나. 내 다시는 그런 수법을……”

금금승의 말이 끝나기도 전에 어느새 소사의 단창이 옆구리와 아랫도리, 허벅지를 연이어 찔러오니, 금금승은 화가 나 어쩔 줄 몰라 하며 다시 뒤로 물러났다.

소사도 뒤로 껑충 뛰어 물러나고 있었고, 백사자대는 수전을 꺼내 겨누고 있었다.

“청량방의 영역에서 본 방의 법을 어긴다면, 누구를 막론하고 병신을 만들어 잡아들이라는 방주님의 분부셨소. 병신이 되어 끌려가기 싫거든 얼른 물러나시오.”

금금승은 소주를 떠나기 전, 적당한 선에서 청량방의 무사들을 혼내주라던 신통과 방주의 말대로 어린 무사를 단숨에 제압하여 망신을 주려 했다.

하지만 더 나선다면 피를 볼 수밖에 없는 상황이고, 어린 무사의 무공이 보통이 아닌데다가, 아무 생각 없는 눈으로 수전을 겨누는 무사들을 보니, 철이 없어 물불을 가리지 않는 망나니로 보였다.

자신의 신분으로 어린 무사와 손을 겨눈다면 조금도 이익이 될 게 없는지라 어쩔 수 없이 수하들에게 눈짓하여 뒤로 한참을 물러나게 했다.

한편, 주루 안으로 들어간 소삼은 여섯 명의 수하에게 수전을 겨누게 하고 언창평의 무리에게 걸어갔다.

"바닥에 음식을 패대기친 개종자가 누굴까?"

소삼의 빈정대는 말에 창평은 벌떡 일어나 욕을 해댔다.

"어린놈이 말버릇이 고약하구나. 네놈의 방주가 온다 할지라도……."

말이 끝나기도 전에 귓전으로 두 개의 화살이 스쳐 지나가니 창평은 안색이 하얗게 변하고 말았다.

깜짝 놀란 일행은 허둥대며 탁자를 들어 방패로 사용하며 검을 빼 들었다.

"먹는 음식을 바닥에 내던지는 개만도 못한 족속들이 어딜 감히 방주님을 거론하느냐? 노는 꼴이 가관이구나. 그런다고 화살을 피할 수 있을 것 같으냐? 음식을 던진 개종자가 나서지 않는다면 네놈들 전부를 병신으로 만들어 청량방으로 끌고 갈 것이다."

사태가 험악하게 돌아가자 탁자에 몸을 숨기고 있던 언주경이 몸을 일으켰다.

"우리가 누군지 알고 행패를 부린다는 말이냐? 우리는 금화방주의 초대를 받고 언가장에서 온 사람들이다."

언주경이 한껏 위엄있게 말했지만, 소삼은 꼴 같지 않다는 표정으로 한참을 쳐다보더니 입을 열었다.

"이보시오, 언가든 악가든 간에… 영감, 나이를 처먹었으면 사람의 짓을 해야 할 게 아니오. 당신이 이 음식을 집어 던진 개종자요?"

소삼의 무식한 말에 언주경은 어이가 없었고, 점점 얼굴이 붉어지다가 급기야 성큼성큼 소삼에게 걸어갔다.

"음식을 던진 건 내가 아니다마는, 네놈의 고약한 말버르장머리를 고쳐 놓지 않고는 내가 잠을 잘 수가 없겠다. 어린놈이니 십 합만 견딘다면 용서해 주겠다."

언주경은 자신은 적수공권이니 상대도 빈손으로 나오리라 여겼고, 그렇게만 된다면 십 합이 아니라 오 합 안에 제압할 자신이 있었다.

하지만 소삼은 권법으로 일가를 이룬 언가의 장로에게 권법으로 상대한다는 것은 자살행위라 생각하고 얼른 방패를 왼손에 들고, 단창을 잡은 다음 허초를 휘둘렀다.

"언가의 노인네가 청량방의 일개 하급무사를 상대로 무기를 들 수는 없겠지요? 하지만 내가 배운 건 창법과 검법뿐이니 내 재주를 가지고 상대하겠소. 영감도 겁이 나면 뭐라도 들고 나오시오."

소삼의 교묘한 말장난에 이미 무기를 들 시기를 놓쳐 버린 언주경은 피가 거꾸로 도는 것같이 화가 났지만, 앞으로 나선 걸 후회하며 뒤로 물러날까 망설이고 있었다.

하지만 예의상 한 번 허초를 날린 소삼은 망설이지 않고 바로 방패를 세워 무기로 사용하며 얼굴을 때려오니, 언주경은 호기롭게 손바닥으로 방패를 막았다.

언가의 장권은 무쇠보다 단단하다는 정평이 나 있는 만큼 멀쩡해야 했으나, 언주경은 뱃속까지 한기가 스며드는 듯하며 뭔가가 크게 잘못되었다는 것을 알았다.

이제 보니 방패를 갈아 날을 세웠고, 맨손으로 받은 것이 화근이었다.

손바닥은 상처가 나 피가 흐르고 있었고, 소삼은 빙그레 웃으며 단창을 계속 찔러오니 도저히 다가설 여지가 없었다.

매운 생강이라 불리던 언주경이 이렇게 허튼 수에 속은 일은 단 한 번도 없었다.

왼 손바닥에서 계속 피가 흐르니 언주경은 더욱 수세에 몰렸다.

보다 못한 창평이 나서려 했지만, 몸을 움찔하려 하자 바로 화살이 날아와 다시 귓전을 스쳤다.

왼손을 작은 방패로 감싸 쥐고 휘두르니 방패는 철권과도 같은 위력을 발휘했고, 언주경은 도저히 맨손으로는 상대할 수 없는지라 틈을 노려 검을 잡았다.

언주경은 검을 빼 들고 내력을 잔뜩 실어 단창을 내려쳤다.

챙!

소삼은 팔이 저려 하마터면 창을 놓칠 뻔했다.

소삼은 단창의 걸쇠를 풀고 단추에 손을 대 창날을 암기로 날릴 준비를 했다.

언주경이 호기롭게 검을 찔러오자, 뒤로 물러나며 창을 뿌려 창날을 날렸다.

"헉~"

언주경은 허벅지가 따끔거려 깜짝 놀라 살펴보니 창날이 박혀 있었다. 창날이 날아올 줄은 상상도 못했다.

"이, 이런……."

언주경은 화가 치밀었지만, 힘줄이 상할까 두려워 얼른 물러나 창날을 뽑고 금창약을 바른 뒤 천을 동여매었다.

창평은 청량방의 무사들이 강호의 도의를 무시하고 수전으로 위협해 대결을 하면서도 비겁하게 암기를 날릴 줄은 몰랐으니, 이 정도면 막가보자는 파렴치한 짓인지라 억장이 무너졌다.

아무리 사악한 방파라 할지라도 이 정도로 비겁하게 나오는 경우는 없었다.

삼절검 세 사람이 참지 못하고 검을 뽑아 들고 앞으로 나서자, 흑룡대 여섯 무사가 앞을 막았다.

여섯 명의 무사는 방어를 할 때는 육합진을 이루었다가 공격을 할 때는 삼행진을 이루어 세 명이 한 사람을 공격하니, 삼절검 세 사람은 이십 초가 지나도록 우위를 점하지 못했다.

오히려 삼절검 한 사람이 날아오는 창날에 어깨를 맞아 피를 흘리고 있는 지경이었으니, 이런 창피가 없었다.

아무리 두 배의 무사와 싸운다고는 하지만, 청량방에서 순찰을 도는 하급무사에게 상처를 입는다는 것은 언가의 고수로서는 치욕이었다.

창평은 이미 흑룡방 살수들의 암기에 당해 납치까지 당하고 큰 고초를 치른바 있어 암기에 대한 공포가 있었다.

수전을 겨누고 있는 여섯 명의 무사를 노려보며 이를 갈고 분해했지만, 조금만 몸을 움직여도 수전이 사정없이 날아오니 창평은 움직일 수가 없었다.

밖이 어수선해지자 창평은 밖을 내다봤다.

한 떼의 청량방 무사들이 몰려와 금화방의 비호대를 뒤로 한참이나 물리고 있었고, 몇 사람이 안으로 걸어 들어왔다.

이미 세가 불리함을 깨달은 삼절검수는 뒤로 물러났고, 여섯 명의 사자대 무사 역시 뒤로 물러나며 주루로 들어오는 세 사람, 황사와 악원, 악설에게 공손히 인사를 했다.

악원은 청룡당을, 악설은 주작당을 맡고 있었다.

언주경은 하북에서 낭인으로 떠돌아다녔던 황사와 안면이 있어 얼른 인사를 했다.

"다정검객 황 대협이 아니십니까? 여긴 어쩐 일이십니까?"

손과 허벅지에 천을 동여매고 있는 비참한 모습이었지만, 중과부적인데다가 위기를 모면하려면 친분을 앞세우는 것이 제일이라는 것을 언주경은 잘 알고 있었다.

황사는 예전에 몇 번 얼굴을 보긴 했으나, 자신을 멸시하며 하대를 하던 언주경이 공대를 하며 대협이라 칭하기까지 하니 웃음이 나오는 것을 간신히 참고 포권을 했다.

"언 장로께서 이곳까지 어쩐 일이십니까?"

"금화방주의 초대를 받아 오게 되었습니다만, 뭔가 오해가 있는 것 같습니다."

황사는 장궤를 오라 하고, 장궤와 소삼이 경과를 보고하니,
고개를 끄덕였다.

"청량방에 피해를 입히면 열 배로 보상받게 되어 있습니다.
거기에는 출동한 무사들의 한 달 수입까지 포함되니, 보상해
야 할 금액이 꽤 많겠습니다. 일단 바닥에 음식을 던진 망나니
를 내어주십시오."

언주경은 살짝 창평을 바라보니 창평은 처음의 호기는 간데
없고, 얼굴이 창백하게 변한 채 고개만 숙이고 있었다.

"총당주 어르신, 바로 저놈입니다요. 아주 못되게 생기지 않
았습니까?"

장궤와 점원들이 손가락질을 해대니, 창평은 나서지 않을
수가 없게 되었다.

"내가 그랬소만, 승복하지 못하겠소. 당신들 누구라도 권장
으로 나를 잡을 수 있으면 그리하시오."

창평은 권법으로는 이미 화산의 장로까지 가볍게 제압할 정
도였으니, 설사 황사가 나선다 할지라도 자신이 있었다.

황사는 창평을 쳐다보고 빙그레 웃더니 입을 열었다.

"좋네, 이 두 사람 중 아무나 고르게. 하지만 이곳의 기물이
부서진다면 자네가 부담해야 할 금액이 더 늘어나니 밖으로
나가 승부를 내는 게 좋겠네."

언가장의 소장주라는 신분이 황사에게 하대를 들어야 할 낮
은 자리는 아니었지만, 이 상황에서 시비를 할 수 없어 창평은

얼른 고개를 끄덕였다.

"좋습니다. 여인과 다툴 수는 없으니 저 사람으로 하겠소."

창평이 지목한 사람은 악원인지라, 악원은 빙그레 웃더니 장검을 풀어 동생 설아에게 건네주고 밖으로 걸어나갔다.

황사는 좁은 주루에서 권법을 겨룬다면 신법에 제약을 받게 되는 악원이 제 실력을 발휘하지 못할 것이고, 넓은 장소로 나간다면 신법에서 우위에 있지 못하는 창평이 낭패를 당하리라 여겼다.

악원은 악가의 넓은 보법을 버리고 짧은 보법과 무릎을 굽히지 않고 미끄러지는 표홀신보를 사용하여 무영신법과 귀영신법의 기초를 익히기는 했지만, 과연 권법의 명가, 언가장의 소장주를 당해낼 수 있을지는 의문이라 바짝 긴장이 되었다.

악원은 청룡당주를 맡고 첫 번째 일이라 꼭 이겨야만 수하들에게 체면을 세울 수 있었다.

창평은 속마음 같아서는 조금 어리고 약해 보이는 여자, 악설을 선택하고 싶었지만, 그렇게 해서 지게 된다면 다신 얼굴을 들지 못할 치욕이 되니 차마 그렇게 하지 못했다.

그런데 가벼운 걸음걸이의 악원을 보니, 자신과는 상반된 권법을 지닌 듯하여 창평 역시 긴장이 되었다.

옥화루의 밖에는 수많은 구경꾼이 몰려들어 청량방의 무사들이 앞을 막고 있었고, 그 수는 사오백 명이 넘어 보였다.

금화방의 비호대 무사들은 뒤로 한참을 밀려나 구경꾼 신세로 변해 있었고, 청룡당, 주작당, 흑, 백, 자, 청사자대 백여 명의 무사들이 주위를 에워싸니, 비호대는 금화방주와 신통의 의도와는 반대로 초라해 보이기까지 했다.

사람들은 악원이 누구인지도 몰랐고, 다만 청량방의 젊은 무사라고만 알고 있었지만, 창평은 이미 지난번 화산 장로 원항과의 비무로 많은 남경 사람이 그를 알고 있었다.

창평은 선공을 가해 어깨를 잡는 척하며 왼손으로 벼락같이 얼굴을 노리고 장을 뻗어갔다.

하지만 악원이 반대로 돌아버리며 발목을 차 오자 앞발에 중심을 두고 있던 창평은 황급히 피하긴 했으나, 스치며 오른쪽 뒤꿈치를 맞고 말았다.

창평은 악원의 신법이 이렇게까지 빠를 줄은 몰라 크게 당황해하며 수비에 중점을 두는 자세로 전환했다.

하지만 악원은 오른쪽으로 돌며 계속 창평의 오른발을 움직이게 만드니, 창평은 시간이 지날수록 오른 발목이 저려오기 시작했다.

간간이 악원이 발을 차 올 때마다 빈틈을 노리고 달려들려 해봤으나, 그때마다 빠른 주먹이 날아오니 반격의 기회를 놓치고 수세에 몰리고 있었다.

악원은 계속 빠른 신법으로 급소만을 노리니, 창평은 접근전을 펼치지 못하는 한 악원을 궁지로 몰아갈 수 없다 여기고 허점을 보여 최대한 가까이 끌어들여 단숨에 악원을 제압할 생각을 했다.

크게 동작을 취해 태산중수(泰山重手)의 수법으로 공격하는 척하며 한쪽 어깨를 들이밀고 허점을 보이니, 악원은 잽싸게 앞으로 미끄러지며 주먹으로 어깨를 때려왔다.

창평은 그 기회를 놓치지 않고 재빨리 어깨를 빼며 악원의 손목을 잡아갔지만, 악원 역시 손을 뒤로 빼며 발목을 걸어차고 있었다.

"헉!"

창평은 막 오른발을 내딛는 순간인지라 피하지 못하고 그대로 발목을 차이며 중심을 잃고 바닥에 주저앉고 말았다.

스스로의 꾀에 속은 형국이니 더욱 분했지만, 악원이 허공을 뛰며 열 번을 넘게 발길질을 해오자 창평은 맞지 않으려고 바닥을 구르며 피했다.

악원은 충분히 창평의 얼굴을 찰 수도 있었지만 적당히 위협만 하고 멈추자, 조금 무공을 아는 하급무사 정도면 악원이 인정을 두었다는 것을 알 수 있었다.

악원은 이미 등을 돌려 걸어가자 창평은 악원이 손속에 인정을 뒀다는 것이 더욱 수치스러워 벌떡 일어나려 했으나 몸을 일으키자마자 중심을 잃고 넘어지고 말았다.

온통 흙을 뒤집어쓴 참담한 몰골이었다.

소삼과 흑사자대의 부대주가 걸어와 오리, 천정의 두 요혈을 제압해 벌떡 일으키니 창평은 그대로 사로잡히고 말았다.

언주경을 비롯한 언가장의 사람들은 창평이 어린 청량방의 무사에게 권법으로 당했다는 것을 도저히 믿을 수가 없었다.

언가장 사람들이 앞으로 나서려 했으나, 청량방 무사들이 앞을 막으며 밀어붙이니 구경꾼들 속으로 밀려들어 가고 말았다.

고랑쇠를 양 손목에 찬 채 손이 뒤로 묶여 다리를 절룩이며 끌려가는 창평의 모습은 참으로 비참했다.

언주경은 구경꾼들을 헤치고 간신히 황사에게 다가가 사정을 할 수밖에 없었고, 황사는 난처해하면서도 청량방으로 들게 했다.

창평은 꿇어앉은 채 포박되었고, 언주경은 창평의 뒤에 서서 사람이 나오기를 기다렸다.

일각이 지나도 아무도 나오지 않았지만, 사방에는 청량방의 무사들이 무장을 한 채 경비를 서고 있는지라 도망갈 수도 없었다.

마침 비까지 내리니, 언주경과 창평은 물에 빠진 생쥐 꼴이 되어 있었다.

다시 한식경이 더 지난 다음에야 영아가 대청에 나타났고, 집사는 열심히 주판을 두드리며 보상액을 계산하고 있었다.

"주변을 봉쇄하기 위해 무려 백 명에 가까운 무사가 파견되었으니 그 손해가 천팔백 냥이고, 주루에서 입은 손해까지 합하니 그게 오백 냥, 합해서 이천삼백 냥이군요. 하루가 지날 때마다 이자가 일 할이 가산되니 그리 알고 물러가세요."

영아는 그 말만 하고는 일어나 안으로 들어가 버렸다.

창평은 어디론가 끌려갔고, 언주경은 무사들에게 떠밀려 바깥으로 쫓겨나고 말았다.

언주경은 언가장에 이 사실을 알리고 은자를 받아오려면 며칠이 걸리는지라 어쩔 수 없이 금화방의 분타로 가 은자를 차용하기로 생각했다.

금금표는 언주경의 말을 듣고 입을 딱 벌리고는 다물 줄을 몰랐다.

"세상에 그런 날강도가 있단 말이오? 해도 해도 너무하지 않소? 추루에서 그릇 몇 개 내던진 보상액이 이천삼백 냥이라니, 세상에 이런 억지가 어디 있소? 청량방에서 언가장과 전쟁이라도 해보겠다는 말인가요?"

언주경은 괜히 금금표에게 역정을 내봤지만, 금금표는 고개를 저었다.

"이미 비호대까지 망신을 당했습니다. 소식을 듣고 비호대주가 달려갔습니다만, 청량방 순찰무사에게 떠밀려 들어가지도 못하고 말았습니다. 열네 명씩 여덟 개의 순찰조가 성내를 돌고 있는데 그중 하나의 순찰대를 상대하신 겁니다. 뒤늦게 달려온 무사들은 순찰대보다 무공이 높은 내당 소속의 무사들이라 하니, 어떻게 청량방을 상대하시겠습니까?"

언주경은 자신에게 상처를 입힌 무사가 순찰대주에 불과하다는 것을 알자, 얼굴이 붉어졌다.

"수전과 암기를 사용하니 당한 것이지, 정당한 무공이었으면 당하지 않았을 겁니다."

언주경은 변명을 해봤지만, 금금표는 다시 고개를 저었다.

"청량방은 비무를 하자는 것이 아닙니다. 수단과 방법을 가리지 않는 전쟁의 방식으로 무림인을 상대합니다. 금화방주께서도 아마 곧 남경으로 달려오실 겁니다만, 이미 청량방은 금화방에서도 어찌할 수 없을 만큼 커버렸습니다. 양호유환(養虎遺患)이 되고 만 거지요."

"청량방이 그 정도라면 일단 이천삼백 냥을 지불하고 소장주를 빼내와야겠지요. 하루가 지나면 일 할이 가산된다니, 기가 막힙니다."

언주경은 해가 지고 나서야 청량방에 달려갔는데, 집사가 없어 셈을 할 사람이 없고, 업무가 끝났으니 내일 들르라는 문지기의 말을 듣고는 억장이 무너졌다.

결국 하루 동안 창평을 잡아두고 욕을 보이겠다는 말인지라, 언주경은 당장이라도 문을 박차고 들어가 박살을 내고 싶었지만, 간신히 참고 금화방 분타로 돌아왔다.

언주경과 금금표는 밤새 하천의 욕을 해대며 술을 마시다가 밤이 늦어서야 잠자리에 들었고, 아침 일찍 청량방으로 달려간 언주경은 이천삼백 냥에 일 할을 더해 이천오백삼십 냥을 주고서야 창평을 데리고 올 수 있었다.

창평은 옥에서 온갖 수모를 당해 옥지기에게 뺨까지 맞았고, 머리와 허벅지를 무수히 맞아 걸음도 제대로 못 걸을 정도였지만, 언주경에겐 말하지 않았다.

소장주 신분으로 그런 수모를 당했다고 가문의 장로에게 말해봐야 하나도 득이 될 게 없었다.

언가 사람들은 주위에서 수군대는 소리에 창피하여 얼굴을 들 수 없자, 결국 바로 떠나고 말았다.

언가의 소장주와 장로 일행이 청량방 소유의 주루에서 음식을 내던지며 소란을 피우다가 하급무사에게 개망신을 당하고, 이천오백 냥 넘게 변상하고서야 풀려났다는 소문은 하루 만에 전 남경의 주루에서 이야기되었고, 청량방 소유의 영업장에서 아무도 소란을 피우려 하지 않았다.

외지인은 어디가 청량방의 소유인지 알 수가 없으니, 남경의 모든 곳에서 살얼음판을 걷듯 조심하고 있었다.

금화방주 금금보는 하천의 기를 꺾기 위해 많은 고수들을 초대했는데, 그중 청량방과는 원한이 있다고도 할 수 있는 단목가에서도 가주와 장로, 소가주가 직접 남경에 와 있었다.

장하방주의 삼남 담경의 처 단목혜는 연자기에서 아랫도리를 다 내보이고 과부와도 같은 신세로 단목가에 머물고 있었고, 단목가주는 단목혜가 많은 사람이 보는 앞에서 알몸이 되어 개망신을 당한 것이 청량방의 수작이라 믿고 있었다.

담경이 미치지 않은 다음에야 백주대낮에 자신의 처를 만인이 보는 앞에서 겁탈할 리는 없었다.

청량방의 하는 짓이 요사하고 요망하다 생각한 단목가주는 이번 기회에 단목가의 무서움을 보여주리라 생각하고 남경에 왔는데, 언가의 무사들이 봉변을 당했다는 소식은 천만 뜻밖이었다.

언가의 장로와 소장주, 삼절검, 삼절권이 별 힘을 쓰지 못했다면, 단목가에서 나선다 할지라도 마찬가지일 것 같았다.

단목가주는 친분이 있는 제갈가의 두 장로, 제갈담과 제갈동이 와 있는지라 두 사람을 숙소로 초대해 청량방에 관해 물었다.

하천과 친분이 있는 제갈담은 하천의 사람됨과 능력을 높이 평가했고, 제갈동은 아무 말 하지 않고 듣기만 했다.

제갈담은 무공이 강하고 친화력이 좋은 대장부로 알려져 있고, 제갈동은 기관과 잡학, 병법에 뛰어나 제갈가의 군사 역할을 한다고 알려져 있었다. 그런데 제갈담과는 달리 제갈동은 청량방을 좋게 보고 있지 않았다.

결국 단목가주는 제갈가에 협조를 얻지 못할 형편이자, 일찍 술자리를 파하고 말았는데, 금화방주의 생일에 청량방주를 만나 보고 그때 어떻게 할 것인지를 결정하기로 했다.

금금보는 자신들의 의도대로 되지 않고, 오히려 청량방에 날개를 달아주고 비호대마저 수모를 당한 꼴이 되고 보니 어떻게 해야 할지를 몰라 신통을 불러 상의를 했다.

"이번에 십이호위대와 두 호법까지 데려오긴 했지만, 비호대주가 일개 순찰대의 대주 하나를 어찌할 수 없었다면, 무력으로 청량방을 어찌 상대할 수 있겠소?"

신통은 심각한 표정을 한 채 말이 없었지만 사실은 금금보의 표정을 살피고 있었다.

　금금보의 의중대로 말을 풀어나가야만 모사 자리를 유지할 수 있기 때문이었다.

　"낭인이 모인 청량방에서 언제 젊은 무사를 양성할 틈이 있었는지 아무리 생각해도 알 수 없는 일입니다. 청량방주를 어린애로 생각하고 얕봐서는 크게 당할 수도 있으니 신중을 기해야 할 것 같습니다."

　신통은 애매하게 말을 하고 다시 금금보의 눈치를 살폈다.

　"그렇다고 지금에 와서 구파일방을 충동하여 청량방을 위기에 빠뜨리자니 큰 모험이 될 것 같고, 이미 하급무사까지 잘 훈련된 청량방이라면 몇몇 고수만 처리한다고 해결될 일이 아니지 않소?"

　결국 금화방이 청량방과 상전을 벌이지는 않겠다는 방주의 의중을 읽었으니 신통은 그때서야 하고 싶은 말을 했다.

　"천경방까지 청량방과 연합을 한 상태이니, 청량방을 멀리한다면 금화방이 지금까지 남경에서 잘 자리 잡고 있는 일이 허사가 될 수도 있습니다. 그러니 겉으로는 화친을 도모하는 척하면서 기회를 보는 것이 좋겠습니다. 그동안 소원하게 지냈으니 이번 기회에 대장장이도 보내주는 게 어떻습니까?"

　"할 수 없지요. 오늘이라도 소주에 기별을 해서 대장장이를 보내게 하지요. 신 형도 그리 생각한다면 지금 당장은 청량방을 손볼 수가 없겠습니다만, 많은 자금을 들여 안착한 남경인데 좋은 것을 다 그 아이에게 내줄 수는 없어요. 기회가 된다면 그 아이를 제거해야 합니다. 다만 지금은 그때가 아닐 뿐이지요.”

　금금보와 신통은 날이 밝자 만보당으로 가 영아에게 줄 보석을 고르고, 두 호법과 함께 바로 청량방으로 향했다.

　하천은 금화방주와 신통이 직접 청량방을 찾아오니, 짐짓 아무것도 모르는 체하며 영아와 함께 걸어나가 두 사람을 맞았다.

　두 호법의 신분은 알려진바 없으나 두 사람 다 회족으로 보이고, 중원에 알려진 사람들이 아니었지만 금금보의 목숨을 측근에서 보호하는 사람들이니 무공이 뛰어날 것은 분명했다.

　금금보는 만화방에 고른 직접 고른 패물을 영아에게 건네주며, 영아의 달라진 미모에 칭찬을 했다.

　“정말 강남일미라 불러도 좋겠습니다. 이런 미모를 두고 왜?”

　금금보의 칭찬에 영아는 기분이 좋아져 생글거리며 말했다.

　“이 사람이 온갖 영약을 다 찾아 먹이니 결국 어릴 때 풍을 맞아 돌아갔던 얼굴 근육이 제자리를 찾아왔을 뿐이에요. 덤으로 피부까지 좋아졌네요.”

　“아, 풍을 맞아 그렇게 변했었군요. 정말 다행입니다. 다 천운이 따르니 가능한 일이지요.”

　금금보는 말은 그렇게 했지만, 영아의 말을 조금도 믿지 않았다.

　“그런데 왜 하필 남경에서 천하영웅대회를 여시나요?”

　영아가 핵심이 되는 말을 지나가는 말로 태연히 물으니, 금금보는 헛기침을 하며 살짝 하천의 마음을 떠보기로 했다.

"으흠, 실은 이제 금화방도 소주와 항주를 벗어나 남경과 양주까지 영역을 넓혀볼까 합니다. 남경 포구에서 선단을 운영하는 것으로는 적자를 보고 있습니다. 그러니 그 적자를 만회하려면 남경과 양주에 상권을 확대할 수밖에는 없게 되었지요."

금금보의 말에 하천은 고개만 끄덕이고 아무 말 하지 않으니 금금보는 더욱 하천이 미웠다.

"그러셨군요. 청량방도 사업을 양주로 넓혀가고 있는데 서로 협조한다면 참 좋겠군요."

영아가 의외의 말을 하니 금금보는 당황하여 얼굴이 붉어졌지만 마음을 가라앉히고 웃으며 말했다.

"하하하, 이거참, 한발 늦었군요. 이미 양가장과 금산방의 협조를 얻어 양주에서는 이미 시작을 했습니다. 남경에서는 금릉방과 화룡방과 새로 인연을 맺게 되었지요. 청량방이 남경제일의 방파가 되었으니 이제는 서로 경쟁을 할 수도 있게 생겼습니다."

금금보가 얄밉게 말하자 침묵하던 하천도 입을 열었다.

"진작에 말씀하셨다면 골치를 썩이던 장하방과 대화방에서 넘겨받은 점포들을 처분할 수 있었을 텐데, 아쉽게 되었습니다. 전 방주님께서 남경에는 전혀 뜻이 없으신 줄 알고 그 모두를 장기로 세 내주고 말았습니다. 대대로 남경에 뿌리내려온 군소 방파도 먹고살아야 하니 말입니다."

“하하하, 그랬었군요.”

금금보는 호탕하게 웃기는 했지만, 속으로는 이를 갈고 있었다.

남경 포구에 큰돈을 들이고 인심을 얻은 것도 다 남경의 상권을 장악하기 위해서였다. 하천이 그 정도 이치를 모를 바보가 아니면서 일이 지난 뒤 말로만 생색을 내니, 금금보는 그런 자를 가장 미워했다.

또 하천의 말에는 뼈가 있기까지 하니 더욱 얄미웠다.

군소 방파에 영업장을 장기로 세 내주는 방식은 바로 소주를 장악한 금화방의 방식이었다.

결국 하천의 말은 남경은 이미 청량방이 장악했다는 말로 들렸다.

금금보는 장사 이야기를 떠나 무림 이야기로 화두를 돌렸다.

“지금 남경에는 소림과 무당, 화산뿐만 아니라, 남궁, 제갈, 단목, 양가장에서도 사람이 와 있습니다. 멀리 청해와 새외에서 온 기인도 있지요. 장하방과 대화방의 일로 감정이 좋지 못한 사람도 있을 것이니 처음에는 상면하지 않는 게 좋겠다고 생각했습니다. 하지만 남경에서 열리는 큰 행사에 청량방에서 참가하지 않는 것도 보기가 안 좋으니 조금 양보하셔서 감정을 가진 세가들과 화해의 자리가 되었으면 합니다.”

하천은 청량방에 좋지 않은 감정을 가지고 있는 세가들을 불러모은 금화방주의 의중을 짐작은 했지만, 금화방주가 좋게 말하니, 모른 척하며 감사를 표시했다.

"명문세가와 방파들의 미움을 받고는 앞날이 고단할 테지요. 일부러 화해의 자리를 만들어주시니 참으로 감사합니다."

금금보는 하천이 자신의 의중을 들여다보고 있는 것 같아 뜨끔했지만, 속내를 숨기고 선의로 만든 자리임을 강조하고, 나머지는 하천이 하기 나름이라 말했다.

결국 이번 금화방주의 생일잔치는 남궁가와 단목가, 양가장의 핍박을 받게 되는 형국이니, 하천의 입장에선 달가운 일이 아니었다.

또 악가장에서도 가주가 직접 왔으니, 악운건이 청량방에 투신한 것으로 트집을 잡을 수도 있는 일이었다.

이미 언가의 사람들과는 충돌이 있었으니, 앞으로 어떤 일이 일어날지 알 수 없었다.

몰락하다시피 한 장하방의 신임 방주가 된 장담휘의 처가 바로 남궁가의 여식이니, 과연 남궁세가에서 어떻게 나올지도 의문이었다.

하천이 때를 맞추어 무력시위를 한 것도 각 세가의 청량방에 대한 생각을 바꾸게 하기 위한 것이었다.

만만해 보이면 바로 죽이려 달려들고, 조금 버겁다 싶으면 화친을 청하는 것이 명문정파들의 생리라고 믿고 있었다.

어쩌면 청량방 최대의 위기가 될지도 모를 일이었지만, 이 고비를 넘기지 않고는 어차피 남경제일의 방파로 자리 잡을 수는 없는 일이라 생각하고, 담담한 표정을 유지했다.

금금보와 신통은 하천이 주눅이 든 기색이 전혀 없자 다시 화친을 거론하며 천경방과 청량방, 금화방의 남경 분타가 함께 남경을 삼분하여 경영하자며 좋은 말을 해댔다.

삼월 보름, 금화방주의 생일을 맞아 소주와 항주에서도 많은 방파의 사람들이 몰려왔고, 남경은 객잔에 방을 구할 수 없을 정도로 붐볐다.

역시 하천이 예상한 대로 명문정파의 사람들이 상석을 차지하고 소주와 항주의 방파 사람들이 그다음 자리를 차지하니, 남경의 방파 사람들은 그다음 자리가 마련되어 있었다.

금릉방과 화룡방에서도 방주와 호법이 왔고, 하천 일행은 천경방주와 세 명의 호법, 문유와 함께 자리하고 있었다.

색귀, 황사, 암귀가 참석했고, 영아는 오지 않았다. 굳이 많은 사람 앞에 얼굴을 보일 이유가 없었고, 문유 또한 망사로 얼굴을 가리고 있었다.

단하에서는 무림대회가 열리고 있었고, 전날 예선을 통과한 무사들이 다시 자웅을 겨루고 있었다.

자리가 멀리 떨어져 있다 보니 하천은 명문정파의 사람들과 부딪칠 필요는 없었지만, 금금보가 하천과 문중옥을 데리고 상석으로 가 사람들에게 소개를 하니 어쩔 수 없이 여러 무림 명숙들에게 인사를 했다.

그것 또한 금금보의 의도적인 행동이었는데, 바로 무림에서의 신분, 청량방의 위치를 잘 깨닫고 알아서 행동하라는 무언의 경고와도 같았다.

안면이 있는 사람은 화산 사람들과 제갈담밖에는 없었다. 소림과 무당 사람들은 그저 건성으로 인사를 받았고, 남궁가의 장로는 싸늘한 눈빛으로 하천을 노려보기까지 했다.

단목가주와 양가장주도 마찬가지로 차가운 눈빛인지라, 하천은 담담한 눈빛을 유지하긴 했지만 기분이 좋을 수는 없었다.

악가장주는 노골적으로 기분 나쁜 표정을 짓더니 하천에게 턱짓을 하며 말했다.

"자네가 청량방주인가? 내 할 말이 있으니 잠시 자리에 앉게."

아무리 한 배분이 높다고는 하나, 한 방파의 수장에게 초면에 하대를 하는 경우는 크게 예의에서 벗어난 일이었고, 하천도 기분이 상해 눈빛이 싸늘해졌다.

그러자 제갈담이 얼른 다가와 중간에 끼어들었다.

"악 형, 왜 이러시오? 초면에 이 무슨 결례요?"

"허허, 제갈 형이 왜 끼어드시오? 어젯밤 청량방에서 기녀 수청을 접대받기라도 한 거요?"

악가주는 평소 예로 대하던 제갈담에게도 심한 말을 해대자 제갈담은 크게 웃었다.

"하하하, 악 형, 무슨 그런 말이 있소? 낮술이 과한 것 같으니, 어디 가서 술이 깨거든 오든지 하시오. 남의 생일잔치에 이 무슨 추태란 말이오?"

응당 금금보가 말려야 했으나 금금보는 이미 저만치 가 항주에서 온 사람들과 잡담을 하고 있었고, 두 사람은 점점 더 험한 말을 주고받았다.

제갈동이 제갈담을 말려서 자리로 데려가고, 악가의 장로들도 악가주를 진정시키니, 하천은 제갈담에게 인사를 한 뒤 자리로 돌아왔다.

하지만 악가주가 자리에서 벌떡 일어나 소리를 쳤다.

"고약한 놈, 당장 이리 오지 못해?"

자리에서 일어나려는 하천을 색귀가 붙잡고 못 일어나게 하더니, 시중을 드는 비녀를 보며 버럭 소리를 질렀다.

"이보게, 주모. 술 취한 개가 너무 크게 짖으니, 아가리 틀어막게 걸레 좀 가져오시오."

색귀의 말은 장내 분위기가 싸구려 술청과 다름없다는 금화방주에 대한 욕이기도 했고, 술 취한 개로 표현된 악가주에게는 엄청난 모욕이었다.

일순 장내가 쥐 죽은 듯 조용해졌다.

모두가 숨을 죽이고 악가주의 입을 주시하고 있었다.

악가주는 태연히 말하는 험악한 인상의 무사를 보니 바로 환속한 화상 백보신불인지라, 말없이 창을 잡고 색귀에게 걸어왔다.

악가의 두 장로가 말려보려 했지만 어찌할 수 없었고, 금금보는 아예 장내를 떠나 보이지도 않았다.

하천은 금화방주가 청량방을 곤경에 처하게 하려는 것을 알았지만, 색귀를 만류하지 않았다.

여기서 꼬리를 내린다면 청량방은 이후 어딜 간다 해도 남경 패자에 걸맞는 대접을 받지 못할 것이기 때문이었다.

제갈담이 다시 달려와 두 사람을 가로막았다.

"허허, 남의 생일잔치에 와서 왜들 이러시오. 이 자리서 이럴 게 아니라 대결을 하려면 비무대로 가는 게 어떻겠소? 무인은 무공으로 승부를 할 뿐, 말이 뭐가 필요하겠소?"

말을 마친 제갈담은 금금표를 불러 무사들의 비무를 중단하게 하고 두 사람이 비무대에서 결투를 할 수 있게 하라고 했다.

금금표는 금금보를 찾아봤지만 보이지 않자 어쩔 수 없이 총관을 불러 지시를 하고 그 와중에 두 사람은 비무대로 걸어갔다.

악가주 악운성이 창을 가졌으니 색귀도 무기가 있어야 했는데, 색귀는 등에서 한 자 반 길이의 금봉을 꺼내더니 금봉을 뽑아 길게 만들어 여섯 척 정도 길이로 조립하고 봉끝에 침을 뱉었다.

제갈담은 비무대로 가 크게 말했다.

"이 대결은 공정한 대결이니, 시작하기 전에 이의가 있는 분은 지금 나서시오. 어떤 결과가 나오든 간에 승복하지 못하는 소인이 있다면, 제갈가를 무시하는 것으로 간주하겠소."

제갈담이 그리 말해 버리자 아무도 이 대결을 두고 시비를 할 수가 없게 되었고, 남궁가주와 양가장주는 서로 눈빛을 교환하더니 고개를 흔들며 인상을 찌푸렸다.

하천은 제갈담에게 고마웠지만, 직접 제갈담에게 인사를 할 수 없어 살짝 눈이 마주치자 눈빛으로 고마움을 표시했고, 제갈담도 살짝 웃으며 고개를 끄덕였다.

색귀는 그 와중에도 시중을 드는 비녀들의 엉덩이, 출렁이는 가슴을 보며 한눈을 팔다가 제갈담이 시작을 알리자 그때서야 다시 금봉의 앞부분에 다시 가래침을 뱉었다.

예의에 벗어나고 도발적인 행동이라 눈살을 찌푸리는 사람이 많았지만, 색귀는 악가주를 인간으로 대접하지 않고 개로 생각하겠다는 표현을 한 것이었다.

"개를 패는 데는 약간의 물이 필요하거든. 물이 없으니 침이나 가래라도 뱉어야 되지 않겠어?"

색귀가 암귀를 보며 히죽 웃으며 말하자 암귀는 깔깔대고 웃었고, 암귀의 경망스런 웃음 또한 사람들의 비위를 상하게 했다.

봉에는 갈고리 모양의 강침이 박혀 있어 앞부분에 맞기라도 한다면 크게 흉한 외상을 남기게 되니, 악가주는 안력을 높여 봉에 박힌 강침을 쳐다봤다.

시작을 알리고 제갈담이 내려가 버리자 비무대엔 두 사람만이 남게 되었다. 서로가 노려보기만 하고 한참이 지나도 몸을 움직이지 않으니, 구경꾼들도 침을 삼키며 침묵에 빠져들었다.

색귀는 빙그레 웃고 있었지만, 악가주는 긴장한 빛이 역력했다.

악가주가 먼저 기합을 내지르고 창을 빙글 돌리며 공격을 시작했다.

창날이 수십 개나 번쩍이며 악가의 죽림창무(竹林槍舞)가 펼쳐졌다.

"호오, 장관이다. 술 먹은 개가 춤을 춘다."

색귀가 빈정거리긴 했지만, 사람들은 색귀가 창막에 갇혀 도저히 빠져나오지 못할 것으로 보일 만큼 창날의 광채는 찬란했다.

"얍!"

색귀가 귀찮다는 듯 소리를 내지르며 금봉을 짧게 휘두르자 악가주는 창을 쥔 손아귀가 저려오며 급히 창을 회수했다.

휘리릭!

타닥!

악가주는 창을 색귀의 머리를 향해 휘두르며 회풍창영(廻風槍影)을 펼쳐 압박해 갔으나 색귀는 오히려 창영의 안으로 뛰어들며 일권을 날려 창대를 쳐내고 금봉을 찔러갔다.

악가주는 창이 튕겨져 나가자 깜짝 놀랐고, 연이어 금봉의 형상이 날아오며 앞가슴을 노리자 몸을 옆으로 틀었으나 금봉의 그림자는 이미 옷을 찢어버렸다.

악가주는 그때서야 금봉의 그림자는 검강과도 같은 강기라는 것을 알았다.

사람들도 그때서야 백보신불이 강기를 무기와 권장에 싣는 절세고수라는 것을 알았는데, 악가주의 안색은 어느새 흙빛으로 변해 있었다.

"이제 구경은 그만하면 됐고, 나도 몸 좀 풀어볼까?"

색귀가 빙그레 웃으며 봉을 마구잡이로 돌리다 재빨리 찔러 오니 악가주는 화들짝 놀라 뒤로 물러나며 창을 돌려 창막을 만들었다. 하지만 색귀의 동작은 허초에 불과했다.

명색이 산동의 고수라는 자가 허초에 놀란 격이니 그런 창피가 없는지라 악가주는 이를 악물고 비룡창해(飛龍槍海)의 수법으로 색귀를 공격해 들어갔다.

째쟁!!

악가주의 십성 공력이 담긴 공격이라 색귀도 방심하지 못하고 금봉을 들어 마주쳐 갔는데, 불꽃이 튀며 두 사람 다 한 걸음 뒤로 물러났다.

"이얍!"

챙! 채쟁!

악가주는 다시 맹공을 가하여 색귀를 몰아갔으나 그때마다 색귀의 수비막에 창이 튕겨 나왔고, 십여 초를 몰아세워 봤지만 색귀는 제자리에 선 채 손만 움직이며 교묘히 창을 막고 있었다.

악가주의 이마엔 땀이 흘러내렸지만, 색귀는 처음과 같이 빙그레 웃고 있으니 조금도 긴장하거나 지친 사람으로 보이지 않았다.

이미 십여 차례나 전력을 다해 공격을 한 악가주는 색귀의 내공이 자신보다 높다는 것을 알게 되었다.

망신을 당하지 않기 위해서는 기력을 조절해야 하니 수비 자세를 취하며 원기를 회복하려 했다.

하지만 그 순간 색귀는 주먹을 내지르며 권풍을 날려 악가주가 이리저리 피하게 하고 자신은 우뚝 선 채 조금도 움직이지 않으니, 그것 자체로도 악가주는 화가 나 어쩔 줄 몰라 하고 있었다.

색귀의 권풍은 악가주가 몸을 크게 움직인 다음에는 빠짐없이 날아오니, 멀리서 바라보는 사람은 악가주 혼자서 괜히 허둥대는 우스꽝스러운 모습으로 보였다.

악가주는 그때서야 색귀의 권풍이 공력이 전혀 실리지 않은 채 검은 그림자만 날아온다는 것을 알았다.

공력이 실리지 않은 허초나 마찬가지인 권풍에 이리저리 움직였으니 기가 막힐 노릇이었다.

"히얍!"

악가주는 화를 참지 못하고 벽력같은 소리를 내지르며 다시 전력으로 창법을 전개하니, 그때서야 색귀는 몇 걸음 움직여 몸을 피하고 다시 권풍의 그림자를 날려왔다.

악가주는 색귀가 스무 번도 더 넘게 허상의 그림자만 날리자, 자신도 모르게 점점 방심하게 되어 금봉만을 조심하고 있었다.

또다시 권풍이 날아오자 이번에는 피하지 않고 색귀의 허를 찔러 권풍을 맞이하며 십성의 공력으로 천지창광(天地槍光)의 수법을 전개하기 위해 몸을 날렸다.

펙!

하지만 이번에 날린 색귀의 권풍은 오성 정도의 공력이 담긴 것이어서 앞으로 달려나오던 악가주는 가슴을 얻어맞고 벌러덩 넘어지고 말았다.

넘어지는 그 짧은 사이 색귀는 바짝 다가와 금봉을 휘둘러 악가주의 창대를 잘라 버리고, 발로는 엉덩이를 걷어찼다.

악가주는 곤이 되어버린 창을 버리고 땅바닥에서 몸을 이리저리 굴리느라 참담한 몰골이 되고 말았고, 색귀는 제자리에 가만히 서서 권풍만을 날리고 있었다.

제갈담이 달려와 싸움을 중지시키고 악가주를 일으키니, 그는 제갈담의 손을 뿌리치고 색귀를 노려보며 장내를 떠나고 말았다.

악가의 장로들과 제자들도 얼굴을 붉히며 황망하게 악가주를 따랐다.

하천도 더 있을 생각이 없어 제갈담에게 다가가 인사를 하고 천경방주와 함께 자리에서 일어났다.

색귀는 떠나면서도 연신 일하는 비녀들의 흔들리는 엉덩이와 출렁이는 가슴을 쳐다보고, 자신을 바라보는 사람들에게는 전혀 시선을 두지 않으니, 그 또한 아주 불쾌한 일이었다.

'단목가주가 참지 못하고 일어나려 했지만, 옆자리에 앉은 남궁가주가 손을 잡았다.

"사돈, 좀 더 두고 봅시다. 저자가 저토록 강안(强顔)하니 그 또한 우리를 업신여기는 것이오만, 청량방은 이미 간두지세(竿頭之勢)에 처해 있다 할 수 있으니, 곧 후회하게 될 날이 있을 것이오."

"저자들은 사악한 술법으로 내 딸아이와 사위를 개망신 준 자들입니다. 이 원한을 어떻게 갚아야 할지 참담할 뿐입니다."

"거기부정(擧棋不定)이라, 포석을 제대로 하지 않고 어찌 강적에게 이기길 바라겠소? 좋은 계략을 마련한 다음 기회를 노립시다. 지금은 저자들을 제거할 명분이 없소. 장하방주는 폐인이 되었고, 사위가 장하방을 맡고 있으니 장하방을 통해 남경에서 청량방을 몰아냅시다."

결국 남궁가주의 말은 자신의 세력을 넓히겠다는 말인지라, 단목가주는 더 이상 응답을 하지 않고 한숨만 내쉬었다.

양가장주 또한 자신의 사위가 남궁가주의 사위와 반목하다 살해되고 말았으니, 비록 남궁가주의 여식이 며느리긴 하지만 장하방을 돕는 일에는 나서고 싶지 않은지라 아무 말하지 않았다.

금금보는 멀리서 지켜보다가 상황이 자신의 뜻과 다르게 돌아가자 급히 신통을 찾아 상의를 했다.

"일이 어째 엉뚱하게 전개되고 있소. 화상의 무공이 저리도 높을 줄은 몰랐소."

"방주님, 청량방이 생각 이상으로 강하니 바람 잘 날이 없겠습니다. 현상 유지가 최선이고, 방관하다가 기회가 생기면 그때 다시 생각을 해도 늦지 않을 것입니다. 지금은 좀 더 관망해야겠습니다."

금금보는 고개를 끄덕였다.

"역시 신 형과는 생각이 일치하오. 악가주가 망신을 당했으니, 사돈이 되는 남궁가에서 더 이상 수수방관하지 않을 것이오. 장하방을 통해 움직이려 할 것이니 그렇게 된다면 우리도 곤란한 형편에 놓일 수 있소."

"아무리 남궁가주라 할지라도 감히 금화방을 적으로 돌릴 생각은 하지 못할 것입니다. 조만간 청량방과 건곤일척의 승부를 가리겠지요. 남궁가의 압박을 청량방이 벗어난다 하더라도 청량방 또한 만신창이가 되어 있을 테니 그때를 노리는 것도 즐거운 일이 될 것입니다."

금화방의 무사가 되기 위한 지원자들의 비무는 계속되었지만, 하천이 떠나고 금릉방과 화룡방의 사람들도 금금표에게 인사도 없이 자리를 떠났고, 제갈가의 두 장로도 떠나고 말았다.

금금보가 다시 자리로 돌아왔을 때는 남경의 방과 사람들은 아무도 없이 자리가 텅 비어 있으니, 민망한 지경이었다.

비무대회가 아직 끝나지 않았는 데도 불구하고, 금금보가 돌아오자마자 무당에서 온 학연자가 제자들을 데리고 일어났고, 뒤따라 달마원의 수좌 범여마저 금금보에게 간략하게 인사를 하고 떠나 버렸다.

소림과 무당이 떠나 버리자 장내는 찬물을 끼얹은 듯 싸늘해져 버렸다. 화산에서 온 원항도 막 비무대회가 끝나고 무희와 악공들이 준비를 하는 틈에 제자들과 함께 자리를 떠나 버렸다.

금금보는 일이 크게 잘못되고 있다는 것을 알았다.

이번 일을 꾸며 청량방의 기를 꺾을 목적이었는데, 소림과 무당, 제갈, 남경 전체의 방파가 금화방주의 처사를 못마땅히 여기고 떠나 버리니, 오히려 망신만 당한 꼴이 되고 말았다.

그렇다고 남아 있는 남궁, 단목, 양가장이 금화방과 절친한 사이도 아니니, 공연히 적을 만들고 친구만 잃게 된 형국이었다.

남궁, 단목, 양가장주마저 금금보의 계략에 말려 오히려 낭패를 당했다고 생각하여 금금보를 차가운 시선으로 바라보니, 그야말로 사면초가였다.

많은 사람이 남아 있긴 했지만, 소림과 무당, 화산의 자리를 대신할 사람은 없었다.

더구나 자신과 친분이 두텁다고 생각했던 제갈담이 하천의 편에 설 줄은 상상도 못한 일이었다.

언가장에 이어 악가장마저 청량방에 망신을 당하고 그 소문은 삽시간에 퍼져 남경의 사람들은 청량방이 무공으로 이름을 더 높이게 된 것을 자랑으로 생각하니, 주루와 거리에선 온통 청량방의 이야기로 남경 전체가 흥분하고 있었다.

금화방의 비무가 일찍 끝나게 된 것 또한 기권자가 속출했기 때문인데, 조금 실력이 있다 싶은 낭인이나 젊은 무사들은 모두가 발길을 청량방 쪽으로 돌렸다.

뒤늦게 그 사실을 안 금금보는 화가 나 어쩔 줄을 몰라 했다.

남경으로 유망한 젊은 무사와 낭인들을 불러들여 청량방에

바치는 꼴이 되고 말았다.

　청량방은 청량무관을 통해 무사를 충당하고 있었다. 기본적
인 무공이 있고 신분이 확실하면 바로 청량무관에 들어가 무
공을 익힐 수 있었고, 무관을 마치면 다시 능력에 따라 홍학방
에서 수련을 받아 정예무사가 될 수 있으니, 홍학방에서 무공
수련을 마치면 고수가 될 수 있다는 소문이 돌고 있었다.
　언가의 장로가 홍학방에서 막 수련을 마치고 온 젊은 무사
를 당하지 못했고, 언가의 소장주 또한 홍학방에서 막 수련을
마친 어린 무사에게 개망신을 당했다는 사실을 통해 사람들은
홍학방에서 수련을 끝내면 일류고수가 되어 입신양명할 수 있
다고 말했다.
　금금보는 고위직에 있는 벼슬아치와 사돈을 맺은 관계로 명
문무가에 사돈을 두지 못한 것이 조금 후회가 되긴 했지만, 무
사는 얼마든지 재력으로 사 모을 수 있다는 생각은 지금도 변
함이 없었다.
　하지만 금금보는 소림과 무당, 화산의 삼대문파에 많은 시
주를 해왔는데, 이렇게 사소한 일로 그들이 자신을 난처하게
만들 줄은 몰랐다.

　하천은 천경방주 일행과 청량방으로 돌아왔지만, 곧 금릉
방과 화룡방의 방주 일행과 제갈담, 제갈동 형제가 들이닥치
니, 어쩔 수 없이 장소를 귀빈각으로 옮겨 큰 잔치를 벌이게

되었다.

색귀는 방에 돌아오자마자 정신없이 앵화를 보러 달려가 버리니, 하천은 색귀의 처사에 난감했지만 색귀의 실체를 대충 파악한 사람들은 그저 미소만 지었다.

하천은 제갈동이 바로 수년 전 영아가 떠난 후, 화산의 원진과 그 제자들과 함께 자신의 방에 들이닥쳐 밀실을 찾아낸 사람이라는 것을 알았다.

제갈동이 제갈담의 친동생이라 하자 나쁜 감정을 가질 수가 없어 공손히 대하니, 제갈동도 처음과는 달리 하천에게 호감을 표시했다.

제갈동은 곳곳에 설치된 기문진과 기관의 흔적을 발견하고는 연신 고개를 끄덕였고, 하천이 빙그레 웃으니 함께 따라 웃었다.

금릉방주와 화룡방주도 연신 금금보의 처사를 비난해 댔다.

"금화방주가 수차례 사람을 보내 동업을 하자 해왔지만, 한 번도 응한 적이 없습니다. 그런데도 금금보는 마치 금릉방이 금화방과 동업이라도 하는 양 말하고 있습니다. 청량방과 이간질을 하려고 발악을 하는 게 아니겠습니까?"

"화룡방에도 사람을 보내왔습니다만, 거절했지요. 금금보는 뒤끝이 안 좋아 동업을 한다면 꼭 토사구팽당하고 마니 금금보를 아는 사람이면 절대 동업하지 않습니다."

금릉방주와 화룡방주가 계속 자신들의 무고함을 주장하자 하천은 빙그레 웃으며 고개만 끄덕였다.

청량방이 금릉방과 화룡방의 영역을 넘보지 않고 오히려 도움까지 주는 형편이니 두 방파가 지척에 있는 청량방에게 등을 돌릴 수는 없는 처지라는 것을 잘 알고 있었다.

제갈담 역시 금금보의 의도가 청량방을 궁지에 몰아가려 한 불순한 것이라 비난했고, 문중옥은 그냥 듣고만 있었다.

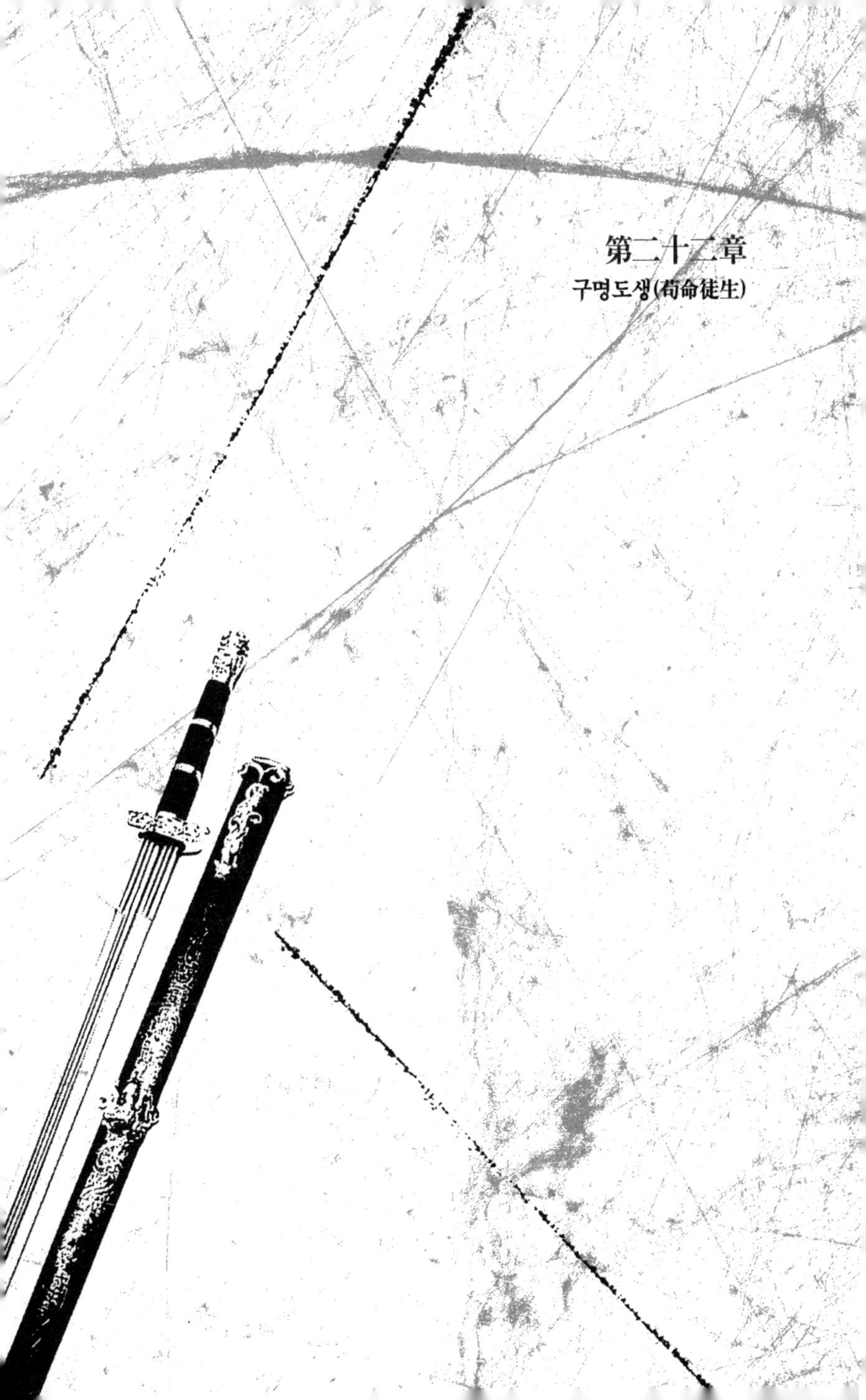

第二十二章

구명도생(苟命徒生)

머칠이 지난 뒤, 금금보는 남경의 모든 방파들이 금화방을 견제하는 고립무원의 형세가 되자, 천경방과 청량방에 대는 많은 물건을 품귀라 하며 중단하고, 다른 품목은 가격을 이 할이나 올렸다.

하지만 청량방과 천경방은 즉각 북경의 해하방과 낙양의 금성문을 불러들여 바로 물건을 공급받고, 오히려 금화방의 점포보다도 싼값에 파니 금금보는 크게 당황했다.

금화방주가 청량방을 곤경에 빠뜨리려 생일잔치를 남경에서 연다고 판단한 금성문과 해하방은 일이 벌어지자마자 바로 청량방과 천경방을 비롯한 남경의 방파들과 접촉해 금화방보다도 싼 가격에 물건을 댄다 하고 남경에 발을 내딛으니, 오히려 당한 쪽은 금화방이 되고 말았다.

결국 다시 남경은 중원의 삼대상단이라 할 수 있는 해하방과 금성문, 금화방의 각축장이 되고 말았고, 해하방과 금성문은 남경에 분타까지 차리고 본격적인 남경 진출을 시도했다.

더구나 무한선단과 손을 잡은 금성문은 남경 포구에서 선단 사업을 본격적으로 벌이니, 금화방은 선단 사업마저 위기에 몰리고 있었다.

무한선단은 금화방에서 받는 가격의 칠 할 정도의 가격을 받으니, 금화방주는 운임을 서서히 올려 이제 본격적으로 이문을 남기려던 차에 울며 겨자 먹기로 무한선단의 가격에 맞추어 내릴 수밖에 없었다.

무한선단과 같은 운임을 받는 데도 불구하고, 남경의 모든 방파가 무한선단의 배를 이용하자 금금보는 기가 막힐 노릇이었다.

언가장과 악가장이 청량방의 사람에게 망신을 당한 일은 남경 대부분의 백성들까지도 남경을 대표하는 방파를 청량방으로 인정하는 계기가 되었고, 청량방을 음해하려 했던 금화방에는 반감을 가지게 되었다.

그런 소문을 만들고 부추기는 데는 미리 준비를 해온 해하방과 금성문의 상인들이 큰 역할을 했고, 남경 관아까지 변한 민심을 어찌하지 못해, 조금씩 금화방과 거리를 두기 시작했다.

하천은 실제로 사촌 형인 하홍에게 방의 사업 일을 맡기고는 관여하지 않았고, 표면적으로는 하홍이 모든 일을 주관한 것으로 알려져 있었다.

금화방주는 이제 와서 다시 하천에게 원상으로 돌리자 할 수도 없어 실로 난감했고, 청량방을 곤경에 빠뜨리게 하려던 일을 후회했지만 어쩔 수 없는 일이 되고 말았다.

그러던 어느 날 느닷없이 살귀와 그 수하 무사들이 청량방으로 찾아왔고, 살귀는 청량방에 몸을 의탁하고 싶다고 했다.

복관홍의 수족이었던 살귀는 어떤 심경의 변화가 있었는지는 알 수 없으나, 지친 표정이었고 얼굴에는 참담한 표정까지 드러나 보였다.

하천은 살귀가 관홍에게 버림을 받았거나 신투와 사이에 다른 일이 있었다고 짐작하고 일향궁에서 축하연까지 열었다.

살귀의 수하에는 네 명의 제자 말고도 열두 명의 무사가 더 있었는데, 만보당도 다시 청부업을 시작하게 되었다.

살귀는 색귀와 자주 만나 밀담을 나누었고, 하천은 모른 척했지만, 살귀와 관홍 사이에 무슨 일이 있었던 게 분명하다고 생각했다.

다시 남궁가의 지원을 받아 장하방에서는 무사를 모집하고 상권을 확보하려 했지만, 이미 잘 결속이 된 남경의 방파들은 장하방에 상권을 내주려 하지 않았다.

방파에 속하지 않은 몇몇 영업장을 확보하긴 했지만, 모든

방파가 청량방의 눈치를 보는 형편이니 도무지 세력을 확장할
수가 없었다.

장하방주는 종남에서 사람을 불러들이고, 남궁가의 사람들
과 함께 무력으로 상권 확보에 나서니, 남경은 다시 평화가 깨
지고 말았다.

종남은 큰 자금줄이었던 장하방이 손쓸 틈도 없이 몰락해
아쉬움을 가지고 있다가 장무성의 아들 담휘가 도움을 요청하
자, 즉각 호응했다.

장하방이 망할 때는 금화방이라는 장벽이 있었지만, 이제는
금화방의 눈치를 볼 필요가 없게 되었으니 재정이 넉넉하지
않은 종남으로서는 반가운 일이었다.

종남은 오래전부터 속가를 대폭 받아들여 문호를 넓혀왔던
까닭에 장하방을 도울 여력이 있었다.

남경의 사정이 그런 형편에 통귀는 급한 소식을 전해왔다.

하천의 외숙 마완의 애첩과 함께 사라졌던 대하방의 외당
당주 오검삼의 거처가 확인되었다는 것이었는데, 소식을 들은
하천은 즉각 항주로 떠날 차비를 했다.

남경의 사정 또한 긴박하니, 영아는 함께 갈 수 없는지라 걱
정을 해댔다.

"이 누나가 따라가 보살펴 줘야 하는데, 함정에 빠지지 않게
조심하고, 엉뚱한 수작을 벌였다가는 죽을 줄 알아. 이건 만독
까지는 아니더라도 어지간한 독상은 치료할 수 있는 옥구슬이
야. 절대로 잊어버리면 안 돼. 딱 하나밖에 없는 귀영문의 보

물이야. 그냥 상처에 대고 문지르면 돼."

"그래, 너도 남궁가와 종남이 힘을 합쳐 우리를 노리는데다 금화방까지 적이 될 수도 있으니 조심해서 대응해. 그렇다고 마구 살상을 하면 안 돼. 그러다가는 구파일방 전체가 나설 수도 있어."

"알았어, 이 누나가 잘 대처할 테니 걱정 마."

하천은 영아가 여유롭게 말을 하니 조금 안심이 되었다.

악원의 청룡대와 팔비선자, 종려시, 종강이 따라나섰고, 마차는 노택과 왕청이 몰았다.

마침 노택은 항주 지리를 잘 알고 있어, 일행은 바로 통귀 수하의 거처로 향했다.

오검삼이 외숙의 애첩과 함께 있다는 집을 확인한 하천은 악원에게 주위를 감시하게 하고, 이경이 되자 팔비선자와 함께 담을 넘었다.

종려시와 종강이 뒤를 엄호하며 따랐는데, 방 안에서는 젊은 여인의 콧소리와 남자의 신음 소리가 새 나왔고, 두 사람은 한창 절정에 이르렀는지 점점 신음이 높아지며, 침상이 삐걱대는 소리도 빨라지기 시작했다.

팔비선자와 함께 들어가기는 민망하니, 하천은 팔비선자를 밖에서 기다리라 하고 방문을 열고 안으로 뛰어들었다.

하지만 침상에서 두 남녀는 즉각 한 줌의 암기를 날려오니 하천은 암기를 되돌려 두 남녀의 아랫도리로 향하게 했다.

“아악!!”

두 남녀는 아랫도리에 자신들이 던진 암기가 빼곡히 박히자 비명을 내질렀다.

쫘당!

그 순간 벽이 갈라지고 천장이 무너지며 무사들이 뛰어내렸다.

사방에서 네 개의 검이 날아오니 피할 곳이 없었다.

하천은 면전에 날아오는 두 개의 검을 막으며 다른 두 무사에게 보내니, 사량발천근의 수법이었다.

채쟁!

“헉!”

천장에서 뛰어내리던 두 사람은 비명을 지르며 바닥을 굴렀다.

죽일 수도 있었지만, 만약을 대비해 마혈을 찔렀을 뿐이었다.

사량발천근은 말 그대로 넉 냥의 힘으로 천근의 힘을 발휘한다는 것으로 유능제강(柔能制剛)의 차력 수법과 비슷하기도 했다.

하천은 급히 주먹을 내질러 두 사람의 가슴을 때려갔는데, 의외로 두 사람은 형체가 없는 무영권을 가볍게 피하며 오히려 연수 합공을 해오기 시작했다.

무사의 무공이 이렇게 높으니 하천은 당혹스러웠다.

현란한 검식으로 한 사람은 좌우를 찔러오고 한 사람은 상하를 노리니 허실을 파악하지 못해 맞받지 못하고 뒤로 물러서며 피하고 말았다.

　그 순간을 이용해서 두 사람은 무너진 벽 틈으로 도망을 쳤다.

　하천은 바짝 따라가며 한 사람의 어깨를 때리려 했지만 무사가 뒤로 손을 휙 뿌리니 한 무더기의 독질려(毒疾藜)가 날아왔다.

　아주 숙달된 암기 수법이었다.

　전혀 대비하지 못하고 있던 하천이 깜짝 놀라 피하는 사이 두 사람은 담을 넘고 마니, 더 이상 추적할 수가 없었다.

　두 사람 다 고수라 할 수 있는 무공이었지만 복면을 하고 있었으니 정체를 알 수가 없었다.

　팔비선자가 방으로 뛰어들어 피를 흘리며 침상에서 발버둥치는 두 남녀의 혈도를 점하고는 종려시와 종강에게 집을 살피게 했다.

　얼굴을 살피니 외숙의 애첩이었던 여인이 확실하고, 남자 또한 오검삼이 확실한지라 준비해 온 포대에 무사들과 두 사람을 집어넣고 서호로 향했다.

　뒤를 따르는 사람들이 있었지만 하천은 모른 척했다.

　당장 급한 일은 잡은 사람들을 안전하게 빼돌리고 외숙의 행방을 찾는 일이었다.

　서호는 유람객이 많아 외지인이 은신하기에 적합한 곳이었고, 성내와는 달리 사람을 숨길 곳도 많았다.

　관도의 모퉁이를 돌며 하천은 재빨리 오검삼과 기생첩을 움

막으로 던진 후 사로잡은 두 사람을 안고 움막으로 뛰어들었
다.

하천만 움막에 살짝 내리고 나머지 사람들은 태연히 서호로
향하니, 뒤를 은밀히 추적하던 사람들은 빠른 신법으로 계속
해서 마차를 따르고 있었다.

추격자들이 팔비선자를 따라가고 있는 동안 외숙의 행방을
알아내면 될 일이었다.

움막의 지하로 내려가자 통귀의 수하들은 이미 두 남녀를 천
장에 거꾸로 매달아놓고 있었다. 하천은 암습을 했던 두 사람
도 마저 매달게 한 뒤 한 주먹의 콩을 던져 두립타혈(豆粒打穴)
의 수법으로 네 사람 모두에게 오음절혈(五陰絶穴)을 펼쳤다.

오음절혈을 시전할 수 있는 사람도 희귀했지만, 그런 오음
절혈을 견딜 수 있는 강골은 없었다.

오음절혈은 현존하는 최고의 고문 방법이라 당한 사람들은
귀와 입이 막힌 상태에서 비명도 지르지 못한 채 눈을 까뒤집
고 똥오줌을 싸며 혼절할 수밖에 없었다.

내공이 약한 사람은 코와 귀로 피를 흘리기도 했다.

하천은 다시 콩을 던져 네 사람을 깨어나게 했다.

두 사람에게 신분을 물으니 모두가 살막의 살수들이었다.

"신분 외에는 더 할 말이 없소. 죽이든 살리든 마음대로 하
시오."

"청부자를 말해라."

하천이 짧게 말하고 다시 오음절혈을 펼쳤지만, 살수들은

끝내 말하지 않았다.

"오검삼에게 물어보시오. 우린 사실을 알지 못한다오."

살수들의 눈을 보니 사실 같아 보이자 하천은 마차를 대령하게 하여 두 사람을 짐칸에 구겨 넣게 했다.

다시 하천은 아랫도리가 피투성이가 된 오검삼의 아혈을 풀어주고 아는 대로 자복하라 하니, 오검삼은 하천의 잔인한 손 속에 치를 떨고 눈물을 흘리며 자초지종을 말했다.

하천은 조금만 오검삼이 머리를 굴리며 딴생각을 해도 바로 격공섭물(隔空攝物)의 수법으로 아랫도리에 박힌 침을 뽑아 다시 양물에 날려 버리니, 오검삼은 고자가 될까 염려하며 다시 오줌을 싸고 울고 불며 말을 이었다.

"처음 마완에게 접근한 사람은 대화방의 집사였고, 마완의 애첩이 된 여인은 원래부터 소생의 첩실이었습니다. 일종의 미인계라고나 할까요? 귀영신투가 살던 집을 차지하기 위한 책략이었는데, 자금을 대는 일은 대화방에서 맡았지만 화산과 종남이 뒤를 봐주고 있었습니다."

거기까지는 하천도 짐작하던 바라 듣고만 있었는데, 그 이후의 일이 궁금했다.

"애첩의 절묘한 방중술에 빠져 재물을 빼돌린 마완은 항주로 도망쳤지요. 항주에서 객잔을 알아봐 준다는 소생의 말에 속은 거지요. 바로 마완을 죽이려 했으나, 마완이 무당의 제자라 말하더군요. 그래서 후환이 두려워 일단 친척의 집 암굴에 숨겨두었지요. 하지만 며칠을 곰곰이 생각해 보니 아무리 무당의 제자라 해도 죽고 나면 그만이라 죽이려고 가보니 마완은 도망친 뒤였고, 그 이후에는 종적을 알지 못합니다. 진짜랍니다."

하천은 오검삼의 입과 귀를 막고 다시 첩실을 심문했으나 똑같은 말을 하는지라, 외숙의 행적이 오리무중임에 크게 실망하고 이번 일을 주도한 사람을 물었다.

"대화방은 이미 몰락하여 저 사람은 항주 하오문에 투신했는데, 하오문에서 순찰당주를 맡았습니다. 하오문은 살막의 청부를 맡는 곳이라 살막의 살수들을 불러들인 다음, 정보를 흘려 유인한 것이지요. 그러니 배후라면 항주 하오문이지, 우리들은 이용당한 것뿐이랍니다. 누가 청부했는지는 정말 알지 못합니다."

오검삼에게 다시 물어도 같은 말을 하자 하오문과 살막이 배후인 것은 분명한 일이었다.

하천은 당장 하오문의 총단으로 달려가 문주를 때려죽이고 싶었으나, 인원이 부족하고 하오문에 대해 아는 것이 없어 일단 남경으로 돌아가려고 했다.

통귀의 수하들은 하천이 바로 통귀의 상전이고 자신들이 청량방의 방주인 하천을 위해 일한다는 것을 알고 크게 기뻐했다.

하천이 보여준 능력과 놀라운 무공은 자신들의 주공으로 조금도 부족함이 없는지라 통귀의 수하들은 진심으로 하천을 주공으로 받들었다.

하천 또한 통귀의 수하들에게 일부러 자신의 무공을 드러내 감복하게 하려는 측면이 있었다.

사실 무영지로 오음절혈을 펼칠 수도 있었지만, 무영지를 공공연히 드러낼 수는 없었다.

하천은 마차를 준비하게 하여 네 사람을 짐칸에 구겨 넣고, 서호로 향하게 했다.

서호는 남경으로 가는 길목이기도 하니, 팔비선자 일행과 합류하여 바로 남경으로 떠나면 될 일이었다.

항주를 맡은 삼통은 통귀의 제자였는데, 서호로 향하는 마차에서 하천에게 항주의 소식을 보고했다.

"사부께서는 복관홍의 일을 우선으로 감시하라 하셨는데, 복관홍은 문주님의 통재를 벗어나 이미 귀영문과는 별개로 움직이고 있습니다. 문주께서 서호로 복관홍을 불러내 크게 다투셨는데, 내용은 듣지 못했지만 그 다음날 바로 살 숙은 복관홍과 크게 틀어져 남경으로 떠나신 겁니다. 그리고 총관이 바로 검귀 백부라는 것을 문주께서도 이미 아시는 눈치였습니다."

하천은 만보당의 총관이 바로 귀영문제일의 검수 검귀라는 사실은 처음 듣는 말이라 깜짝 놀랐다.

하지만 통귀의 제자는 하천이 이미 알고 있는 사실로 여기고 말하는지라 얼른 표정을 감추었다.

신투와 복관홍이 다투었다는 것도 괴이한 일이었다.

"복관홍은 오향궁이라는 거대한 주루와 객잔, 다루, 기루, 도박장이 함께 있는 곳을 인수하여 항주 하오문, 소주 금화방과도 친분을 맺으니 날이 갈수록 귀영문과는 멀어져 가는 듯합니다."

"복관홍의 거처는 오향궁 안에 있습니까?"

하천의 말에 통귀의 제자 삼통은 고개를 저었다.

"알지 못합니다. 오향궁 안에 사람을 심어놓긴 했습니다만, 거처를 알 수는 없었습니다. 아마 밀로를 미리 만들어놓은 다음 오향궁을 인수한 듯합니다. 만보당과 비슷한 밀로가 있는 게 확실한 것 같습니다."

하천은 사실 복관홍이 누구를 만나 뭘 하든 관심도 없었다. 은소소 역시 항주에 있으니, 살짝 소소의 소식을 물었다.

"혹시 흑룡방의 호법, 은왕파파 제자의 동정은 알고 있습니까?"

하천의 말에 삼통은 머리를 긁적이며 난감한 표정을 지었다.

"흑룡방 분타와 연락소의 동정도 살피긴 합니다만, 호법과 그 제자가 누군지는 모르고 있습니다. 흑룡방의 순찰대가 가끔 들르긴 하는데 정확한 내막은 알지 못합니다."

하천은 고개를 끄덕이며 통귀만 소소의 신분을 알고 있는 걸로 생각하고 더 이상 묻지 않았다.

하천은 문득 팔비선자에게 내어준 기루가 일향궁인데, 복관홍의 기루 역시 오향궁이라 하자 기이하여 삼통에게 물었다.

"원래 그곳의 이름이 오향궁이었소?"

"아닙니다. 인수하기 보름 전에 바꾼 것으로 봐서 복관홍이 붙인 이름 같습니다. 전각이 다섯 개니 오향궁이라 한 것 같기도 합니다."

하지만 하천은 복관홍이 남경의 일향궁을 능가하겠다는 의지로 오향궁이라 이름 지었다고 생각했다.

복관홍이 하천을 의식한다는 것은 이상한 일이었다.

만나기로 한 장소에 도착했지만 팔비선자와 악원이 보이지 않자 하천은 긴 휘파람을 불었다.

멀리서 팔비선자가 호응하는 휘파람 소리가 들렸는데, 호흡이 불안한 소리인지라 비조같이 몸을 날렸다.

채쟁, 챙챙!

하천이 도착한 곳엔 병장기 부딪치는 소리가 나며 싸움이 벌어지고 있었다.

두 복면인이 팔비선자와 싸우고 있었고, 팔비선자는 간신히 버티고 있는 듯해 보였다.

종려시와 종강도 네 명의 무사와 호각지세를 이루고 있었다.

악원과 청룡당 무사들이 보이지 않아 이상한 일이었지만 일단 팔비선자에게 달려갔다.

그때 숲에서 십여 발의 강궁이 날아오니 하천을 노리며 기다리고 있었던 게 분명했다.

화살은 호신강기도 파괴한다는 현철로 만든 것이었다.

하천이 검을 뽑아 들자 화살은 검에 달라붙었고, 검을 휙 뿌리치자 궁수들이 숨어 있는 곳으로 빠르게 날아갔다.

"아악!"

비명 소리가 들리고 궁수들이 화들짝 놀라 도망치기 시작했다.

다시 팔비선자 쪽으로 달려가니 이미 두 사람은 숲으로 도망쳐 버렸고, 종려시와 종강과 싸우던 네 명의 복면인도 연막탄을 던지고 숲으로 도망치고 있었다.

하천은 따라갈 수도 있었지만, 이미 살막의 무사라는 것이 밝혀진 마당이니 쫓아갈 필요가 없었다.

팔비선자는 어깨에 가느다란 검상이 있었고, 옆구리에도 암기가 박혀 있었다.

팔비선자와 싸우던 두 사람은 바로 하천을 암습하고 도망쳤던 살수였는데, 그 두 사람을 팔비신자가 감당하기는 힘이 들었다.

"악원은 어디에 있습니까?"

팔비선자는 가쁜 숨을 몰아쉬며 말했다.

"처음 놈들이 암습을 해와 청룡당이 추격을 했어요. 악원을 유인하고는 바로 들이닥쳤습니다."

"선자와 싸우던 두 사람은 오검삼의 방에 숨어 있었던 그놈들이 아닙니까? 놈들이 신출귀몰하니 유인당하지 않게 조심해야겠습니다."

종려시가 마차에 들어가 팔비선자의 상처를 치료하고 나오니 그때서야 악원과 청룡당 무사들이 말을 달려오고 있었다.

삼통과 수하들이 마차를 몰아와 하천은 오검삼 일당을 건네받고 삼통은 항주로 돌아갔다.

하천은 어쩌면 살막이 곧 하오문이고, 하오문이 살막일 수도 있다고 생각했다.

항주가 하오문의 본거지라 하지만 끊임없이 선공을 해오니, 하오문의 실력이 결코 만만하지 않다는 것을 보여주려는 것 같기도 했고, 다른 목적이 있는 것 같기도 했다.

하천은 궁수들이 버리고 도망간 강궁과 활통, 현철로 만든 화살을 모아 서호를 벗어나 남경으로 향했다.

팔비선자는 어깨에 천을 싸매긴 했지만 통증이 심한 듯 앓기 시작했고, 하천은 팔비선자가 동여맨 천을 풀어 어깨 상처를 살피고, 품에서 옥구슬을 꺼내 팔비선자의 상처에 비벼댔다.

그러자 곧 어깨에서 검은 피가 조금씩 나오더니 맑은 피가 보였고, 하천은 다시 자기병에서 금창약을 꺼내 팔비선자의 어깨에 발라주었다.

독이 묻은 검에 상처를 입은 것이었는데, 하천은 두 사람을 잡으러 가지 않은 것을 후회했다.

검에 독을 바르는 것은 무림의 금기였다.

팔비선자는 땀을 비 오듯 흘리다 결국 혼절했고, 하천은 다시 품에서 단약을 꺼내 팔비선자에게 먹였다.

종려시와 종강은 치료하는 내내 하염없이 울다가 하천이

치료를 끝내고 아무 일이 없다고 말하자, 그때서야 밝게 웃었
다.

"사부, 아니, 오라버니, 그 옥구슬이 만독을 제거하나요?"

"글쎄, 어지간한 독은 흡수한다 하지만, 그래도 독을 당해
좋을 리는 없으니 조심해야지. 선자께선 아무 일 없을 테니 염
려 마."

밤이 깊어 멀리 가지 못하고 일행은 서호에서 삼십 리 벗어
난 덕청에서 작은 객간을 통째로 빌려 투숙했다.

막 잠이 들려는데 창문으로 한 무더기의 강침이 날아와 간
신히 피하고 밖으로 뛰쳐나갔다.

도망가는 자의 신법은 대단해 어쩌면 하천보다도 뛰어난 고
수일지도 모르는지라 객잔에 있는 팔비선자가 걱정이 되어 되
돌아갈까 하는 생각도 했다.

그 순간 도망가던 괴한이 등을 돌리고 검을 뽑아 들었다.

하천은 괴한의 기수식이 낯이 익어 기억을 더듬어보니, 소
소의 거처에서 만났던 살수의 자세와 같은지라 조심스럽게 검
을 뽑아 들었다.

괴한이 초상비의 신법에 이어 부신약영으로 날아오니, 하천
은 일권을 날리고 옆으로 미끄러지며 무영검식으로 검강을 날
렸다.

챙!

괴한은 스치듯 권강을 피한 다음 검을 들어 하천의 검강을

막으니 불꽃이 튀었다. 괴한은 그대로 달려오며 무려 일곱 번의 검초를 연속해서 전개하며 하천을 몰아왔다.

하천 또한 계속 무영권을 날리고 검막으로 몸을 보호했지만, 변화무상하고 날카로운 검강이 전신을 에워싸 좀처럼 괴한의 공세에서 벗어날 수 없었다.

지난번에는 매동주와 영아가 암기를 날려 괴한이 본연의 무공을 펼칠 수 없었지만, 이번에는 달랐다.

하천이 괴한보다는 빠른 신법을 가졌기에 그나마 견딜 수 있었지, 검식으로는 정면 대결을 벌일 수 없는 정도로 괴한의 검식은 현란했다.

콰르릉!

폭사되는 검강을 막을 때마다 손목이 저려올 정도로 괴한은 공력 또한 대단했다.

이십여 초가 지나가자 괴한의 검식은 더욱 강맹해져 하천은 점점 밀리며 숲으로 들어가고 있었다.

우르릉! 콰광!

괴한의 검강은 거목에 구멍을 뚫어버릴 정도로 강맹하여 하천은 숲에 들어온 것을 후회했다.

나무가 방패가 되지 못했고, 오히려 하천이 보법을 전개하는 데 방해만 됐다. 이리저리 피하며 간헐적으로 주먹을 날리고 검강을 날려보긴 했지만, 모두가 강맹한 검막에 막혀 버려 좀처럼 위기를 벗어날 수 없었다.

괴한이 바짝 따라붙으니 등을 돌려 도망치는 것은 자살행위

나 다름없었고, 계속 뒤로 밀리니 낭패를 당하는 것은 시간문
제였다.

하천은 괴한의 검강을 막는 척하며 궁신탄영의 신법으로 뒤
로 삼 장을 물러나 자모환을 꺼내 날렸다.

하지만 괴한은 이형환위의 신법으로 가볍게 자모환을 피하
며 오히려 머리를 향해 수십 가닥의 검기를 뿌리자 하천은 바
닥을 굴러 간신히 검기를 피했지만, 허벅지와 어깨를 검기에
맞고 말았다.

어깨는 천잠사를 입고 있어 다치지 않았지만, 허벅지에선
피가 흘러내렸다.

하천은 다시 바닥을 구르며 괴한의 아랫도리를 노려봤으나
괴한은 허공으로 떠오르며 수십 가닥의 검기를 뿌려왔다.

하천은 그 순간을 노리고 자모환을 다시 날리니 괴한은 허
공에 뜬 상태에서 자모환을 검으로 쳐내려 했다.

"흐윽!"

자모환이 수십 개의 철환으로 갈라지며 전신을 노리니 괴한
은 전부를 피하지 못하고 몇 개를 맞은 후, 비명을 지르며 바닥
에 떨어지며 신형을 휘청거렸다.

채쟁!

기회를 잡은 하천은 차력미기의 수법으로 괴한에게 받은 검
식을 되돌려 주려 했지만, 괴한의 강맹한 한줄기 검강이 하천
의 아랫도리를 노렸다.

이형환위의 신법을 전개하려던 하천은 검강을 막으며 중심

이 무너져 바닥에 주저앉고 말았다.

괴한의 검은 다시 허벅지를 노려 간신히 피하긴 했지만 가슴에 일권을 맞으니, 숨이 막히며 정신이 흐려져 왔다.

천잠사가 아니었다면 즉사했을 만큼 강한 주먹이었다.

그때 숲에서 수전이 연속해서 괴한에게 날아왔다.

괴한은 화살을 피하느라 하천을 바짝 따르지 못했다.

괴한 또한 몇 군데 부상을 입었지만, 하천에 비하면 가벼운 상처라 하천은 다시 궁신탄영으로 몸을 뽑아 뒤로 물러나며 무영권을 몇 차례 내지르고 몸을 돌려 도망쳤다.

뒤에서 수전을 쏘고 있던 복면인은 손짓하며 따르라 하더니 이리저리 몸을 날렸다.

두 사람은 한참을 달려 작은 모옥의 밀실로 숨어들었다.

밀실에 뛰어들자마자 복면인은 복면을 벗고 하천의 품에 안겨들었는데, 바로 꿈에도 잊지 못하던 은소소였다.

"소소!"

"상공! 어서 이 요상약을 드세요."

하천은 조금도 망설이지 않고 환약을 씹어 삼켰다.

환약을 삼키자마자 오장육부(五臟六腑)로 청량한 기운이 느껴지고 사지백해(四肢百骸)로 퍼지기 시작하니 하천은 급히 가부좌를 틀고 운기조식을 했다.

눈을 번쩍 뜨자 답답했던 가슴이 시원해지고 정신이 맑아졌다.

"참으로 신통한 약이오. 몸이 전보다 훨씬 가벼워진 듯하오."

　하천은 환약의 정체가 궁금했지만, 소소는 예쁜 미소만 짓고 다시 안겨왔다.

　"그날 사부의 급한 심부름으로 항주에 오느라 시간을 낼 수가 없었어요. 오늘은 금화방의 사주를 받은 하오문이 살막의 자객들을 총동원했다는 말을 듣고 혹시 해서 달려왔더니……."

　하천은 금화방에서 청부를 했다 하니 깜짝 놀랐고, 소소가 아무것도 모르고 있으니, 차마 귀영문을 거론해 원수를 말할 수 없었다.

　"정말 금화방에서 나를 죽여 달라고 살막에 청부를 했다는 말이오?"

　"예, 분명해요. 금화방의 사람이 하오문주를 직접 만나 청부를 했다 합니다."

　또 궁금한 것은 벌써 두 번이나 자신의 목숨을 노린 살수의 정체였다.

　"그런데 그렇게 강한 무공을 가진 살수가 살막의 사람이란 말이오?"

　소소는 얼굴빛이 하얗게 변하더니 고개를 저으며 말했다.

　"상공께 죄송하지만 그 살수는 살막의 사람이 아닌……."

　소소가 말을 흐리자 하천은 짐작하고 있던 말을 했다.

　"혹시, 흑룡방의 사람이 아니오?"

　소소는 고개를 끄덕였다.

　"맞아요. 죄송해요. 왜 흑룡방에서 상공을 노리는지 소녀도 모르겠어요. 복면을 했지만 무공으로 봐서는 방주님의 제자인 대호법이 분명해요."

하천은 그렇게나 고강한 무공을 가진 자가 고작 방주의 제자라 하니 한숨이 절로 나왔다.

통귀의 말로는 소소의 부친이 귀영문의 원수라 하며 소소를 만나서는 안 된다 하니 하천은 한참을 망설이다 물었다.

"소소, 선친에 대해 말해줄 수 있겠소?"

소소는 눈을 동그랗게 뜨고 쳐다보더니 쓸쓸한 표정으로 말을 했다.

"부모님께선 제가 아주 어릴 때 돌림병으로 돌아가셨대요. 절 거두어주신 분은 흑룡방 분타에서 정원 가꾸는 일을 하는 노인이셨어요. 그 어른께서 절 양녀로 거두시고 일곱 살이 되던 해, 은왕파파를 사부로 모시게 되었지요."

하천은 소소의 눈을 바라봤지만 조금도 거짓이 없어 보이자, 통귀가 영아를 위해 뭔가 수작을 벌였거나 그게 아니라면 잘못 알고 있다고 생각했다.

"미안하오. 공연한 걸 물었소."

"아니에요. 당장은 총단 사정을 알지 못하니 자세한 내막을 알게 되면 알려 드릴게요. 흑룡방이 상공과 적이 된다면 소녀는 어떻게 해요?"

소소가 걱정스런 눈빛으로 바라보자 하천은 미소를 지었다.

"걱정 마시오. 설사 흑룡방이 나와 적이 된다 해도 소소와는 무관하오."

“상공!”

소소는 좋아하며 깡충 뛰어 안겨왔다.

춘풍이 몰아치고 두 사람은 손을 꼭 잡은 채 침상에 누워 있었다.

하천은 서탁에 놓인 소소의 수전을 살폈다. 맹군이 만든 청량방의 매화수전과 모양은 달랐지만 여섯 발이 연사되는 것은 같았고, 크기가 조금 더 작았다.

전통에는 아직 열두 개의 화살이 남아 있었는데, 정교하게 만들어진 화살이었다.

이것이 만약 흑룡방의 무기라면 이 수전을 쓴 소소는 곤경에 처할 것이라 그녀의 안위가 걱정이 되었다.

“소소, 방주의 제자라는 자가 이 화살을 보면 소소의 정체를 알 수 있지도 않겠소? 어떻게 하려고 수전을 쏘았소?”

소소는 생글생글 웃으며 말했다.

“걱정 마세요. 이 수전은 흑룡방의 물건이 아니에요. 의부께서 오래전에 만들어주신 물건이고, 흑룡방의 수전과는 달라요.”

하천은 안심이 되긴 했지만, 다시 남경으로 돌아가면 소소와 헤어져야 한다는 게 아쉬웠다.

이제 금화방이 적이 되었고, 흑룡방, 하오문, 살막까지 적이 된데다가 남경에서는 남궁세가와 종남까지 청량방을 노리니 그야 말로 사면초가라 할 수 있었다.

당장은 남경으로 돌아가는 일이 급했다. 청량방의 정예를 데려와 하오문과 살막을 상대하는 일은 그다음에 할 일이었고, 확실한 증거도 없으니 금화방을 당장 어떻게 할 수는 없는 일이었다.

날이 밝아오자 두 사람은 떠날 준비를 했다.

"상공, 소녀가 남경으로 가면 상공께서 주신 은침을 꽂아 서신을 전할게요. 항주에 들르시면 본전로의 상유다점 주인에게 연락처를 남기세요."

"알았소. 남경의 일이 처리되면 항주로 오겠소. 그때 다시 봅시다."

팔비선자는 걱정이 되었던지 하천이 묵었던 객방을 서성이고 있었다.

하천은 아무 일도 없었던 것처럼 태연히 웃으며 방으로 들어갔다. 잠도 못 잔데다가 살수의 검을 피하느라 바닥을 굴러 몰골이 엉망인지라, 목욕을 하고 옷을 갈아입은 다음에야 길을 떠났다.

第二十三章
교룡득수(蛟龍得水)

항주로 돌아오니 다행히도 아직은 남궁가와 종남은 움직이지 않고 있었다.

다만 장하방의 사람들이 다시 시전에 점포를 얻고 금화방에서는 장하방과 대화방에 물건을 대고 있어 어제의 친구가 적이 되고, 적이 친구가 된 형국이었다.

영아는 남경의 그런 사정을 이야기하고 하천의 말을 기다렸다.

"이제 금화방은 우리 적이 되기로 작정했고, 대화방주 염생까지 금금보의 수하로 들어간 모양이군. 항주로 가서 얻은 게 없어. 외숙을 미끼로 금화방에서 하오문에 청부를 해서 살막의 살수들을 만난 게 전부야."

하천은 흑룡방주의 대제자가 자신을 노렸다는 말을 하게 되면 소소와의 일을 말해야 하니 그 말은 빼고 항주에서 일어났던 일을 소상하게 이야기했다.

"흥! 금화방 놈들이 통귀 백부를 멋지게 속였군. 이제 사방으로 적을 두게 되었으니 정말 큰일이야. 아버지는 너한테 건곤대나이를 보여주면 안 된다 하셨지만, 이젠 귀영문의 문주가 되는 일보다 급한 게 남경에서 살아남는 일이 되었어. 그러니 당장 건곤대나이의 무공을 익혀."

영아는 바로 밀고를 열어 건곤대나이를 들고 왔다.

하천이 책을 읽고 무공을 익히는 방식은 처음부터 깊게 파고드는 방식이 아니라, 처음에는 대충 빨리빨리 책장을 넘겨 일독한 후, 직관으로 중요하다고 생각되는 부분을 집중적으로 연구하는 방식이었다.

건곤대나이는 원래는 명교의 교주만이 익히도록 되어 있는 신공이었지만, 명교가 망하게 되면서 실전된 부분도 많고 여러 갈래로 갈라져 전해지고 있었으니, 어떤 것이 원본인지도 알 수 없는 일이었다.

건곤대나이의 핵심은 상대의 공력을 흡수하여 그 힘을 되돌려 보내는 합기의 절정이라 할 수 있었고, 사량발천근보다 한 단계 위의 무공이었다.

익힌 지 사흘이 지났을 뿐이었지만, 하천은 이미 기본적인 사량발천근의 원리를 터득한 터라 건곤대나이의 요결을 쉽게 이해할 수 있었다.

주변의 기운을 흡수하는 것은 자연의 정기를 흡수하는 것과
도 일맥상통하니 원숙한 경지에 도달한다면 자연검, 심검의
경지에 이를 수 있는 최상의 무공 심법이라 할 수도 있었다.

단계별로 익힐 수 있게 요결이 있었지만, 하천은 건곤대나
이의 근본 원리를 깊이 연구하고 세세한 요결에는 매달리지
않았다.

건곤대나이 자체가 초식이 아닌 심법이었으니, 깨달음이 없
이는 높은 경지에 이를 수 없는 난해한 무공이었다.

영아는 눈을 깜빡이며 하천이 건곤대나이를 익히는 것을 지
켜봤는데, 하천이 금방 책을 놓고 손발을 놀려대자 깜짝 놀랐
다.

선공을 하면 위력이 그리 대단한 것은 아니었다.

하지만 영아가 선공을 하고 하천이 그 힘을 받아 반격을 하
면 그 위력이 배가되니 깜짝 놀라고 말았다.

영아는 건곤대나이를 익히긴 했지만, 상대의 기운 전체를
받아들여 자신의 내력을 합쳐 되돌릴 수 있는 차기미기(借氣彌
氣)의 경지에는 이르지 못했다.

그보다 한 단계 낮은 차력미기(借力彌氣)의 단계에 머물고
있었다.

차력미기는 상대의 힘을 그대로 되돌리는 것이었지만, 차기
미기는 상대의 기운에다가 자신의 기운을 더해 되돌려 보내는
것이니, 신공이라 할 수 있는 무공이었다.

영아는 하천에게 매달리며 그 방법을 물었지만, 하천은 자

연의 기를 받아들이듯 상대의 기운을 받아들이는 심득에 관한 말을 하니, 영아로서는 통 이해할 수가 없었다.

사량발천근은 힘의 방향을 틀어 자신의 기운을 싣는 수법이었지만, 건곤대나이의 차기미기는 힘의 방향과는 무관하게 자신의 기운을 싣는 고차원의 것이라 영아는 아무리 해봐도 하천이 전개하는 건곤대나이의 차기미기를 따라 할 수 없었다.

영아는 종려시에게 하천을 공격하게 한 다음 하천의 등에 따라붙어 경혈의 움직임을 연구했지만 큰 성과를 거두지 못했고, 다만 건곤대나이를 전개할 때 움직이는 경혈은 일반 무공을 펼칠 때와는 다르다는 것만 알게 되었다.

하지만 하천은 경혈이니 단전이니 발경이니 하는 것은 아예 마음에 두지 않고 펼친다고 했다.

마음을 따라 경혈이 알아서 움직여 줄 뿐이라 했다.

영아로서는 도저히 납득하기 어려운 일이었다.

남경에는 많은 종남의 속가제자들이 몰려와 있었고, 남궁가에서는 오장로 남궁정이 와 있었지만, 청량방 무사들과 충돌은 아직 없었다.

종남 본산의 속가제자들은 도사가 되지 않아도 좋았으니 괜히 손에 인정을 남길 필요도 없었고, 도인들이 펼치기 꺼려하는 살초도 스스럼없이 펼칠 수 있었다. 게다가 구대문파의 하나인 종남의 제자라는 자부심까지 있었다.

종남의 속가제자들은 화산이나 무당의 속가제자들과 같이

명문가의 사람들은 아니었지만, 그래도 제법 재산이 있는 가문 출신이라야 입문할 수 있었으니 겸손과는 거리가 있는 사람들이었다.

그러니 종남의 속가들은 일반 백성들이 보기에도 다소 거만해 보였고 눈에 거슬리는 짓을 많이 하는 편이었다.

도박장에서 시끄럽게 소리 지르며 도박하기도 하고, 떼로 몰려다니며 주루에서 소란을 피우기도 했다.

일부 제자들은 대낮에도 당당하게 유곽을 찾기도 하니, 남경에서 종남 속가제자들의 평판은 그리 좋지 않았다.

남궁정도 장하방에서 종남 속가와 같이 북적대며 있다는 것이 불편한지라, 따로 남궁가의 제자들만 데리고 장하방에서 조금 떨어져 있는 한갓진 장원을 빌려 묵고 있었다.

장하방주 담휘는 부친의 실패를 반면교사로 삼아, 수하들에게 인정으로 대하고, 사람을 덕으로 다스리려고 노력을 한 덕분에 그럭저럭 무사들은 이끌어갈 수 있었지만, 자금 사정이 좋지 않으니 고수라 할 수 있는 무사들을 모으지 못했다.

그래서 금금보에게 머리를 숙이고 이미 몰락한 대화방주 염생과 연합을 하고, 염생이 억울하게 빼앗긴 점포를 되찾는다는 명분을 내세웠다.

염생은 화산이 자신을 버렸기 때문에 기댈 언덕이 없는 관계로 소주로 도망가 숨 죽이며 있긴 했지만, 금화방에서 찾아와 강호의 도의를 내세우고 좋은 말을 해대며 부추기니 다시 재기의 기회를 노렸다.

금화방이라면 충분히 날도둑과도 같은 청량방을 상대할 수 있으리라 믿었다.

게다가 남궁세가와 양가장, 단목가를 업고 있는 장하방에서 손을 내밀기까지 하니 천군만마를 얻은 것 같았다.

장하방주 담휘와 대하방주 모염생의 이름으로 청량방과 천경방의 부당함을 말하는 서신이 작성되고, 종남과 남궁세가, 양가장, 단목세가가 수결을 한 서신이 청량방으로 전해졌다.

바로 다음날, 남궁정이 청량방을 찾아와 배첩을 내미니 외당 집사는 그를 접객실로 안내했다.

남궁정은 무경칠서를 비롯한 수많은 병법 서적을 익히고, 진도지학(陣圖之學)까지 공부해서, 남궁가에서는 가장 지략과 병법에 밝은 사람이라 대세를 보는 눈이 정확해 가주의 신임을 받는 사람이었다.

하지만 나타난 사람은 그가 기다리던 하천이 아닌 총관 하홍이었다.

"방주께서는 표국의 보고를 받고 계시니 다음날 오시겠습니까, 아니면 저와 말씀을 나누시겠습니까? 방주께서는 재정에 관한 일은 원래 관여하지 않으십니다."

무공이 없어 보이는 문사 같은 총관이 자신을 상대하겠다고 하자 남궁정은 기분이 상하고, 자신을 장사치로 여긴다는 말에 화가 치밀었지만, 방주가 어리지만 보통이 아니다 생각하고 하홍과 이야기를 했다.

하홍은 염생이 직접 작성한 진술서를 거론하며 염생을 내달라 했다.

결국 염생과 대화방의 점포와 바꾸자는 말이니 협상이 될 리가 없었고, 대화방의 점포를 돌려받으면 그중 절반을 장하방에서 차지하려던 계획도 물거품이 되는지라, 남궁정은 최후의 통첩을 했다.

"대화방과 장하방은 혈맹이오. 터무니없이 강탈해 간 대화방의 점포들을 내일까지 비워주지 않는다면 모레 아침, 강제로 접수하겠소. 방주께 그리 전해주시오."

"방주께선 관아에 고변하여 송사를 하면 될 일이라 하셨으니, 사람을 상해서 큰 죄를 범하지는 않기를 충고드립니다."

하홍의 말에 남궁정은 어이가 없어 망연자실하게 서 있다가 하홍이 웃으며 가버리자 청량방을 빠져나왔다.

남궁정은 청량방이 무림의 일에 관아를 끌어들이겠다 하니 어처구니가 없었다. 그렇게 된다면 청량방이 이익을 볼 게 분명하였고, 관아와 연줄이 없는 남궁가가 덤터기를 쓸 수도 있는 일이라 담휘를 불러 상의했다.

담휘는 저삼촌이 되는 남궁정이 남경부를 두려워하자 문서를 하나 들이밀었다.

"이 목록은 아버님께서 남경부 관리들에게 뇌물 준 것을 기록해 놓은 것입니다. 송사가 벌어진다 해도 결코 청량방에만 유리하게 되지는 않을 것이니, 일단 점포들을 접수하는 게 좋겠습니다. 설사, 관아에서 판결이 난다 해도 무력이 청량방의 우위에 있다는 것을 남경 백성에게 알리는 것만으로도 장하방은 이익입니다. 숙부님께서 나서시는데, 청량방에서 감히 가로막을 수가 있겠습니까?"

"흠, 그래, 잘 알았네. 형님께서도 자네가 남경제일의 방파자리를 차지해야 체면이 서지 않겠는가? 그러니, 수하들을 덕으로 다스려 사돈어른과 같이 자멸의 길을 걷는 일이 없도록 하게."

담휘는 남궁가의 무공이면 청량방이 상대가 되지 않으리라 여겼고, 자신으로서는 손해 볼 것이 없다고 생각했다.

하천도 말은 그렇게 했지만 송사를 벌여 이익될 게 없으니, 천경방에 알리고 무력으로 대응하기로 했다.

천경방의 무사들이 무장을 하고 남경 거리를 누비고, 청량방의 무사들 또한 남경 거리에 잔뜩 솟아져 나오니, 장하방을 나선 남궁정과 종남의 제자들은 중과부적이었다.

저잣거리로 접어들자 당장 청량방과 천경방의 무사들이 길을 막으니 벌써 힘의 우위가 명백하게 드러났다.

양옆으로 늘어선 청량방과 천경방의 무사들은 바로 시위라도 당길 듯 화살을 겨누고 있고, 단창을 든 무사 또한 단창을 던지려 하자 정상적인 무공으로 승부를 낼 기미가 보이지 않았다.

"천경방의 호법 막진이오. 천경방의 점포에 한 발이라도 들어온다면 화적으로 간주하고 무차별 공격하겠소."

남궁정이 주위를 둘러보자 천경방과 청량방의 무사는 무려

삼백 명에 가까워 겨우 오십 명 남짓한 남궁가와 종남의 사람들로는 정말 그런 일이 벌어진다면 낭패를 당하고 말 것이었다.

남궁정은 막진을 자극해 자존심을 건드렸다.

"시전에서 큰 싸움이 벌어진다면 민심도 어지러울 것이고, 수하들 또한 많이 상할 것이 아니겠소? 그러니 당당한 대장부라면 대표로 한 분이 나오시오. 단둘이 승부를 지어 이번 일을 해결합시다."

하지만 막진은 뻔뻔스럽게 말했다.

"세상에 그렇게 불공평한 일을 왜 한다는 말이오? 이미 천경방의 소유이고, 문서가 있는 마당에 뭐 하러 귀찮게 손발을 놀리겠소? 결투를 원하면 같은 값어치만큼을 내걸고, 증인을 세우고, 공중인을 내세운 다음 한다면 모를까, 일 없소. 또 잘 훈련된 무사들을 그냥 놀고 먹일 수는 없으니 제발 좀 떼로 나서주시오. 무사들도 병진을 익힌 보람이 있어야 할 게 아니겠소?"

남궁정은 남궁가에서는 다섯 손가락 안에 드는 고수라 할 수 있었고, 남궁가주와도 백 초를 넘겨야 승부를 낼 정도였으니, 천경방과 청량방에서 누가 나선다 할지라도 이길 자신이 있었다.

하지만 남궁가와 종남이 시전의 이권을 놓고 떼로 나설 수는 없는 일이었다.

상대는 이쪽의 의중을 너무나 빤히 들여다보고 있는 것 같왔다.

남궁정은 이쯤에서 체면을 세우고 물러나 다른 계책을 마련할 수밖에 없었다.

"열흘 말미를 주겠소. 그때까지 강탈해 간 점포들을 돌려주지 않는다면 종남과 남궁가의 정예가 남경에 오게 될 것이오. 남경이 피바다가 되는 한이 있어도 꼭 돌려받고야 말겠소."

남궁정의 말에 막진은 호탕하게 웃으며 말을 받았다.

"우하하하! 종남과 남궁가의 정예가 남경에 와 피를 뿌린다는 말씀이시오? 그참, 고마운 일이오. 천경방은 장의사를 두 개나 가지고 있소. 그래, 관 값은 어느 정도로 예산하고 계시오?"

막진이 계속 엉뚱한 말을 해대니 남궁정은 도저히 참을 수가 없었다.

스스릉, 챙!

청아한 소리와 함께 은광이 번쩍이며 남궁정의 검이 모습을 드러냈다.

"입을 함부로 놀리는구나. 아무 조건도 걸지 않겠다. 명색이 남자라면 어서 앞으로 나서라."

막진은 공연히 남궁정을 자극해 쓸데없는 위기를 자초했다는 것을 알았지만, 일이 이렇게 된 이상 나서지 않을 수가 없었다. 결국 이렇게 된다면 남궁정의 의도대로 일이 진행되는 것이었다.

막진이 수하에게 유성추를 받아 들고 막 한 걸음을 떼자, 소진이 앞을 막았다.

"아버님, 고작 남궁가의 장로 따위를 상대하는 데 직접 나서신다면 대천경방의 호법이라는 자리를 주사위나 굴려 얻는 하찮은 것으로 알 게 아닙니까? 제가 상대하겠습니다."

막진은 깜짝 놀라 소진을 막았다.

"아니야, 저자가 그래도 남궁가에서는 꽤나 명성이 있는 자이니 내가 직접 상대하는 게 나아."

"아닙니다. 가만히 계시면 제가 저놈의 아가리에 신발을 물리겠습니다."

두 사람이 서로 나서겠다고 다투고 있자, 남궁정은 기가 막혔다.

'남궁가의 장로 따위……'

하찮은 남궁가라는 말에 머리가 어지러웠고 정신이 멍해왔다.

세상에 남궁세가를 그리 말하는 사람은 없었다.

하지만 다시 엉뚱한 자 하나가 걸어나왔다.

말상에 조금 멍청해 보이는 인상이었고, 손에 든 것이라고는 개나 쫓으면 적당할 작은 단봉이 전부였다.

"자, 배도 고프고 할 일도 많으니 아무나 나서시오. 본좌는 대청량방 백호당에서 일향궁의 경비를 총괄하고 있는 백호당 향주 무영신권이오."

바로 역용을 한 하천이었다.

막진과 소진은 서로 다투다 자칭 무영신권이라 하는 자를 멍청히 쳐다봤다.

남궁정은 어깨에 힘이 빠졌다.

처음에는 자신의 뜻대로 일이 풀려가는 듯했지만, 별 이상한 것이 걸어나오니 가슴까지 답답해져 왔다.

소진도 정신이 없었다. 분명 일향궁이 백호당의 관할이긴 하지만 일향궁에 향주는 없었다.

얼굴 또한 생전 처음 보는 자였다. 하지만 하천이 제멋대로 일향궁을 좌지우지하니 낭인을 하나 심어놨을 수도 있겠다 싶었다.

남궁정은 청량방의 향주 나부랭이가 앞으로 나와 거드름까지 피우니 기가 막혀 뒤를 돌아봤다.

적당한 자를 찾아내 보내야 했다.

남궁가 후기지수의 정예 십이검수 중 아무나 나가도 될 일이었다.

그 순간 남궁형진이 걸어나왔다. 후미를 지휘하는 십이검진의 삼인자였다.

남궁정은 고개를 끄덕였다. 좀 과분하다 싶긴 했지만 오 초 안에 끝을 봐서 기선을 제압할 필요도 있다고 생각했다.

남궁형진은 미소까지 지으며 걸어나가 포권을 하고 검을 뽑아 들었다.

"자, 조심하세요. 날아갑니다."

무영신권이란 자가 싹싹하게 말을 하며 앞으로 미끄러져 왔다.

남궁형진은 천풍보를 밟으며 옆으로 비켜서고 천풍일식을 전개했다.

은광이 번쩍이며 무영신권이란 놈의 목으로 날아갔다.

남궁정이 보기에도 기가 막힌 대응이었다.

따닥!

하지만 번쩍이는 은광은 다시 되돌아갔고, 남궁형진은 화들짝 놀라며 옆으로 구르다시피 해서 은광을 피했다.

단봉에 막혀 되돌아온 은광은 형진의 귓전을 스쳤다.

"아, 분하다. 아주 신법이 제법이오."

무영신권이란 놈은 단봉을 양손에 끼고 머리 뒤로 보내더니 이번에는 발길질을 해왔다.

"얍!"

엉성한 발길질은 병든 개도 차기 힘들어 보일 만큼 느렸는데, 남궁형진은 눈을 멀뚱히 뜨며 쳐다보고 있더니 발에 종아리를 차여 그대로 쓰러지고 있었다.

남궁정은 도저히 이해할 수가 없었다.

무영신권이란 놈은 단봉을 들어 마구잡이로 휘두르며 개를 패듯 남궁형진을 때리고 있었다.

따닥! 딱! 꽁! 퍽!

형진은 피하지도 못하고 바닥을 구르며 그 매를 다 맞고 있었다.

"야, 이 손맛! 좋다, 좋아. 역시 매타작은 타구봉이 제일이야."

무영신권이란 놈이 단봉을 타구봉이라 명명하니 졸지에 남궁형진은 개가 되고 말았다.

기세당당하던 남궁형진이 엉금엉금 기어오고 있으니 남궁정은 억장이 무너졌다.

남궁정은 버럭 소리를 지르며 형진을 윽박질렀다.

"아니, 너는 그 느린 발길질을 못 피하고 뭘 하고 있었다는 말이냐?"

"백부님, 그게… 그렇지가 않았습니다. 처음 천풍일식을 전개하니 그 검식이 그대로 되돌아왔습니다. 깜짝 놀라 피하는데 옆구리가 뜨끔거리며 다리를 움직일 수가 없었습니다."

하천의 무영지에 혈도를 맞은 것이었는데, 형진은 설마 무영지가 날아왔다고는 생각도 하지 못하고 있었다.

"아직도 다리를 움직이지 못하겠느냐?"

남궁형진은 벌떡 일어나 걸어보더니 고개를 갸우뚱했다.

"어, 이상한데요? 지금은 말짱해졌습니다."

남궁정은 남궁형진의 귀를 잡고 구석으로 끌고 갔다.

"너 어젯밤, 홍루에 갔었더냐?"

형진은 얼굴을 붉히며 고개를 들지 못했다.

"흠, 너는 세가로 돌아가 참선당에 들어야겠다. 도대체 얼마나 무리했기에 허리까지 그 모양이 되었느냐? 아직 술 냄새가 나는구나. 보기 싫다. 어서 물러가라."

남궁정이 고개를 돌려보니 무영신권이란 놈이 엉망으로 단봉을 휘두르며 기고만장해 있었다.

"야! 밥 한 그릇 퍼주고 얻은 타구봉법이 절기였다니, 어디가 말하면 소설에나 나올 법한 거짓말이라 하지 않겠어? 자, 자, 시간없으니 어서어서 줄 서서 나오시오. 둘은 버겁고 하나씩 차례로 ……."

남궁정은 무영신권이란 놈의 노는 꼴을 보니 화가 치밀고 욕이 절로 나왔다.

"닥쳐라, 이놈. 요행히 운이 좋아 일승을 거두었다만, 앞으로 평생 그런 행운은 없을 것이다. 형원, 앞으로 나가 저놈의 아가리를 베어라."

"허허, 나이 살이나 제법 처먹은 자가 어찌 그리 불학무식(不學無識)한 말을 한다는 말인가? 애들 내보내지 말고 차라리 네가 나서라. 사내놈이 입만 놀리지 말고."

무영신권이란 놈의 말에 남궁정은 가슴이 답답해 오며 뒷골까지 묵직해져 왔다. 강호를 종횡하기 어언 이십 년, 단 한 번도 들어본 적이 없는 말이었다.

"저, 저런……."

남궁정은 하마터면 앞으로 걸어나갈 뻔했다.

형원은 십이검수의 이장이었다. 평소 술도 입에 대지 않았고, 기방 출입도 하지 않는 성실한 아이였다. 남궁정은 형원이라면 오 초 안에 저 방자한 놈의 입을 벨 수 있으리라 믿었다.

형원은 포권도 없이 바로 검을 뽑아 달려가며 섬전일식을 날리고 있었다.

"타앗!"

검기가 어른거리며 섬광이 번쩍였다. 정말 멋진 검식이라
생각했다.

하지만 무영신권이란 놈은 신형을 번뜩이며 뒤쪽으로 돌아
가고 있었고, 형원은 당황해하며 엉거주춤 고개를 돌리고 있
었다.

"광구즉사!"

무영신권이란 놈이 버럭 소리를 지르며 형원의 머리를 때려
왔다.

형원은 간신히 머리를 숙여 단봉을 피하고 뒤로 훌쩍 물러
났다.

하지만 무영신권은 바짝 따라가며 계속 소리를 지르며 단봉
을 휘둘러 왔다.

"광구읍참! 황구타미!"

형원의 목을 노리며 읍참이라 소리 지르고 엉덩이를 차가며
타미라 말하니, 타구봉법과는 전혀 무관한 엉터리 초식이었
다. 하지만 문제는 그 무공 같지도 않은 엉터리 수법을 막는데
도 형원이 쩔쩔매고 있다는 것이었다.

엉덩이를 뒤로 빼고 엉거주춤하게 움직이는 것이 꼭 똥마려
운 강아지가 움직이는 꼴이었다.

"황구출변!"

무영신권이란 놈이 소리 지르며 뒷발길질을 하자 형원은 아
랫배를 차이고 일 장이나 날아가 바닥을 구르더니 엉금엉금
기어오고 있었다.

"이게 무슨 냄새냐? 너?"

형원의 엉덩이는 누렇게 물들어 있는 것이 구린 냄새가 진동을 했다.

형원은 얼굴을 들지 못하고 있었고, 천경방과 청량방의 무사들은 박장대소를 하며 웃고 있었다.

이런 개망신이 없었다.

"도대체 어찌 된 일이냐? 멀쩡하더니 왜 결투 중에 갑자기 똥이 마려웠단 말이냐?"

남궁정은 정말 궁금해서 형원에게 좋은 말로 물었다.

"그게 처음 고개를 돌렸을 때, 여기저기가 따끔하더니 몸을 움직이자 금방 변이 쏟아질 것만 같았습니다. 아무래도 아침에 먹은 탕국이……."

남궁정은 어이가 없었다. 세상에 저렇게도 운이 좋은 놈은 다시 없을 것 같았다. 남궁가의 후지지수가 한 사람도 아닌 두 사람이나 몸 관리를 제대로 못해 봉변을 당한다는 것은 말이 되지 않는 소리였다.

무영신권이란 자의 신법은 제법 빠르긴 했지만, 초식이라 해봐야 육합권 같은 기초 권법조차 제대로 익히지 못한 하급 무사로 보였다.

사실 하천이 형원의 합곡혈과 중완, 이간을 격타해서 먹은 음식을 다 내려가게 하니 형원은 변의를 느낄 수밖에 없었지만 형원은 혈도를 맞은 사실도 눈치채지 못하고 있었다.

어느새 종남의 제자가 걸어나가고 있었다.

남궁정은 뭐라 입을 떼려고 했지만 그냥 내버려 두고 말았다. 경험으로 보아 요행이 두 번이나 일어났다면 우연이 아닌 경우가 많았다.

"종남오숙의 둘째 백유요. 검끝에 눈이 없으니 조심하시오."

종남오검 중 다섯째 장로의 이제자 백유는 서안을 장악한 여산방의 소방주로, 종남 속가 중에서는 가장 뛰어나 종남신룡이라 불리는 젊은 고수였다.

종남 속가에서 장로가 나온다면 그게 바로 백유일 거라 할 정도였으니, 백유는 종남의 기대를 한몸에 받고 있는 기린아였다.

하지만 무영신권이란 놈은 이번에도 딴소리를 해댔다.

"잠깐, 이미 고수 두 사람과 싸우느라 기력의 절반을 소비하고 남은 건 얼마 되지도 않소. 내가 겁나서 그러는 건 절대 아니오. 차륜전의 추억이라면, 소싯적에는 아침부터 점심때까지 열 명까지 상대한 적도 있소. 정말이오. 그런데 이젠 나이가 들다 보니 배가 고프면 만사가 귀찮다오. 그러니 밥이나 먹고 한번 생각해 봅시다."

무영신권은 백유의 말도 듣지 않고 의기양양하게 맞은편 주루로 걸어가더니 계단을 오르며 다시 말했다.

"내 밥 먹고 기운이 나면 다시 올 수도 있소. 그러니 정 생각이 있으면 밥 다 먹을 동안 기다리시오. 그럼."

무영신권이 엉성한 동작으로 포권까지 하고 사라지자 천경방과 청량방의 무사들은 무영신권을 연호해 댔다.

백유는 어이가 없어 그냥 멍하니 서 있었는데 소삼이 걸어 나왔다.

"내당의 향주가 선봉에 서서 제 역할을 다했으니 이젠 외당의 차례가 된 것 같소. 외당 순찰당 여덟대 중 흑사자대를 맡고 있는 소삼이오. 종남신룡이란 명성은 익히 들어 알고 있소. 자, 신룡과 흑사자, 누가 더 밥값을 하는지 손을 겨루어봅시다."

백유는 비웃음을 흘리며 말없이 포권을 했다. 백유는 청량방의 내당 당주라면 몰라도 고작 순찰이나 도는 대주 따위는 안중에도 없었다.

소삼이 먼저 검을 뽑았다.

백유는 무영신권이란 자의 느린 보법과 엉터리 초식에 당한 남궁세가의 무공을 보니 명문세가라 해봐야 구파의 무공에 비한다면 조족지혈이라 생각했고, 무영신권 정도는 십 초식 안에 제압할 수 있을 것 같았다. 그런데 상대가 바뀌어 순찰대의 대주가 나오긴 하지만, 내당의 향주나 외당의 대주나 별 다를 게 없다고 생각했다.

소삼의 검날이 다가오자 그때서야 백유는 발검을 했다.

검집으로 소삼의 검을 막으며 천성쾌검으로 소삼의 가슴을 노렸다.

하지만 소삼은 왼팔의 작은 방패로 쾌검을 가볍게 막고 발길질까지 해왔다.

방패에 가려 발을 보지 못해 하마터면 차일 뻔했는지라 백유는 방심하지 못하고 검집을 버리고 양손으로 검을 잡았다.

쾌검을 버리고 중검을 택할 생각이었다.

그 순간 소삼이 방패를 무기같이 휘두르며 옆으로 휘둘러 왔다.

엉성한 동작이라 가볍게 피하며 빈 곳을 응징해 줄 요량으로 옆으로 물러났다.

하지만 옆으로 발을 내딛자마자 예리한 검풍이 몰아치며 검 날이 옆구리를 노리고 다가왔다.

허를 찔린 것이 불쾌하여 백유는 물러서지 않고 검을 들어 막았다.

백유는 쾌검도 장기였지만, 원래 격검에 더 자신이 있었다.

내력을 잔뜩 실어 소삼의 검을 쳐낸 뒤 반탄력에 중심을 잃고 허점을 보이는 상대에게 다시 쾌검을 날리는 것은 고수가 하수를 상대하는 수법이기도 했다.

챙!

청아한 소리와 함께 상대는 중심이 흔들려야 했지만, 오히려 중심이 흔들린 것은 백유였다.

백유는 왼발이 뒤로 미끄러지며 하마터면 주저앉을 뻔했다.

그 순간 소삼의 방패가 다시 얼굴로 다가왔다.

미처 피하지 못하고 검을 들어 막았다.

방패를 무기로 사용하는 수법은 백유가 한 번도 상대해 보지 못한 수법이었고, 더 큰 문제는 방패가 시야를 가린다는 점이었다.

십여 초가 지났지만 백유는 좀처럼 수세에서 벗어나지 못했다.

백유는 소삼의 검식이 삼재검식이라는 것을 뒤늦게 알았다. 이런 하급 검식에 쩔쩔맨다는 것은 아주 불쾌한 일이었다.

단번에 끝장내기 위해 내력을 실어 검을 격파하는 내파격검도 펼쳐 봤지만 헛손질을 하고 하마터면 방패에 머리를 맞을 뻔했다.

종남 후기지수의 신룡이라는 백유로서는 고작 청량방의 순찰대주를 맞아 고전을 한다는 것이 여간 치욕스런 일이 아닐 수 없었다.

결국 백유는 절기를 펼치기 위해 훌쩍 뒤로 물러섰다.

"제법이오. 이제 본연의 무공을 펼칠 테니 조심하시오."

백유가 호기롭게 말하니 소삼은 빙그레 웃으며 검 대신 창을 빼 들었다.

"원래 검은 얼마 만져 보지 못했소. 이제야 본연의 무공을 펼친다 하니 나 또한 단창으로 상대해 주리다. 검식을 좀 더 익혀야겠다는 걸 깨닫게 해줘서 고맙소."

백유는 기가 막혀 버럭 소리를 지르며 태을검식을 펼쳐 갔다.

"타앗!"

구성의 내력이 담긴 검이라 빠르기가 번개와도 같았다.

하지만 소삼은 머리를 숙이며 방패를 비스듬히 들고 검로를 따라 방패를 날려왔다.

채쟁챙챙!!

검날과 방패가 부딪치는 소리가 요란하게 나며 방패는 백유의 손목을 때리려 하고 창은 발등을 찌르고 있었다.

백유는 생전 처음 보는 이상한 방패술과 창법에 낭패를 당했다.

검은 놓쳐 버렸고, 발등엔 살짝 피가 비치고 있었다.

그나마 소삼이 인정을 둔 덕분에 그 정도였다는 것을 백유는 잘 알고 있었다.

"인정을 두시니 고맙소."

백유가 안색을 붉히며 인사를 하자 소삼은 손사래를 쳤다.

"아니오, 방패로는 손목을 노렸는데 형장의 내력에 밀려 튕겨난 것이고, 또 아직은 거친 창법이라 실수를 한 것이오. 원래 노린 것은 무릎이었소."

하지만 백유는 소삼이 자신의 체면을 세워주기 위해 말하는 것이라는 걸 잘 알고 있었다.

방패는 충분히 손목을 때릴 수 있었지만 지나쳐 버렸고, 창은 맨살이 아닌 두꺼운 가죽으로 덮여 있는 신발을 살짝 스친 것이었다.

남궁정은 백유가 소삼에게 호감을 보이는 말을 하자 화가 치밀었다. 하지만 백유가 당했다면 청량방의 단주와 향주 급 무사의 무공이 상상 이상으로 높은 것은 분명하니 다음 수순이 난감했다.

종남 후기지수의 최고라 할 수 있는 백유가 당해 버렸으니 종남에선 더 이상 나설 사람이 없었고, 종남의 제자들은 기가 죽어 있었다.

원래 남궁정의 의도대로 일이 흘러가긴 했지만, 이득을 본 것은 조금도 없었다.

그렇다고 자신이 나설 수도 없는 일이었다.

남궁정이 어찌할 바를 몰라 하며 서 있는데 뒤에서 호통 소리가 들려왔다.

"이놈들이 미쳤나? 백주대낮에 왜 길을 막고 지랄들이냐? 냉큼 비켜나지 못해?"

색귀의 목소리였다.

색귀의 명성은 이미 널리 알려져 있었고, 한눈에 봐도 험악한 인상이니 남궁가와 종남의 사람들은 주춤 물러나며 길을 열고 있었다.

색귀에 이어 암귀와 황사가 오고 있었다.

남궁정은 금화방주의 생일잔치에서 색귀의 무공을 견식한 바 있어 색귀가 고수라는 것을 알고는 있었지만 자신에 비해 한 수 아래라 생각하고 있었다.

그런 남궁정이었으니 색귀를 그냥 보내줄 수가 없었다.

지금까지의 손해를 일거에 만회할 수 있는 좋은 기회이기도 했다.

"누가 감히 열을 헤치고 헛소리를 하는 게냐? 길이 막혔으면 둘러 가면 될 일이 아닌가?"

남궁정이 색귀를 노려보니 색귀는 남궁정을 향해 히죽 웃으며 걸어오고 있었다.

"이게 누군가? 그날 생일잔치 때 얼굴을 본 기억이 나는데…
보자, 악가장 사람은 아니고, 양가장? 아니야, 양가장엔 이런
고자 같은 종자가 없었어. 그래 맞다! 남궁가의 마부였던가?"
남궁정은 더 이상 참을 수가 없었다.
"그래, 남궁가에서 밥을 먹고 있긴 하지. 마부가 되었든 마
구간 지기가 되었든 자네 정도는 상대해 줄 수 있지."
색귀는 빙그레 웃으며 바짝 다가와 있었다.
"그래, 좋지. 그럼 어떻게 할까? 내가 무기를 들면 자넨 죽게
될지도 몰라. 어떻게 할까? 맨손으로 할까? 무기를 들까?"
색귀가 말을 하며 누른 이를 드러내고 손으로 볼을 꼬집어
오니 남궁정은 화가 치밀어 주먹을 들어 손을 쳐갔다.
남궁가의 권법인 구벽권식이었다.
"호오, 맨손으로 해보시겠다? 그래, 좋지."
색귀가 바로 주먹을 뻗어오니 손바닥으로 마주쳐 갔다.
바로 천뢰장이었다.
퍼엉!
하지만 마주치기도 전에 권풍과 장풍이 부딪치며 폭음이 들
리고 남궁정은 뒤로 한 걸음 물러나고 말았다.
하지만 색귀는 오히려 안으로 파고들며 다른 한 주먹을 날
려오고 있었다.
남궁정은 깜짝 놀라며 피하지 않을 수가 없었다.
색귀의 격장지계에 말려 먼저 손을 쓴 게 화근이었다. 지금
은 검을 뽑을 수도 없었다.

원래 남궁정은 권장법이 검술만 못했다.

권장으로 따지자면 남궁가에서도 그리 뛰어난 편이 아니었
다.

빙글빙글 웃기까지 하며 색귀가 주먹질을 해대니 남궁정은
연신 뒤로 물러나고 있었다.

"호오, 내 남경에 온 이래 이리도 약골은 처음 보는군. 권장
은 무사의 기본 무공이라 할 수 있는데, 남궁가에선 도대체 뭘
가르치는 겐가?"

색귀가 빈정대며 뒷짐까지 지고 있자 남궁정은 얼굴을 붉히
며 검을 빼 들었다.

"이놈, 감히……."

미처 말을 끝내기도 전, 그림자와 함께 권풍이 날아왔다.

불상 같기도 하고 주먹 그림자처럼 보이기도 했다.

남궁정은 내력을 실어 검막을 펼쳐 권풍을 막았다. 정말 말
로만 듣던 백보신권이었다.

빠르게 달려가며 남궁정은 검을 찔러갔다.

하지만 남궁정이 다가가면 딱 그만큼만 물러나며 색귀는 연
신 권풍을 날려왔다.

남궁정은 다가서지 못하고 결국 멈춰 서며 검막을 떨쳐 권
풍을 막았다.

이리저리 피하는 추한 꼴을 보이기 싫어서였다.

하지만 계속 반복되다 보니 서서히 내력이 고갈되기 시작했
다.

스무 번을 넘게 내력을 끌어올려 검막을 쳐댔으니 당연한 결과였다.

그렇다고 검막을 치지 않을 수도 없었다.

분명 허초도 있었지만, 분간할 수가 없었다. 남궁정은 그때서야 색귀와 손을 겨루었던 악가장주의 심정을 이해할 수 있었다.

남궁정은 성질대로 하자면 검막을 펼치며 달려가 색귀를 죽여 버리고 싶었지만, 다가갈 수가 없었다.

검막을 펼치느라 이미 지쳐 버리니 신법을 전개할 수가 없었다.

머뭇대는 사이 색귀도 무기를 뽑아 들었다.

바로 악가장주를 상대하던 금봉이었다.

색귀가 권풍을 연이어 날리더니 단봉을 길게 늘였다. 그 순간이었다. 남궁정은 내력은 다 모으지 못했지만 육성의 공력으로 일검을 떨쳤다.

자신의 절기인 섬전검이었다. 검강이 한 자 가까이 뻗어가며 색귀의 앞가슴을 노렸다.

꽈광!

벼락치는 소리가 나며 색귀의 낭패한 모습이 드러났다.

색귀는 금봉을 미처 다 조립하지도 못하고 뒤로 두 걸음이나 물러나 있었고, 한쪽 콧구멍에서 코피가 나고 있었다.

"아앗! 코피? 살살 봐줬더니… 용서할 수 없다."

색귀는 코피를 닦으며 남궁정을 노려봤다.

남궁정 또한 오성의 공력밖에 모을 수 없었지만 회심의 미소를 지으며 다시 섬전이검을 날렸다.

"야압!"

색귀의 신형이 번쩍이는가 싶더니 금봉의 그림자가 눈앞에 다가왔다.

남궁정은 금봉의 그림자에 일검을 찔렀다.

쨔광!

다시 벼락 때리는 소리가 나며 색귀와 남궁정은 각각 두 걸음 물러갔다.

하지만 불상 모양의 주먹이 바로 연이어 날아오고 있었다.

남궁정은 깜짝 놀라 옆으로 몸을 비켰지만 주먹은 어깨를 때렸다.

금봉의 그림자에 숨은 불상 모양의 권영을 미처 보지 못한 게 화근이었다.

"크윽!"

남궁정은 한 바퀴 돌며 뒤로 대여섯 걸음을 물러나다 다리에 힘이 빠지며 주저앉고 말았다.

어깨뼈가 탈구된 듯했고, 눈앞에는 색귀의 금봉이 아른거리고 있었다.

"내가 뭐랬어? 용서하지 않는다 했지?"

색귀는 주저앉아 있는 남궁정에게 금봉을 날리며 활짝 웃고 있었다.

그 순간, 남궁정의 배다른 동생, 남궁건, 남궁곤 형제가 달려오며 금봉을 쳐냈다.

남궁가에서 유일한 끈이라 할 수 있는 남궁정이 죽어버린다면 두 형제의 미래는 없었다. 절박한 그들이니 무림의 법을 따질 여지가 없었다.

꽈광!

다시 벼락 치는 소리가 나며 색귀와 두 사람은 한 발씩 물러났지만 그 순간 황사와 암귀가 두 사람에게 달려들고 있었다.

난전이 벌어지고 말았다.

정당한 대결에 끼어든 남궁건, 남궁곤 형제가 무림의 법을 어긴 일이었지만, 넘어진 자에게 살수를 펼친 색귀의 잘못이라 할 수도 있는 일이었다.

청량방과 천경방의 무사들 또한 바짝 다가오니 남궁가와 종남의 다른 무사들은 나서지 못했고, 장내는 황사와 암귀, 남궁건, 남궁곤 형제의 결투가 다시 시작되었다.

덕분에 남궁정은 간신히 일어나 뒤로 물러날 수 있었다.

색귀 또한 혀를 내밀며 물러나고 있었다.

남궁건은 황사의 내력이 잔뜩 실린 중검을 막지 못하고 연신 밀리고 있었고, 결국 십 초도 견디지 못하고 검을 놓치고 말았다.

공력의 차이가 너무 컸고 스승이 제자를 상대하는 모양으로 보였다.

황사가 바닥에 떨어진 검을 잘라 버리고 등을 돌려 들어가니 남궁건은 어깨를 늘어뜨리고 물러나고 말았다.

암귀와 마주한 남궁곤은 처음 몇 초는 선기를 잡은 듯했다. 하지만 시간이 지날수록 암귀가 휘두르는 은편에 넋을 잃고 있었다.

은편은 춤을 추듯 일정한 방향도 없이 날아왔고, 도무지 예측할 수가 없었다.

게다가 은편은 늘어났다가 줄어들기를 반복하니 남궁곤은 벌써 몇 번이나 위기에 몰리고 있었다.

하지만 절대절명의 순간마다 암귀는 계속 손을 늦추며 남궁곤이 정신이 들기를 기다렸다가 다시 공격하곤 했다.

결국 남궁곤을 데리고 한번 놀아보겠다는 모양으로 보였다.

남궁가에서 이런 치욕을 당할 수는 없었다.

남궁정은 버럭 소리를 질렀다.

"아우, 그만하고 들어오게."

"아유, 이제 막 재미가 나기 시작하는데, 좀 더 놀다 가지?"

암귀가 빈정대며 마구잡이로 은편을 휘둘렀지만 남궁곤은 남궁정의 명을 거역할 수가 없었다.

바로 몸을 빼 등을 돌리자 암귀도 더 이상 손을 쓰지 않았다.

이미 힘의 우열이 명백하게 드러났다.

남궁가의 고수 셋이 낭패를 당한 마당이니 종남에서 나설 수도 없는 일이었다.

남궁정은 어쩔 수 없이 눈짓을 해서 물러나고 말았다.

하루를 자고 나니 종남의 제자들은 다 떠났고, 남궁정도 떠날 준비를 했다.

청량방을 힘으로 쳐부순다는 것은 남궁가의 힘으로는 부족하다는 것을 알았다. 생사를 걸고 죽기 살기로 싸운다면 어쩌면 이길 수도 있겠지만, 작은 이익을 위해 남궁가의 전력을 낭비할 수는 없었다.

남궁정이 짐을 챙기고 있자 남궁건은 눈물을 흘렸다.

"형님께서 이런 치욕을 당하시다니……."

"이 사람아, 피강자보(彼强自保)라 했네. 상대가 강한 곳에서 경거망동할 수는 없어. 기다리다 보면 언젠가는 기회가 찾아오기 마련이야. 그동안 너무 자만했어. 세가로 돌아가면 무공삼매에 빠져야겠네. 백보신권 같은 절세의 무공을 상대하려면 검술만으로는 부족해. 권장법은 그자의 말대로 무인의 기본이라 할 수 있다네. 백보신권을 상대할 권법이 없는 한 그자를 이길 수가 없어."

"형님!"

"그래, 어제는 고맙다는 말도 못했구먼. 자네 형제가 아니었다면 목숨을 잃을 뻔했어. 아니지, 비록 배는 다르지만 우리는 같은 피를 타고 난 형제지. 뚝 그치게. 우형 때문에 자네들이 노심초사한 것을 잘 알고 있네. 이제 함께 힘을 모아야 할 때야. 어서 짐이나 꾸리게."

남궁가와 종남 사람들이 떠나가 버리자 남경에는 평화가 온 듯했다. 하지만 그 평화도 그리 오래가지는 못했다.

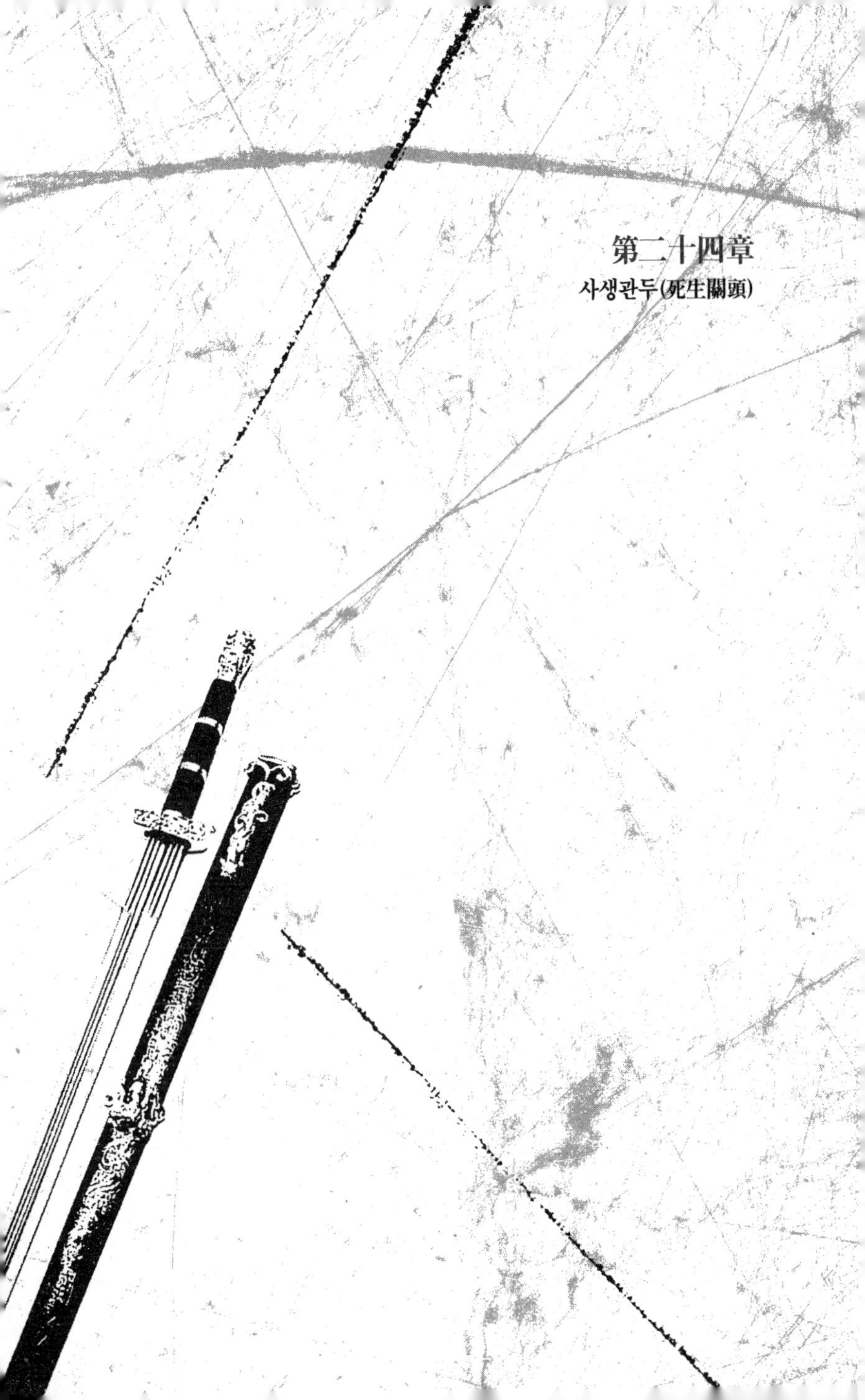

第二十四章
사생관두(死生關頭)

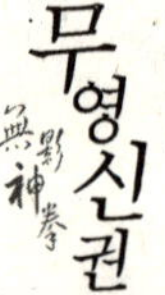

　금화방과 멀어진 청량방과 천경방은 낙양의 금성문과 긴밀해져 금성문의 많은 표물을 운송하고, 금성문 또한 남경에 점포를 내고 전장까지 차려 본격적으로 금화방과 상권을 다투게 되었다.

　남경의 사대방파라 할 수 있는 청량방과 천경방, 화룡방, 금릉방이 금성문의 전장을 이용하자 금화전장은 예전처럼 번성하지 못하게 되었고, 그 여파가 항주까지 미쳐 금화방은 금성문이 눈엣가시가 되었다.

　포구의 선단마저 무한선단과 연합한 금성문에게 완전히 밀려나 놓고 있는 배가 부지기수라 근거지를 옮겨야 될 실정이었다.

금금보는 하천을 견제하려다 오히려 남경에서 배척을 받고 말았고, 그 손해가 엄청났다.

금금보는 금성문보다는 하천에게 더 큰 원한을 가지고 있었다.

오검삼을 미끼로 항주로 하천을 끌어들여 하오문과 살막을 동원하고 좌우 호법까지 보내 살해하려 해봤으나, 좌우 호법은 간신히 도주했고, 자칫하면 정체가 탄로날 뻔했다.

더 이상 금화방에서 나설 수가 없으니 금금보는 하천을 죽일 수 있는 특급살수를 계속 수소문하고 있었다.

이미 하오문과 살막은 실패를 하고 말았으니, 남은 것이라곤 살문인 흑룡방과 구절문뿐이었는데 흑룡방과는 원래 사이가 좋지 않으니, 구절문에 청부를 맡기기로 했다.

일전에 구절문의 사람들이 금금표가 운반하던 옥방진결을 노리긴 했지만, 사소한 것은 문제되지 않았다.

금금보는 믿을 만한 첩실의 친척을 내세워 청부를 했다.

구절문에서는 자신이 있는 청부는 선불을 받고, 자신이 없는 청부는 일 할의 선금만 받은 다음 나머지는 일이 끝난 다음 받았는데, 구절문에서는 일 할의 선금만 받았다.

청부 금액은 오만 냥이나 되었지만, 선금으로 건 오천 냥은 날린다 해도 별 상관이 없었고, 하천만 죽여준다면 십만 냥을 들인다 해도 아깝지 않았다.

하천은 규칙적으로 몇 군데를 들렀는데, 그중에는 번잡한 주작가도 있었고, 포구도 있어 사람이 붐비는 곳에서 암습을 한다면 기회가 있을 법도 했다.

하천은 아침이면 건곤대나이를 기존의 무공과 합쳐 익숙해질 때까지 익히다가 점심을 먹은 다음 방 내의 일을 봤는데, 그 다음에는 천천히 걸어 청량방의 영업장들을 살피곤 했다.

통귀는 저잣거리에 수상한 사람들이 많이 모여들었다는 보고를 받고 몇 사람을 골라 미행을 붙이니, 진회하의 기루 사람들이거나 구절문의 사람들인지라 살귀를 불러 하천의 주변을 보호해 달라고 했다.

통귀에게 정황을 들은 살귀는 구절문에서 하천을 노린다는 것을 알았다.

살귀는 자신을 믿지 않던 통귀가 일을 맡기니 소홀히 할 수가 없었다.

이미 끈 떨어진 연과도 같은 신세가 돼버린 살귀니 이젠 청량방의 사람이 되어야만 했고, 그러기 위해서는 통귀와 하천의 눈에 들어야만 했다.

살귀는 하천이 남경 거리를 나설 때마다 전 제자들을 풀어 하천 주위를 살피게 하고, 자신은 하천 주변 이 장 이내에 머물렀다.

하천은 이미 살기를 품은 많은 사람들이 자신을 노리고 있다는 것을 알아 일부러 혼자 다니고 빈틈을 보이고 있었는데, 살귀의 수하들이 주변을 보호하자 모른 척했다.

시전에 접어들어 좌판이 즐비한 골목을 지날 때, 아이에게
젖을 먹이던 여인이 갑자기 아랫배를 붙잡고 비명을 지르며
바닥을 구르자 사람들이 모여들었다.

수레를 대놓고 물건을 내리던 짐꾼들이 수레에 달린 발판을
밟자, 화살이 날아왔다. 살수들이 즐겨 사용하는 답로였다.

동시에 하천에게 바짝 다가온 몇 사람은 소매에서 수라검을
꺼내 하천을 찔러왔다.

화살을 피해 어디로 물러난다 하더라도 살수들의 포위망인
지라 살귀는 질색하며 달려가려 했으나, 하천을 에워싼 네 사
람은 서로가 서로를 찌르는 어처구니없는 일을 벌였고, 수레
에 장착한 답로에서 날아온 화살들은 방향을 틀어 정면에서
달려오는 또 다른 살수의 무리에게 날아갔다.

순식간에 여덟 명이 비명을 지르며 바닥을 굴렀고, 답로를
쏘던 두 사람 또한 어느새 하천에게 맥문을 제압당해 무릎을
꿇고 있었다.

이 모두가 한순간에 일어난 일이라 살귀조차 손을 쓸 수가
없었고, 멍하니 쳐다보고만 있었다.

살귀는 차라리 살인을 하는 일이 더 쉽다는 생각을 했다. 구
절문의 살수들 또한 보통이 아니어서 살기를 숨기고 변장술이
뛰어난 까닭에 살귀로서도 좀처럼 낌새를 챌 수 없었다.

하지만 열 명이나 되는 살수는 순식간에 바닥을 구르고 있
었다.

살귀와 수하들은 변복하고 면구까지 쓰고 있었지만, 하천은

살귀를 보며 고개를 끄덕였다.

살귀는 수하들에게 바닥에 뒹구는 살수들을 제압하게 했다.

살귀는 하천이 어떻게 살수들을 제압했는지 제대로 보지도 못했고, 답로를 쏘는 두 살수를 제압하는 것만 간신히 볼 수 있었는지라 하천의 무공이 엄청나다는 것을 처음 알았다.

하천은 아무 일도 없었다는 듯 태연히 주변을 두리번거리며 다시 걸어가니, 살귀는 열두 명의 수하를 청량방으로 돌려보내고, 네 명의 제자만을 데리고 하천을 따랐다.

살귀의 생각으로는 하천을 호위하는 데 많은 인원이 필요없어 보였다.

"백부님께서 저를 보호하라 하셨나 봅니다."

"예, 그렇습니다. 구절문과 진회하의 사람들이 방주를 노리고 있다 합니다."

"벌써 며칠 되었습니다만, 숙부께서 절 보호하는 줄도 모르고 덤빈 걸로 봐서 이 사람들이 정예는 아닌 것 같습니다. 어디 정예가 또 있을 겁니다. 구절문의 무공은 귀영문에 못지않습니다."

"포구 근처에 고수들이 잠복하고 있는 것 같긴 합니다만, 방주님의 무공을 알고도 실행을 하겠습니까?"

"한 손으로 두 손을 당하기 어려우니, 수를 믿고 덤빌 수도 있겠지요. 하지만 숙부께서 계시니 걱정이 없습니다. 하하하."

하천이 웃으며 걸어가자 살귀는 하천의 무공이면 살귀와 네 명의 제자까지 합공한다 해도 승산이 없어 보이는지라, 그동 안 머리는 있지만 하찮은 무공을 가졌다 생각하며 하천을 경시하던 마음이 싹 가시고 이제야 제대로 된 주인을 찾았다고 생각했다.

살귀는 관홍의 곁을 떠나지 못했지만, 결국 관홍을 포기할 수밖에 없었다.

관홍 주변에는 너무나 많은 남자들이 있었고, 더 이상 자신 이 머물 여지가 없었다.

살귀는 오래전 관홍을 처음 본 순간부터 사랑하게 되었지만 아무에게도 내색하지 못했고, 관홍에게 자신의 속내를 보이지 도 못했다.

하지만 검귀마저 의심의 눈초리를 보내고, 문주인 신투마저 관홍을 떠나라 하니 갈 곳이 없었다.

살귀는 모아놓은 은자도 전혀 없어 수하들을 제대로 돌보지 도 못하니, 네 명의 제자와 열두 명의 수하에게도 미안한 마음 이었다.

하지만 하천은 청량방에 투신하자마자 따로 장원을 마련해 주고 무려 오천 냥을 내어주니, 제자와 수하들에게도 체면을 세울 수 있었다.

제자들 또한 관홍의 수하로 있을 때와는 달리 자진해서 청 량방의 일에 나서니, 수하들 또한 자신의 마음과 같다는 것을 알았다.

하지만 살귀가 관홍을 사랑하는 마음은 변함이 없었다.

살귀는 십 년을 넘게 이루지 못할 사랑을 하며 혼자 애태우고 있었고, 관홍은 그런 살귀를 이용하여 자신의 수족으로 부린 것뿐이었다.

포구로 향하는 길에는 숲이 우거진 작은 언덕이 있었는데, 포구로 가는 지름길이었다. 오솔길을 따라 언덕을 막 오르려 하자 검을 들고 앞을 막은 네 사람이 보였고, 또 한 사람은 바로 뒤에 있었다.

나무 위에는 강궁을 겨눈 네 사람이 보였고, 네 사람의 뒤에는 다시 네 명이 검을 들고 서 있는 게 모두 열세 명이었다.

하천이 빙그레 웃으며 살귀와 네 명의 제자를 뒤로 물러나게 하자 살귀는 조금 망설이다가 얼른 뒤로 물러났다.

하천이 다수를 상대하는 수법을 보니 상대의 힘을 다시 돌려보내는 차력미기의 수법인지라, 주변에 있다가는 오히려 하천이 무공을 전개하는 데 방해만 될 뿐이라 생각했다.

살귀는 뒤에서 학익진을 펼치고 하천의 배후를 엄호했다.

네 명의 무사가 미끄러지듯 다가오니 바로 무영신법의 기초 보법이라 할 수 있는 표홀신보였다.

하지만 먼저 네 개의 화살이 하천의 전신을 노리고 날아왔다.

하천은 벼락같이 섬운을 빼 들고 화살을 달려오는 네 명의 무사에게 되돌려 보냈다.

　무사들은 막 하천을 공격하려던 차에 지척에서 화살이 되돌아오자 피하지 못하고 화살을 맞았고, 무형의 주먹이 다시 가슴을 때려오자 네 사람은 동시에 엉덩방아를 찧었다.

　네 명의 무사 뒤에는 살수들의 우두머리가 있었는데, 하천이 바짝 다가오자, 화들짝 놀라 뒤로 물러나고 화살을 날려봐야 오히려 수하들이 상하게 생겼으니 손을 들어 활을 쏘지 못하게 했다.

　그 틈에 살귀와 그 제자들은 바닥에 쓰러진 네 명의 살수를 제압하고 있었다.

　궁수들이 나무에서 뛰어내려 검을 빼 들었으나, 우두머리는 살수들을 모두 물러나게 한 뒤 복면을 벗고 하천에게 걸어왔다.

　"또 뵙습니다. 소생은 구절문의 순찰당주 주정양이라 합니다. 공자께서는 무공이 이미 육식귀원(六識歸元)의 경지에 이르신 것 같습니다."

　"아닙니다. 근자에 조금 발전이 있긴 했지요. 이미 잡힌 사람이 열 넷이나 되니 몸값이 꽤 될 텐데, 더 하시겠습니까?"

　"천만에요, 이란격석인데 몸값을 더 늘리면 뭐 하겠습니까?"

　바로 구절문주의 삼남이었고, 이미 하천이 옥방진결을 얻을 때 만난 적이 있었던지라, 주정양은 얼굴을 붉히며 머리를 긁적였다.

　"이웃이라 할 수 있는 진회하의 사람들이니 소홀히 대접할 수 없어 조금씩 다치긴 했지만 열 사람 다 무사하니 걱정 마십시오.”

“고맙습니다. 은자를 넉넉히 챙기고 예림원의 주인이 청량방을 찾을 것입니다. 괜한 청부를 받아 우제도 걱정이 많았습니다.”

“왜 구절문에서는 고수를 준비하지 않았습니까?”

“고수를 잃으면 구절문의 큰 손실인데, 뭐 하러 그러겠습니까? 그저 적당한 것이 좋지 않습니까?”

두 사람이 오랜만에 만난 친구같이 정답게 이야기하니, 양쪽의 사람들은 눈만 껌벅이고 두 사람을 쳐다보기만 있었다.

“자, 남의 눈에 띄기 전에 어서 헤어집시다. 저기 네 사람도 데려가세요. 다들 큰 부상은 아닐 겁니다.”

“사정을 봐주셔서 정말 고맙습니다. 언제 배첩을 보내고 정식으로 찾아뵙겠습니다.”

살귀는 인정을 뒀다는 말에 놀라 살수들의 상처를 살피니, 정말 화살은 한 치 정도도 안 되게 살짝 박혀 있었고, 가슴의 상처도 경미한지라 네 사람의 혈도를 풀어줬다.

두 사람은 손까지 혼들고 헤어지고 하천은 다시 포구로 향해 천천히 걸어가니, 살귀는 공손히 뒤를 따랐지만 하천은 살귀를 기다려 나란히 어깨를 하고 함께 걸었다.

“방주, 소문으로만 들어왔는데 직접 눈으로 보니 구절문 제자들의 신법이 정말 귀영문과 정말 흡사합니다.”

“그렇습니다. 무영신법의 기초 보법인 표홀신보를 기본으

로 하고 원래 뿌리라 할 수 있는 구양 대협의 무학이 여러 갈래
로 갈라졌으니, 귀영문과 구절문은 원래 한 뿌리라 할 수도 있
습니다. 아마 구절문의 조사라 할 수 있는 삼절향이 구양 대협
의 후예인가 봅니다.”

　살귀는 자신도 알지 못해 궁금해하던 구절문의 내력을 강호
경험도 많지 않은 하천이 소상히 자세히 알고 있자 통귀가 정
보를 준 것이라 짐작했다.

　포구의 점포들은 성업 중이고, 무한선단과 금성문이 연합한
선단의 관리를 청량방에서 맡아 하니, 청량방은 포구까지 장
악하게 되었고, 금화방은 적자가 나는 선단의 근거지를 양주
로 옮기기 위해 준비하고 있었다.

　청량방으로 돌아오니 이미 예림원의 주인이 하천을 기다리
고 있었는데, 망사로 얼굴을 가리긴 했지만 뛰어난 미색을 가
진 젊은 여인이 분명했다.

　영아는 이미 전후 사정을 들어 구절문에서 일을 벌였다는
것을 알고 있었고, 하천에게 수작을 걸지 못하게 함께 여인을
맞았다.

　“무모한 짓을 저질러 뭐라 사과의 말씀을 드려야 할
지…….”

　“저잣거리에서 일어나 민심이 안 좋긴 하지만 크게 상한 사
람이 없으니 다행입니다.”

　하천이 점잖게 말하자 영아가 얼른 나서서 하천의 말을 막

왔다.

"청량방의 셈법을 알고 있겠죠?"

"예, 잘 알고 있습니다."

"하지만 이번 경우는 다른 셈을 해야겠어요. 진회하의 동정을 살피지 못하면 이런 일이 또 일어나지 않는다고 장담할 수 없으니 진회하의 기루 중 하나를 넘겨주세요."

하천은 당황하는 여인의 눈을 보며 더 있기가 곤란해 살짝 자리에서 일어났다.

원래는 하천도 강경한 보상을 말하려 했으나, 여인의 아름다운 자태를 보니 그런 생각이 달아나고 말았다.

하지만 영아는 하천의 손을 당겨 자리에 앉히고는 머리까지 쥐어박으니, 하천은 여인의 눈치를 보며 머리를 긁적였다.

"그건 아버님, 아니, 문주님께 여쭤봐야……."

그렇게 말한 여인도 얼굴을 붉히며 머리를 긁적이자 하천과 영아는 서로 마주 보며 웃음을 참지 못하고 웃고 말았다.

"호호호, 이제 보니 구절문주님의 따님이셨군요. 그게 곤란하다면 다른 조건을 말하죠. 진회하의 기루들은 지척에 있는데, 지척에 적을 두고 있다면 어찌 마음이 편하겠어요? 그러니 다시는 청량방을 적으로 대하지 않는다는 맹세를 한다면 기루를 내놓으라는 조건은 없던 일로 하겠어요. 어떤가요?"

영아가 의외의 말을 하자 오히려 하천이 더 놀랐다.

"동생이 벌써 아버님께 그리 말씀드렸어요. 그랬더니 아버님께서 다시 한 번 청량방주의 무공을 시험해 보고 결정하겠다고 하셨어요. 십중팔구는 구절문과 청량방은 친구가 될 수 있을 거예요. 아버님께서도 청량방이 귀영문과 연관되어 있다는 것을 이미 알고 계세요."

여인이 다시 얼굴을 붉히며 머리를 긁적이니, 하천은 미소 지었으나 영아는 여인이 보지 못하게 하천의 아랫도리를 힘껏 꼬집으며 여인의 말을 받았다.

"잘못 알고 계신 거예요. 이 사람은 귀영문과는 아무 관계가 없어요. 귀영문의 사람 일부가 청량방에 있는 것뿐이지, 청량방이 귀영문에 속한 게 아니라는 거죠."

영아의 말에 여인은 고개를 들어 하천을 쳐다보다가 눈이 마주치자 얼른 고개를 숙이고 귓불까지 발갛게 붉어졌다.

영아는 다시 허벅지를 세게 꼬집었고, 하천은 너무 아파 비명을 지를 뻔했지만, 간신히 참고 엉덩이를 옆으로 빼 영아에게서 멀리 떨어져 앉았다.

"청부자를 말하면 안 되는 게 원칙이지만, 청부자를 말씀드릴게요. 청부를 한 자는 바로 금화방주예요. 첩실의 친척을 통해 청부했지만, 미행을 해 청부자가 금금보라는 것을 밝혀냈어요. 뿐만 아니라 금금보는 사이가 좋지 않은 흑룡방에도 청부를 하려 하고 있어요."

하천과 영아는 짐작을 했던 일이지만 여인의 입을 통해 직접 듣게 되자 얼굴이 굳어졌고, 여인은 다시 입을 열었다.

"흑룡방의 특급살수는 벽력탄까지 사용하니 정말 조심하셔야 해요. 천잠의도 벽력탄을 견딜 수는 없어요."

하천이 천잠의를 입고 있다는 것을 알고 있다는 듯 여인이 말을 하자, 하천은 구절문의 살수들이 하천을 노린 것은 정말 무공을 시험해 본 것일 수도 있겠다 생각했다.

영아 또한 하천과 같은 생각을 했는지, 기분이 좋아져 여인에게 친근하게 대했다.

"별 할 일도 없는 사람이 살수를 대비해 그저 무공을 연습한 걸로 생각하고 그냥 없던 일로 할게요, 좋죠?"

영아의 말에 여인은 눈을 동그랗게 뜨고 쳐다보더니 활짝 웃으며 고개를 끄덕였다.

"언니께서 이리 체면을 세워주시니 너무 고마워요. 진회하를 운영하시던 어머니께서 급작스레 돌아가시는 바람에 진회하를 맡기는 했지만, 능력이 모자라 그동안 구절문을 위해 공을 세운 게 전혀 없었어요. 사실 이번에 많은 손해를 봤다면 소녀는 진회하에서 쫓겨났을지도 몰라요."

여인이 첩실의 소생이라는 것을 은연중에 밝히니, 영아는 여인의 손을 잡고 보여줄 게 있다며 밖으로 데리고 나갔다.

하천은 비록 여인의 얼굴은 다 보지 못했지만, 드러난 아미와 눈, 웃을 때 입을 가리며 살짝 드러난 입술과 턱 선으로 봐서 여인은 영아나 문유에 못지않은 상당한 미인이라는 것을 알게 되었고, 공연히 가슴이 두근거렸다.

여인의 체취도 독특해 속되지 않은 은은한 난향이 나니, 조금은 세속적이고 자극적인 영아의 체취와 상반되는 품위있는 향이라 하천은 코를 벌렁대며 여인이 남긴 향을 맡았다.

여인은 적당한 가슴에 가느다란 허리와 긴 다리, 둥글고 큰 엉덩이를 가졌으니 영아보다도 오히려 보기 좋은 몸매였고, 선하고 수줍음이 많으니 하천이 이상형으로 생각하는 그런 성격과 외모였다.

하천은 영아를 찾아다니다 후원의 정자에서 두 사람이 정답게 이야기하고 있는 모습을 봤는데, 여인은 망사를 벗고 얼굴을 드러내었고, 정말 한눈에 반할 만한 침어낙안의 미인이었다.

하천은 괜히 깜짝 놀라 몸을 급히 숨겼는데, 영아는 하천의 허둥대는 모습을 보고 깔깔대고 웃었다.

하천은 가슴을 콩닥거리며 황급히 방으로 돌아와 가슴을 진정시켰으나, 여인의 얼굴이 뇌리에서 떠나질 않았다.

영아는 저녁까지 정자에 차려놓고 하천을 부르니, 하천은 가슴을 두근거리며 정자로 가 함께 저녁을 먹었다.

"청아 낭자는 두 살이 더 많긴 하지만 친구가 되기로 했어요. 그러니 상공 또한 청아 낭자를 친구처럼 대하면 되요. 이제 진회하를 더 이상 감시할 필요가 없게 되었고, 서로 정보를 나누기로 했으니 피차 이익이죠? 이미 열 명의 살수도 석방했어요."

"참으로 다행이오. 사실 진회하가 신경이 쓰이긴 했소. 친구가 되었으니 석 잔의 술을 안 할 수가 없겠는데, 주 소저께선 어떤 술을 즐기시오?"

"술을 즐기지는 않지만, 소홍주가 있다면 세 잔은 마실 수 있을 것 같아요."

청아가 그리 말하고 다시 얼굴을 붉히자, 하천은 멍하니 청아의 얼굴을 바라보다 째려보고 있는 영아를 보고는 얼른 눈을 돌렸다.

"당연히 소홍주는 있지. 세 잔이 뭐야? 서른 잔은 마셔야지. 기다리는 낭군도 없을 테니 집에 안 들어가도 되지?"

"세 잔 이상은 마셔본 적이 없는데, 언니께서 마시라면 마셔야죠."

"그래, 좋아. 취해봐야 사람의 진심을 알 수 있는 거야. 잠시 다녀올 테니, 두 사람은 그동안 정분이 나면 안 돼."

영아가 엉덩이를 요란하게 흔들며 걸어가자, 두 사람은 시선을 둘 데가 없어 영아만 쳐다보다가 영아가 보이지 않자 서로 얼굴을 붉혔다.

하천은 시선을 어디로 둬야 할지 몰라 하다가 간신히 청아를 보니 청아는 귓불까지 발갛게 물들이며 고개를 숙이고 있었다.

"정말 밤을 새워 술을 마실 생각이시오?"

"언니께서 그러자니 따라야죠."

"나이도 두 살이나 많으신데 친구로 대하자니 조금 민망합니다."

"그렇지 않아요. 나이만 먹었지 아는 게 없고, 아무 경험이 없어요. 오히려 해영 언니가 저보다는 더 어른스러운걸요. 공자께서도 저보다는 한참 더 어른 같으시니 오히려 친구로 삼

아주신 게 고맙죠."

하천은 아직까지도 고개를 들지 못하고 있는 청아가 순진하고 착하기까지 해 보이니 더욱 마음에 들었다.

"일전에 예림원에 들른 적이 있습니다."

"역용을 하고 오셨지만, 알고 있었답니다. 남경에서 젊은 고수 세 사람이 한꺼번에 나타나는 경우는 아주 드문 경우이거든요. 총관께서 청량방주 내외가 분명하다고 조심하라 일러주셨어요."

영아는 직접 술을 들고 나타나 청아의 옆에 앉아 청아에게 먼저 세 잔의 술을 권했다.

"자, 세 잔을 단숨에 비우는 거야. 오늘 집에 못 가. 밤새 마셔봐."

무슨 이유인지는 알 수 없었지만 영아는 정말 기분이 좋아 보였다.

청아는 정말 술이 약한 듯, 마지막 석 잔째 술잔을 간신히 마셨지만, 영아는 단숨에 석 잔의 술잔을 비웠고, 하천 역시 석 잔을 단숨에 마셨다.

하천은 술이 약한 영아가 걱정이 되었는데, 오히려 청아는 열 잔을 넘게 마셔도 멀쩡했지만 영아는 몸을 꼬고 혀가 꼬이더니 결국 탁자에 머리를 박고 코까지 골며 잠이 들고 말았다.

영아를 안아 침상에 눕히고 하천이 돌아오자 청아는 작별 인사를 했다.

"밤이 깊었으니 예림원으로 돌아가야겠네요. 청부를 맡은 일이 오히려 복이 되었어요. 아버님께 생색을 낼 수도 있게 되었구요. 또 동생을 두 번이나 그냥 성하게 보내주셔서 정말 고마워요. 하나뿐인 동생이거든요. 돌아가신 어머니께서도 걱정을 많이 하셨는데, 구절문의 궂은일만 맡다 보니 동생이 늘 걱정이에요. 두 분 오라버니는 정부인의 소생이신지라 험한 일에는 나서지 않으시니 정양이 늘 험한 일을 맡고 있지요.”

하천은 청아가 기생첩의 소생이라는 것을 이미 짐작하고 있었지만, 청아가 유령문의 가계를 초면인 사람에게 말을 한다는 것이 의외라 일순 할 말을 잃고 말았다.

청아는 쓸쓸한 미소를 짓고 눈가에 살짝 이슬이 맺히자, 얼른 등을 돌리며 하직 인사를 했다.

“언니께 인사도 못 드리고 가 죄송하군요. 공자께서 언니와 함께 언제 말미를 내어 예림원을 방문해 주신다면 영광으로 알겠습니다.”

청아가 겸손하게 말을 하니 하천도 입에 발린 말을 했다.

“꼭 함께 가도록 하겠습니다. 소저와 친구가 된 것이 오히려 영광입니다.”

마차가 시야에서 사라질 때까지 하천은 마차를 지켜봤고, 청아 또한 마차의 뒤 창문으로 하천의 모습을 지켜보고 있었다.

다음날 영아는 다시 예림원으로 가자고 했다.

하천은 청아를 볼 수 있어 좋기는 했지만, 영아의 의도를 알 수 없었다.

"내가 왜 그러는 줄 알아?"

영아가 눈웃음을 살살 치며 물으니 하천은 고개를 저었다.

"몰라."

"그것도 몰라? 봐, 사방에 적이잖아. 위로는 양가장과 악가장, 언가장, 좌우로 남궁가와 금화방. 그러니 구절문까지 적이 된다면 정말 큰 낭패야. 첩실을 들인다면 구절문의 여식을 들여야 해. 그래야 우리가 살아남을 수 있어."

하천도 속으로는 그런 생각을 했지만 영아가 공공연히 말하니 아무 말도 하지 않았다.

"왜? 청아가 싫어?"

영아가 정색을 하고 물으니 하천은 대답하지 않을 수가 없었다.

"구절문은 멀리 있고, 진회하는 그 세력이 미약해. 그런데 도움이 되겠어?"

영아는 배시시 웃으면서도 단호하게 말했다.

"구절문을 끌어들여 항주와 소주를 함께 경영하는 거야. 그런 여건이 만들어진다면 구절문이 굳이 강서만 고집할 필요가 없지."

하천은 그저 지금의 것을 지키기만 해도 만족할 수 있었지만, 영아가 자꾸만 세력을 넓히는 일에 욕심을 내니 마음이 불안했다.

"하지만 구절문은 귀영문과 마찬가지로 구양 대협의 무공

을 이어받았으니 호랑이를 집 안으로 끌어들이는 일이 될 수
도 있어.”

“그러니까 예림원으로 가서 허실을 알아보자는 거지. 어제
이미 청아에게 간다고 약속도 했어. 구절문과 힘을 합쳐 손해
볼 일은 별로 없으니 까불지 말고 누나 말 들어.”

하천은 못 이기는 척하며 예림원으로 향했다.

역용을 하지 않은 본연의 모습이었고, 마차를 모는 마부는
노택과 왕청이었다.

막 진회하에 들어서자마자 마차가 크게 흔들리며 노택의 비
명 소리가 들렸다.

“헉!”

“악! 여보!”

왕청의 비명도 들렸다.

하천과 영아는 마차 문을 열고 뛰어내렸다.

노택의 가슴에는 화살이 박혀 있었다.

단 한 발의 화살에 노택은 눈을 부릅뜬 채 절명하고 말았다.

“흑흑, 여보!”

하천은 울부짖는 왕청의 울음을 뒤로하고 몸을 날렸다.

화살을 쏜 자는 빠른 신법으로 도망가고 있었다.

영아가 하천보다 앞서 괴한을 따랐지만, 다시 영아에게 두
발의 화살이 날아왔다.

화살은 공력이 잔뜩 실린 것이 춤을 추듯 날아오니 화살을
쏜 자들의 무공은 상당한 고수라 할 수 있었다.

검막을 쳐 화살을 막긴 했지만 영아의 손이 저릴 정도로 화살에 실린 내공은 상당한 것이었다.

하천도 방심하지 못하고 바로 섬운을 빼 들었다.

진회하는 통귀의 정보망이 미치지 못하는 곳이긴 했지만, 연이어 자신을 암습하는 무리가 생길 줄은 몰랐다.

사방에서 이십여 명의 복면인이 솟아져 나오고 있었다.

보표도 없이 진회하에 온 것이 화근이었다.

영아도 당황해 어쩔 줄 몰라 하며 달려와 하천과 등을 맞대고 있었다.

포위를 당한다면 견딜 수 없으니 한 방향씩 맡아 싸울 수밖에 없었다.

"노옴! 이런 날이 있을 줄 몰랐겠지?"

은빛 가발과 주름 잡힌 노파 면구를 쓴 여인이 소리치며 검을 찔러왔다.

탁성이긴 했지만 나이 든 여인의 목소리였다.

하천은 이 여인이 제발 은왕파파가 아니길 빌며 최근에 익힌 차기미기의 수법으로 노파탈에게 되돌려줬다.

생긴 모양으로 봐서는 딱 은왕파파라 부르면 좋을 만한 몰골이었다.

콰르릉!

천둥치는 소리가 나며 노파탈은 간신히 막기는 했지만, 화들짝 놀라며 뒤로 두 걸음이나 물러서고 있었다.

하천은 노파탈을 몰아붙이고 싶었지만 양쪽에서 네 개의 검이 찔러오니 그럴 여유가 없었다.

네 개의 검을 쳐내면서 힘을 더해 방향을 틀어버렸다.

차기미기를 이용한 건곤대나이의 수법이었다.

"아악!"

"헉!"

영아에게 검을 찔러오던 두 사람이 하천이 돌려보낸 검에 맞고 비명을 질렀다.

이미 노택이 죽어버렸고, 피를 본 마당에 인정을 둘 수가 없었다.

하천은 눈을 부릅뜨고 죽은 노택과 슬퍼하는 왕청의 모습을 생각하며 이를 악물고 살초를 펼쳤다.

다시 두 사람이 바닥에 굴렀다.

노파탈은 이번에는 검을 찔러오지 않고 무형장을 날리고 있었다.

소리와 형체가 없으니 파동으로 느낄 수밖에 없었다.

하지만 주변의 기를 모아 차기미기를 펼치는 건곤대나이의 정수를 익힌 하천에게는 소리와 형체가 없는 장력이라 해서 위력을 발휘할 수는 없었다.

공기의 파동으로 하천은 무형장을 보는 듯 느낄 수 있었다.

하천은 무형장을 받아 다시 영아에게 검을 찔러오는 무사에게 무영권으로 되돌려줬다.

펑!

대고를 울리는 소리가 나며 무사는 가슴이 찢어지며 일 장을 날아가 피떡이 되고 있었다.

너무나 처참한 모습에 살수들도 주춤거리며 물러나고 있었다.

영아까지 이를 악물고 살초를 펼치니 살수들은 연신 물러나고 있었지만, 곧 상황은 변하고 말았다.

노파탈은 이번에는 비조같이 날아오며 검을 찔러왔다.

일 척이 넘는 가느다란 검강이 날아왔다.

하천은 노파탈이 갑자기 살초를 전개하니 깜짝 놀라며 과연 이 검강을 차기미기로 되돌릴 수 있는지 걱정이 되었다.

하천은 일단 시도는 해봤지만 되돌리는 건 고사하고 받아낸 게 다행이었다.

손까지 저려왔고, 한 걸음 물러서고 말았다.

하지만 노파탈은 더욱 맹렬하게 검식을 펼쳐 오고 있었다.

영아는 하천이 고전을 하고 있으니 신경이 쓰여 제대로 본연의 무공을 펼치지 못했고, 다시 두 사람은 수세로 몰리고 있었다.

하천은 정말 난감했다.

진회하에 흑룡방의 사람들이 나타난 것도 난감한 일이었고, 그것은 구절문 또한 청량방의 적일 가능성도 있다는 말이었다.

그렇게 된다면 청아도 멀어져 갈 수 있었다.

잡생각을 하니 당장 손발이 어지러운 형편이 되었다. 하지만 다행이라면 시간이 지날수록 하천은 노파탈의 검강을 받는 요령을 터득하고 있다는 것이었다.

건곤대나이의 차기미기 수법으로 되돌릴 수는 없었지만, 절반 정도는 허공에 보내 노파탈의 검강을 큰 힘 안 들이고 받을 수는 있었다.

그렇게 되니 왼손을 사용할 여유가 생기고 무영권을 날릴 기회를 잡을 수도 있었다.

다시 검강을 흘리며 하천은 주먹을 떨쳤다.

노파탈도 당황하며 제대로 검강을 날리지 못했다.

역시 공격이 최선의 수비라는 말이 맞는 말이었다.

하천은 여유를 가지게 되자 영아를 공격해 오는 무사들의 검식을 노파탈에게 되돌리는 여유까지 생기게 되었다.

노파탈은 노성을 지르며 다시 맹렬히 공격해 왔지만, 하천은 더 이상 밀리지 않았다.

벌써 백여 초가 넘는 공방을 벌였고, 이 정도면 예림원에서도 사람이 달려나와야 될 일이었다.

하지만 진휘하는 조용하기만 했다.

모든 기루들이 문을 굳게 닫고 있어 사람이라고는 얼씬도 하지 않았다.

두두두두!

멀리서 지축을 울리는 말 달리는 소리가 들려왔다.

삐리릭! 삐리릭!

청량방에서 사용하는 뿔피리 소리가 가까이에서 들렸다.

"틀렸다. 철수한다!"

노파탈의 외침에 괴한들은 순식간에 달아나고 있었다.

하천도 이미 많이 지쳐 있었다. 조금만 더 시간을 끌었더라면 내력이 고갈되어 목숨을 잃을 수도 있는 상황이었다.

색귀가 보였고, 황사, 살귀, 암귀도 있었다.

악원과 소진이 이끄는 청룡당과 백호당의 무사들이 뒤를 따르고 있었다.

하천과 영아는 의심 반, 걱정 반으로 예림원으로 달렸다.

문이 굳게 닫혀 있으니 담장을 넘었다.

마당에는 몇 사람이 혈도를 제압당해 바닥에 쓰러져 있었고, 청아 역시 혈도를 점혈당하고 쓰러져 있었다.

하천은 청아가 흑룡방 사람과 한편이 아니었다는 데 안도의 한숨을 내쉬긴 했지만 그렇다고 완전히 의심이 가신 것은 아니었다.

"이게 어쩐 일이야?"

영아가 청아의 혈도를 풀어주며 묻자 청아는 옷을 바로 하고 일어나 머리를 매만지며 대답했다.

"대낮부터 많은 손님이 들이닥쳐 이상하다 했더니 눈 깜짝할 새 강도로 변했어요. 한 시진을 넘게 제압당해 있었더니 손발이 다 저려요. 그런데 왜 옷이 땀으로 젖어 있나요? 강도들을 상대하셨어요?"

"아니야, 그놈들은 흑룡방의 사람들이야. 별일 당하지 않은 게 다행이지. 청량방에서 뒤를 추격하고 있으니 염려 마."

청아는 밖에서 벌어진 일을 전혀 모르는 듯해 보였지만 하천은 그게 더 수상했다.

진회하를 장악하고 있는 청아가 이렇게 허무하게 당할 수는 없다고 생각했다.

이십여 명의 인원으로 진회하 전체를 제압한다는 것은 불가능한 일이었다.

"무사하니 다행이오."

하천은 별말하지 않고 밖으로 나왔지만 영아와 오늘 예림원에서 만나기로 약속한 날, 하필 그날 흑룡방의 살수들이 습격을 한다는 것은 우연의 일치라기엔 석연찮은 점이 많았다.

흑룡방의 절정고수 노파탈에 일급무사 이십여 명이 정보도 없이 움직일 리는 만무한 일이었다.

하천은 청아의 순진하고 순수한 미소와 행동이 가식이었다면, 참으로 세상에 믿을 사람이 없었다.

마차로 돌아가니 왕청 또한 죽어 있었다.

그것도 목이 잘리고 사지가 잘린 처참한 모습이었다.

가슴에 박힌 화살대를 잡고 눈을 부릅뜨고 죽어 있는 노택이 하천을 꾸짖고 있는 깃 같았다.

하천은 저절로 눈물이 흘러내렸다.

영아도 하염없이 울고 있었다.

하천이 험난한 강호무림으로 끌어들이지 않았다면 아직 장님 부녀 행세를 하며 남경을 떠돌며 몸을 팔고 있었겠지만, 이젠 그나마 팔 수 있는 몸도 없게 되었다.

표사가 되어 당당하게 행세하는 것이 꿈이었던 사람들이었다. 과욕을 부린 것도 아니었는데, 참으로 비참하게 죽고 말았다.

하천은 오만가지 생각을 하며 비통한 심정이었지만, 영아는 눈물을 닦고 장례를 치르며 왕청의 집안을 도울 일을 지시하고 있었다.

하천은 노택이 몰던 마차를 더 이상 탈 수 없을 것 같아 마차도 지전을 태울 때 함께 태우라 말하고는 천천히 걸어 청량방으로 향했다.

흑룡방 사람들을 추격했던 무사들은 빈손으로 돌아왔고, 항주 방향으로 달아났다는 것만 알게 되었다.

노택과 왕청의 장례는 청량방에서 거행됐다.

망자의 저승길을 편안하게 인도해 주고 잡귀를 쫓는 방상씨 탈을 쓴 열두 명이 행렬의 맨 앞에 서고, 두 사람은 진회강이 내려다보이는 작은 언덕에 묻혔다.

하천이 상주 역할을 하고 지전까지 태웠다.

첫 표행을 함께했고, 늘 밝게 살았던 두 사람이 마지막 가는 길에 하천과 영아는 돈을 아끼지 않았다.

청량방의 모든 무사들이 장례 행렬을 따르니 남경은 구경꾼들로 인산인해를 이루었다.

두 망자가 몰던 마차가 태워지고, 하천과 영아는 다시 눈물을 흘렸다.

노택과 왕청을 모르는 남경 사람은 별로 없었고, 대부분의 남경 백성들은 하천을 칭송하고 두 사람을 추모했다.

두 사람의 명복을 비는 사당까지 세워지니 참배객들이 끊이지 않았다.

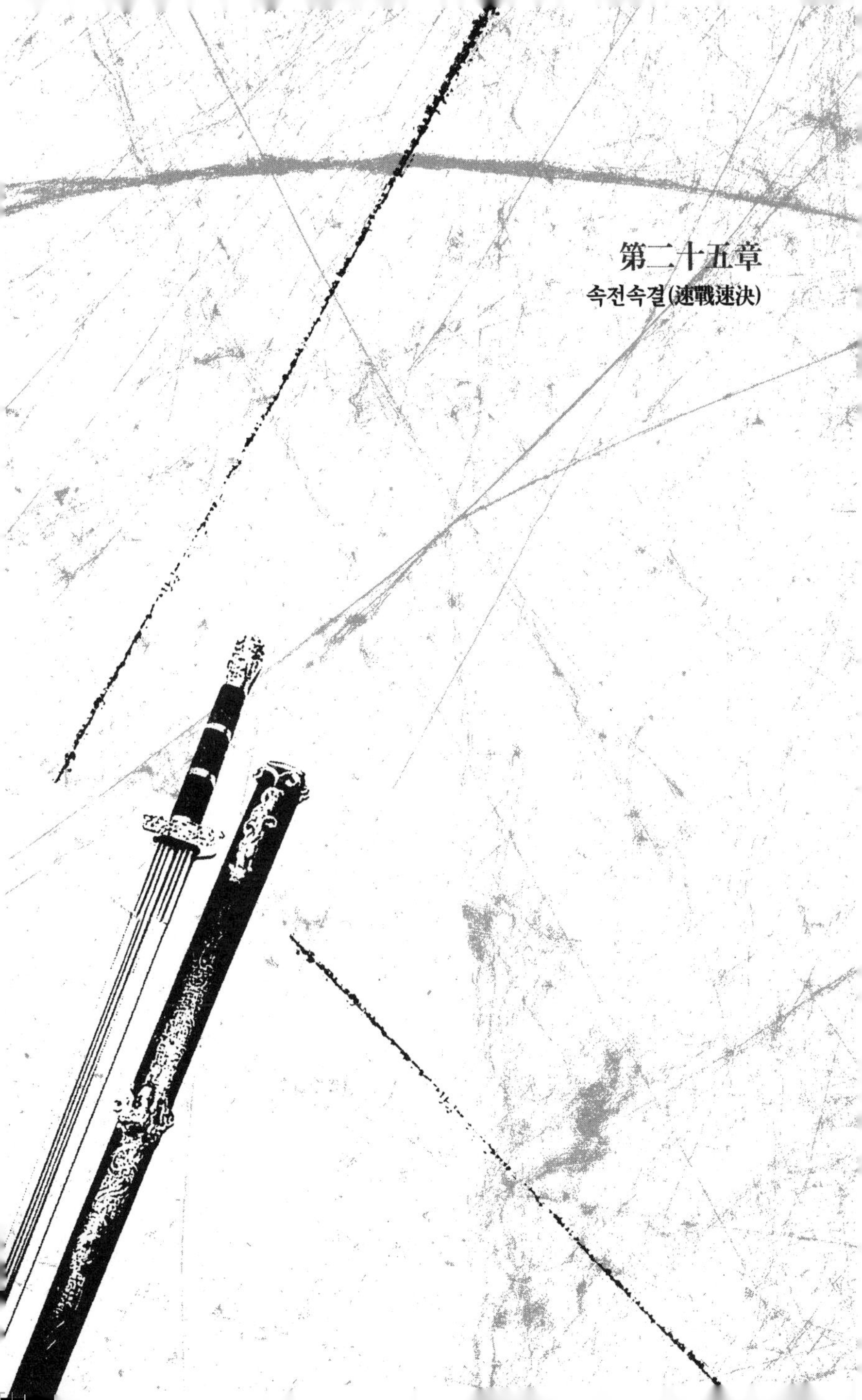

第二十五章
속전속결(速戰速決)

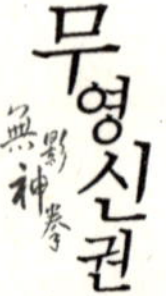

하천은 순찰당의 인원을 대폭 늘려 축산쌍수 형제에게 맡겼
다.

원래 장하방주의 호법이었던 축산쌍수 형제는 하천이 두 사
람에게 남경 전체의 순찰을 관할하는 순찰당을 맡기자, 수하
들을 독려해서 열심히 일했다.

그 일을 계기로 청량방 순찰당의 무사들이 구석구석까지 순
찰을 도니 남경은 북경성에 비견될 정도로 치안이 안전한 곳
이 되었다.

반사적으로 금화방과 흑룡방은 더욱 남경 백성들의 인심을
잃어 금화방 소유의 점포들은 줄줄이 문을 닫고 있었다.

금화전장이 문을 닫았고, 금화방의 남경선단은 양주로 옮겨

갔다.

그렇게 비워진 곳에 금성문과 해하방의 전장이 자리 잡았고, 금성문과 해하방은 상호 협정을 맺어 총관인 하홍과 먼저 상의한 후 남경에서의 사업을 해나가니 다툴 일이 없었다.

진회하의 기루들도 자연히 청량방의 감시를 벗어나지 못하게 되니 구절문의 위세도 크게 꺾이게 되었고 하천은 주청아를 믿지 못했다.

주청아는 흑룡방과 한편이거나 최소한 흑룡방의 음모를 알면서고 방관했다고 믿고 있었다.

순진한 표정으로 하천과 영아를 안심시키고, 뒤에서 칼을 꽂는 것은 용서할 수 없는 일이었다.

구절문이 적이 된다 할지라도 어쩔 수 없는 일이었고, 어쩌면 구절문과 흑룡방은 한통속일지도 몰랐다.

이미 팔월로 접어들었지만 신투는 여전히 종적이 묘연해 영아는 큰 걱정을 했으나, 신투의 종적을 알아낼 방법은 없었다.

남경을 청량방에서 완전히 장악하게 되고, 신투는 종적이 묘연하니 귀영문의 사람들이 모여들기 시작했다.

협귀와 잡귀 부부가 지나는 길이라며 들른 뒤, 청량방에 머물기 시작했다.

잡귀는 영아와는 절친했는데, 원래 영아의 여러 가지 잡술은 모두가 잡귀에게서 배운 것이라 했다.

아이를 가지지 못하는 잡귀는 영아를 때로는 제자같이, 때로는 딸같이 대하며 영아와 많은 시간을 보냈다.

협귀는 병법과 기문진, 병진에 정통하여 청량방 무사들에게 병진을 가르치며 시간을 보내고 있었다.

협귀는 장수가 되어야 좋을 사람이었는데, 수하를 거느리지 못하다가 제대로 훈련된 청량방의 무사들을 만나자 합벽진을 가르치는 것을 보람으로 삼았고, 청량방의 많은 무사들은 협귀를 대사부라 부르며 존경을 했다.

하천과 홍학방에서 무공을 익히고 청량방으로 온 무사들의 무공 수련을 협귀와 잡귀 부부에게 맡겨 버렸다.

협귀와 잡귀에게는 공동 제자 두 사람이 있었는데, 그들은 이미 부부가 되어 있었고, 그들도 협귀를 도와 청량방 무사들을 조련하니 청량방의 무사들은 최정예의 무사로 변해가고 있었다.

수귀까지 청량방 인근에 거처를 정하고, 남경 포구를 관리하니 귀영문의 절반은 하천의 손아귀에 들어온 것이나 마찬가지였다.

황사와 팔비선자는 이미 한 지붕 아래서 함께 거주하니 혼례를 올린 것이나 다름없었다.

종려시도 이미 황사를 아버지라 부르고 있었고, 팔비선자는 황사의 아내로 새 인생을 시작하게 되었다.

황사는 그동안의 방탕한 생활을 청산하고 팔비선자만을 바라보며 살기로 작정했고, 술과 도박, 기방 출입을 일절하지 않았다.

중추절이 지나고 팔월의 막바지가 될 무렵, 항주에서 다시 급한 전갈이 왔다.

마완으로 보이는 자가 금화방의 비호를 받는 항주 서호방에 잡혀 있다는 것이었고, 삼통이 직접 하천에게 보낸 서신이었다.

삼통은 통귀의 제자인지라 마땅히 통귀에게 연락을 했어야 했지만, 비밀리에 하천에게 서신을 보내온 것으로 봐서는 무슨 사연이 있어 보였다.

통귀 역시 그 사실을 알고 있는 눈치였다.

"백부께선 이미 아시는 내용이시겠지요?"

"그렇습니다. 하지만 방주께서 항주로 가신다면 별 좋은 일이 없을 것 같아 말씀드리지 않았습니다만, 못난 제자 녀석이 방주께 직접 아뢰어 공을 세우고 싶었나 봅니다. 사람을 풀어 서호방과 접촉을 하고 있으니 조금만 더 기다려 주십시오."

"염려해 주시는 바는 잘 알겠습니다만, 외숙께서는 비록 날건달이기는 하나 저에게 맨 처음 기초 무공을 가르쳐 주신 분입니다. 그러니 외숙이 고초를 겪는다는데 가만히 앉아 있을 수가 없습니다."

"방주, 항주에는 적이 많습니다. 단목세가가 서호에 있고, 금화방이 항주의 패권을 쥐고 있는데다가 하오문의 총단이 바로 항주에 있습니다. 또, 살막은 하오문과는 같은 뿌리라 해도 좋습니다. 게다가 흑룡방의 대호법이 항주에 뿌리를 두고 있습니다."

"염려하지 마십시오. 또 살 숙과 색 숙께서 동행한다면 어떤 어려움이 있어도 문제가 되지 않을 것입니다."

"방주, 정 항주로 가시겠다면 색귀와 살귀만으로는 안 됩니다. 협귀와 잡귀 부부, 황사, 팔비선자 부부와도 함께 동행하십시오. 또 청룡당과 백호당, 주작, 현무의 사 개 당 모두가 함께 가야 합니다. 항주는 용담호혈입니다. 어차피 정체를 숨기고 잠입한다 하더라도 금화방과 하오문의 눈을 피하지 못하니 차라리 당당히 들어가십시오."

그렇게 된다면 큰 전쟁이었다.

남경에서 전쟁을 벌인다면 승산이 높았지만, 지형과 인원에서 불리함이 있는 원정길은 험난한 여정이 될 것이었다.

하지만 하천은 어떤 희생이 있다 하더라도 외숙을 구해야겠다는 마음뿐이었다.

항주로 향하는 청량방의 행렬은 거창했다.

청룡당과 백호당의 무사들이 전방을 호위를 하고, 주작당과 현무당의 무사들이 후미를 따르니 마차만 해도 다섯 대나 되었다.

하천과 영아, 색귀와 앵화, 협귀와 잡귀, 황사와 팔비선자의 마차는 쌍쌍이 타고 있어 겹겹의 검은 망사로 된 휘장이 쳐져 있었고, 살귀와 네 명의 제자가 탄 마차만 휘장이 걷어져 있었다.

청량방의 기를 꽂은 거창한 행렬이 남경을 출발하자 거리의 백성들은 손을 흔들며 환영했고, 항주로 가는 관도로 향하니 누가 봐도 항주로 향한다는 것을 알았다.

　금금보는 청량방의 정예가 항주로 향한다는 전서구를 받고 깜짝 놀라 신통과 상의하고는 무사들을 항주로 보낼 차비를 했다.

　"신 형, 하천이란 놈이 바로 소주를 치지 않고 항주로 가는 까닭이 뭐란 말이오?"

　"금화방에서 청부를 했다는 확실한 증거가 없으니 소주로 올 수는 없고, 먼저 시비를 걸어 항주의 금화방 근거지를 없애려는 수작이 아니겠습니까? 정면 대결을 할 입장이 아니니 적당한 선에서 무마가 되리라 생각합니다만, 금화방의 실력으로 청량방을 상대할 수는 없습니다. 소림과 무당에 중재를 요청하는 것이 어떻겠습니까?"

　"소림과 무당에서 사람이 오면 이미 항주의 일은 끝난 뒤겠지만, 그래도 만약의 경우에 대비해 전서구를 보내야겠지요. 천둥벌거숭이 같은 놈 때문에 이게 무슨 꼴입니까?"

　"남경은 완전히 청량방의 손에 들어가 버렸고, 항주까지 청량방이 활개치게 된다면 더욱 기고만장할 것인데, 미리 대비를 하지 못한 게 화근입니다. 항주에서는 보는 눈이 많아 하오문과 단목세가, 흑룡방, 금화방이 힘을 합쳐 청량방을 상대할 수도 없는 일이니 정말 큰일입니다. 항주로 오는 목적을 알 수가 없으니……."

　"일단 금화방의 분타를 지키는 방법 외에는 수가 없으니 좀 더 두고 봅시다. 소림과 무당을 끌어들인다 해도 하천이란 놈이 겁먹을 것 같지도 않습니다."

"이미 사방에 적을 두고 있으니 무림공적으로 몰아 청량방을 없애는 것이 제일 좋은 방법입니다만, 그걸 한번 연구해 보겠습니다."

"아직은 모르니 일단 두고 봅시다. 워낙 엉뚱한 놈이라 우리가 지레 겁먹고 있는지도 모르지 않소? 지난번 살수의 일로 하오문을 공격하러 오는지도 모르니 계속 예의 주시하며 대비를 하십시다."

금금보는 이익을 따지며 하천을 생각했지만, 하천이 외숙의 일에 물불을 가리지 않는다는 것을 고려하지 못했다.

단목가에서는 지난번 하천이 항주에 왔을 때는 미리 알지 못해 대응을 못했지만 이번에는 하오문에서도 소식을 전해오고, 금화방에서도 정보를 흘리니 하천이 서호를 지나 항주로 간다는 것을 알았다.

단목가주는 비록 청량방의 무사가 백 명이 넘는다고 하지만 각지에서 보내온 정보를 취합하여 하급무사라 단정 짓고 안중에도 두지 않았다.

단목가주는 개망신을 당한 딸 단목혜를 생각하면 밤잠을 잘 수 없을 지경이었다.

단목가주는 단목가의 전 장로를 소집해 장로들의 의견을 묻고, 원로들의 의견을 물어 청량방의 행차를 가로막기로 했다.

하천은 이미 단목세가에서 무사들을 소집하고 청량방을 상대하려 한다는 서신을 삼통으로부터 받았지만, 특별한 조치를 취하지는 않았다.

하천 일행은 해가 질 무렵 서호로 접어들었다.

행렬을 가로막은 무리가 보였는데 백의를 입은 단목세가의 무사들이었다.

악원이 앞으로 나섰지만 마차에서는 아무도 내리지 않았다. 색귀의 마차에선 신음이 새어 나왔으며, 협귀와 잡귀는 마차에서 웃고 떠들고 있었다.

오히려 앞을 막은 단목가의 사람들이 당황할 지경이었다.

"누구기에 감히 청량방의 앞길을 막는 게요?"

조금도 예의가 없는 악원의 말에 단목가의 이숙은 화가 치밀었지만, 간신히 화를 누르고 말을 했다.

"이 많은 사람이 무슨 일로 서호를 지난다는 말이오?"

"항주로 가는 길이오만, 그건 왜 물으시오?"

이숙은 서호에서 이제 약관의 나이로 보이는 무사에게 이런 대접을 받고 있다는 게 꿈만 같았지만, 꾹 참고 말했다.

"일개 호위무사를 상대하기 싫으니 방주를 나오라 하시오."

"청량방의 방주는 아무나 만날 수 있는 분이 아니오. 귀하의 신분으로 당주인 나를 상대하는 것만 해도 분에 넘치는 줄이나 아시오."

악원의 말에 단목가의 이숙은 얼굴이 붉어지며 검을 뽑으려 했으나, 청량방의 무사들이 바로 단창을 던지려 하니 이숙은 숨을 가다듬고 천천히 뒤로 물러나고 말았다.

단목가에서는 다섯 명의 장로 외에도 단목가의 최정예인 십이검수가 왔고, 그 외에도 젊은 무사들이 삼십 명이 넘게 있었다.

무공으로만 따진다면 항주제일의 문파라 자부하는 단목세가인지라, 단목가의 젊은이들은 청량방의 무사가 많다고 해서 두려워하지 않았다.

단목가의 소가주 단목선휘는 서른이 넘은 나이라 적은 나이가 아니었지만, 가문의 어른이라 할 수 있는 이숙을 어린 악원과 상대하게 할 수 없어 앞으로 나섰다.

"청량방이 위아래도 없이 이렇게 오만방자하게 나온다면 전 무림의 공분을 사게 될 것이오. 단목가는 서호의 주인이라 할 수도 있소. 이렇게 많은 무리가 서호를 지나며 단목가를 무시하고 지나간다면 이것은 강호의 도의에 어긋나는 일이오."

단목선휘는 최대한 점잖게 말을 했지만, 악원은 조금도 물러서지 않았다.

"단목가가 관부의 일을 대신하는 것도 아니고, 청량방이 화적의 무리도 아닌데, 왜 길을 막는다는 말이오? 청량방은 남경에 누가 들어오든 길을 막고 행패를 부리는 일은 없어서 이해할 수가 없소. 앞을 비키지 않는다면 힘으로 뚫을 테니 알아서 하시오."

단목선휘는 이를 갈며 뒤로 물러나고, 이숙이 다시 앞으로 나서며 제자들을 지휘하여 검진을 형성했다.

악원과 소진도 청룡방의 제자와 백호방의 무사들을 지휘해 검진을 형성하니 일촉즉발의 상태가 되었다.

　　마차의 문이 열리고 협귀가 나와 천천히 청룡방과 백호방의 무사들에게 다가오더니 무사들의 검진을 살펴보고 고개를 끄덕이더니 팔짱을 끼고 뒤로 물러났다.

　　협귀에게 병진과 합벽진을 배운 무사들은 대사부라 부르는 협귀가 뒤에서 보고 있자 편안한 마음이 되었고, 단목가의 이숙은 크게 당황했다.

　　단목가의 이숙 또한 병진과 합벽진에 조예가 깊었지만, 변화무쌍한 청량방의 합벽진을 상대하려면 단목가의 무사들도 상당한 피해를 보게 될 것이 불문가지인지라, 마차에서 내린 협귀가 뭔가 싸움을 말리거나 중재를 하리라 기대했지만 오히려 격려를 하고 있는 상황이니 어찌해야 될지를 몰랐다.

　　방패까지 든 청량방의 무사들은 수전과 단창까지 겨누며 진을 형성하니 완전한 병진이라 할 수도 있어 사상자가 많아질 것이 우려되었지만 이미 기호지세라 단목가의 무사들을 물릴 상황도 아니었다.

　　악원이 다시 크게 소리를 질렀다.

　　"열을 세겠소. 그동안 물러나지 않는다면 단목가는 더 이상 서호에서 행세할 수 없게 될 것이오. 하나, 둘……."

　　이숙은 단목선휘를 쳐다보고 의중을 물었지만, 선휘는 이미 이성을 잃을 정도로 흥분하고 있었다.

　　악원이 일곱을 세었을 때, 선휘는 십이검수를 선봉으로 삼아 청량방의 진으로 뛰어들었다.

　　하지만 청량방의 무사들이 방패를 똑같이 횡으로 휘두르며 검을 찌르고 동시에 뒤편에서 단창을 찔러오니, 선봉에서 달려들던 최정예의 십이검수는 금세 진이 흩어지며 우왕좌왕했다.

삼합진으로 바꾼 청량방의 무사 세 명이 하나의 진을 이루며 십이검수들을 공격하자 단 한 번의 격돌로 세 명이 부상당하고 말았다.

이숙은 깜짝 놀라 네 명의 장로에게 십이검수과 합세할 것을 신호하고 자신도 전장으로 뛰어들었다.

하지만 방패에서 강침이 날아오고, 단창이 암기로 변해 수시로 날아오자 십이검수 네 명이 다시 부상을 당했고, 단목가의 장로조차 세 명이 하나의 진을 이룬 삼합진 하나를 감당하지 못하고 밀려나고 있었다.

이숙은 청량방의 하급무사 세 명을 단목가의 장로가 상대하지 못한다면 이 싸움은 하나마나 패배가 자명한 것이라 길게 휘파람을 불어 단목가의 사람들을 뒤로 물러나게 했다.

단목가의 무사들은 암기가 난무하는 전장을 위한 무공은 조금도 배우지 않았으니 치사하게 나오는 청량방의 무사들을 상대하기에는 훈련과 경험이 부족했다.

이미 단목가의 최정예인 십이검수는 일곱 명이나 크고 작은 부상을 당해 버렸고, 한 명의 장로까지 어깨에 단창을 맞고 팔을 늘어뜨리고 있는 상황이니 더 이상 길을 막지 못하고 옆으로 물러나고 말았다.

청량방의 무사들은 단 한 명도 다친 자가 없었으니 단목가의 이숙으로서는 수치심에 얼굴을 들 수가 없었다.

단목가의 젊은 무사들은 만만하게 생각했던 청량방의 하급 무사들이 단목가의 최정예라 할 수 있는 십이검수들의 검진을 눈 깜짝할 새 무너뜨려 버리자 전의를 상실하고 말았다.

그때 협귀가 화를 내며 앞으로 달려오더니 악원과 소진을 부르고 선봉에 섰던 청룡당의 이십사검수를 나무라기 시작했다.

"삼합진으로 격파를 했으면 부상자는 후미의 백호당에서 달려나와 포박을 해야 될 일이 아니더냐? 그리고 청룡당에서는 삼합진을 육합진으로 바꿔 퇴로를 차단하고, 한 명도 도망가지 못하게 했었어야지. 그래야 백호당에서 뒤를 엄호할 게 아니더냐? 그리고 진아, 너는 왜 수하들을 놀게만 하고 있었느냐? 그렇게 인정을 두다가는 청량방의 앞을 막는 방자한 무리가 또 생길 것이 아니더냐? 원이, 너도 마찬가지야. 상대가 약하면 즉각 강경하게 공격을 해야지 왜 인정을 둬?"

악원과 소진은 고개를 숙이고 꾸중을 듣고 있었고, 단목가의 사람들은 억장이 무너지고 있었지만, 어찌할 수 없었다.

협귀는 이숙에게 다가오더니 정색을 하고 말을 했다.

"제자들이 미흡하여 실수가 많았소. 아직 수련 중이라 경험이 일천하여 실수를 했으니 한 번만 더 기회를 주시겠소? 아직 무사가 많이 남았으니 설마 이대로 물러나실 생각은 아니시겠지요?"

이숙은 성질대로 하자면 단칼에 목을 베고 싶었지만 간신히 참고 고개를 저었다.

"이미 여덟 사람이나 크고 작은 부상을 입었소. 이것으로 부족하다는 말씀이시오? 사람을 그렇게 놀리는 법이 아니오."

이숙은 이미 패배를 자인했건만, 협귀는 허리까지 굽혀가며 생사정을 하고 있었다.

"제자들이 실전 경험이 부족해서 그러니 사정을 좀 봐주시오. 이번에는 암기와 방패를 사용하지 못하게 하겠소. 그럼 똑같은 조건이지 않겠소?"

협귀의 말에 이숙은 화가 머리끝까지 나서 하마터면 그러자고 할 뻔했지만 끝내 고개를 저었다.

"싫소, 그리는 못하오. 이미 이것만으로도 충분하오. 서호에 별다른 일이 없고 단목가에 적의가 없다면 그냥 지나쳐도 좋소."

"과공비례(過恭非禮)라 했는데, 끝내 겸손하시니 더 이상 권하지는 않겠소만, 조금 섭섭한 마음은 있소. 서로 무공을 겨루고 익히면 피차 좋은 일인데 공연히 그러십니다. 살수는 피하고 적당히 해서 승부만 내는 것은 어떻겠소?"

협귀가 끝까지 물고 늘어지자, 이숙은 더 이상 참지 못하고 버럭 소리를 질렀다.

"그참, 싫다고 하지 않았소? 내, 딴사람은 몰라도 당신하고는 승부를 겨루고 싶소만, 당신 의견은 어떻소?"

단목이숙의 제안에 조금 생각하더니 협귀는 고개를 끄덕였다.

"제자들에게 좋은 승부를 구경시켜 주는 것도 훌륭한 공부가 되지요. 마차를 오래 타서 굳어진 몸도 좀 풀 겸, 참 좋은 고견이시오. 배가 고프니 어서 시작합시다. 참, 심심하게 그냥 할 게 아니라 진 쪽에서 저녁을 대접하는 내기를 하는 게 어떻겠소? 우리 수가 좀 많기는 하지만 대신 싼 걸로 먹으면 될 일이 아니겠소?"

이숙은 말 같지 않은 소리를 하는 협귀가 미친놈이 아닌 가 싶기도 했지만, 자신은 단목가에서는 가주를 제외하고는 최고의 고수였고, 강호에 전혀 이름이 알려지지 않은 청량방의 무공 교두 정도야 충분히 이길 수 있으리라 여겼다.

살짝 선휘를 보니 선휘도 고개를 끄덕이는지라 승낙하고 말았다.

두 사람 다 단목가의 명예를 회복할 좋은 기회라고 생각했다.

"좋소, 그렇게 합시다."

이숙이 승낙하자 청량방의 무사들은 좋아하며 뒤로 물러나 자리를 만들어주고 마차에서도 사람들이 나오기 시작했다.

악명이 자자한 색귀가 보였고, 황사와 아름다운 여인이 모습을 드러냈다. 하천과 영아가 걸어왔고 냉막한 인상의 무사도 마차에서 내렸다.

협귀의 아내로 보이는 여인은 검을 들고 와 협귀에게 전해주고 배가 고프니 빨리 끝내라 당부하니, 이숙은 더욱 화가 치밀었다.

먼저 검을 뽑은 이숙은 낙성 십이검식을 연이어 사 초나 전개하며 협귀를 몰아갔고 협귀는 아직 검도 뽑지 못하고 검집으로 이숙의 검을 막으며 간발의 차이로 검날을 피하고 있었다.

크게 자신을 얻은 이숙은 검식을 변화하여 유성검을 펼치고 손으로는 협귀의 어깨를 잡아갔다.

협귀는 그때서야 검을 뽑아 횡소천군의 평범한 초식으로 주먹을 베어오니 이숙은 깜짝 놀라 주먹을 거두었다.

하지만 협귀는 바짝 따라오며 이숙이 미처 검식을 전개하기도 전에 검날을 막고 손과 발로 계속 급소를 노리며 따라붙고 있었다.

무려 열 번을 넘는 발길질과 주먹질을 간신히 피하긴 했지만, 아랫도리를 노려 오는 발길질이 예사롭지 않으니, 이숙은 보법이 어지러워지며 단번에 수세에 몰렸다.

이숙은 아무리 초식을 전개하려 해도 반도 펼치기 전에 막히고 상대는 바로 반격을 해오니, 제대로 실력을 발휘할 수가 없었다.

협귀의 검초는 이숙의 검초가 펼쳐지는 것을 막는 것뿐이었고, 검으로는 이숙을 공격하지 않으니, 이숙은 그때서야 협귀가 사정을 봐주고 있다는 것을 알았다.

이미 검이 부딪치며 손아귀가 저려오는 것이, 공력 또한 자신보다는 높은 경지라 이숙은 크게 검을 휘두르며 껑충 뒤로 물러났다.

"제자들에게는 인정을 두지 말라더니 왜 인정을 두시오? 더 하지 않겠소. 배가 고프니 어서 밥이나 먹읍시다. 내가 진 걸로 하겠소."

협귀는 안색이 변하며 크게 낭패한 기색을 보이더니 검을 검집에 꽂았다.

"검끝에 인정을 두시고 이렇게 양보하여 주시니 정말 명가의 풍모를 느낄 수 있었소. 이제 몸이 좀 풀리는가 싶었었는데, 아쉽긴 하지만 오늘만 날이겠소? 자주 만나 병진과 진식을 논하고 무공도 겨뤄봅시다."

협귀가 이숙의 등을 쳐대며 껄껄 웃자 이숙도 기가 막혀 따라 웃었다.

그러자 단목가의 소가주인 단목선휘가 앞으로 나서며 허리를 숙여 인사를 했다.

"어르신들께서 화해를 하신 듯하니, 세가로 모셔 저녁을 대접했으면 합니다."

"단목세가에서 바라보는 서호의 경관이 절경이라 들었소. 초대하여 주시니 정말 영광이오."

협귀의 말이 끝나자마자 색귀가 끼어들었다.

"자넨 또 주제넘는 짓을 하고 있어. 방주가 계신데 왜 자네 맘대로 매사를 끌고 간단 말이야? 청량방에 규율이 없다고 단목세가에서 얼마나 욕을 하겠어?"

"그게 무슨 소리요? 이만한 일도 내 맘대로 못한다는 말이오? 형님이 정 그리 나온다면 형수와 잠잘 때 정말 아랫도리를 조심해야 될 것이오. 저리 비키시오.”

색귀는 눈을 부라리며 협귀에게 뭐라고 하려 했지만, 잡귀가 노려보고 있자 고개를 숙이고 슬쩍 하천의 뒤로 몸을 숨겼다.

색귀는 유독 잡귀에게만은 기를 펴지 못했다.

단목선휘는 어차피 청량방을 상대할 힘이 부족하니 적으로 돌린다면 좋을 일이 없어 청량방과 친교를 맺는 편이 차라리 낫다 생각했고, 하천 역시 그렇지 않아도 사방이 적인 항주에서 단목가와 친분을 맺는다면 좋은 일이라 환영할 일이었다.

“항주제일의 명문 단목세가에서 청량방의 식구를 초대해 주시니 무한한 영광입니다.”

하천이 포권을 하며 나서자 이숙이 앞으로 다시 나서며 하천에게 예를 갖추었다.

“인중지룡이시라더니, 실제로 보니 조금도 과장된 소문이 아니었습니다. 이미 사람을 보내 준비를 하라 일렀으니 천천히 가시지요.”

하천은 단목선휘와도 인사를 나누고 일행은 천천히 말을 몰아 단목세가로 향했다.

협귀는 이숙과 금세 친해져서 합벽진에 대해 이야기를 나누고 있었고, 선휘는 뒤를 따르며 두 사람의 담론을 경청하고 있었다.

단목가주는 체면상 나서지 못하고 마당에서 안절부절하고

있다가 참담하게 패했다는 소식이 전해지자 단목세가의 미래
가 염려되었다.

하지만 크게 상한 사람도 없고 곧 청량방과 화해를 하여 식
사를 대접하기로 했다 하자, 급히 주루와 인근에서 일류에 속
하는 숙수들을 모두 불러들여 음식을 준비하게 하고, 가솔들
을 총동원하여 상을 차리고 다과를 준비하며 청량방 사람들을
맞을 준비를 했다.

단목가주는 돼먹지 않은 정보를 전해준 하오문과 금화방의
의도를 지금에야 간파하고 긴 한숨을 내쉬었다.

하오문과 금화방은 청량방의 실력을 염탐하기 위해 단목가
를 부추겼을 뿐이었고, 단목가는 제대로 개망신을 당한 꼴이
었다.

하지만 단목가주는 오히려 전화위복이 되어 청량방과 우의
를 돈독히 한다면, 항주에서 단목가의 입지가 오히려 더욱 견
고해지리라 믿었다.

하오문과 금화방이 활개를 치는 항주에서 청량방이 득세한
다면 그 틈에 단목가는 크게 세력을 확장할 수도 있는 일이었
다.

남궁가까지 청량방에게 망신을 당한 마당에 단목가가 청량
방에 패했다 해서 크게 손해 보는 일도 아니라 생각하니 마음
까지 편해졌다.

단목가주는 문 앞까지 나가 웃는 얼굴로 하천을 맞았고, 청
량방의 고수들과도 일일이 수인사를 나누었다.

단목가주는 하오문이 살막과는 한통속이라 말하고 금화방과 하오문이 연합을 하여 항주의 패권을 쥔데다 흑룡방까지 항주로 진출하여 단목가의 입지가 말이 아니게 되었다 말하며, 넌지시 금화방과 하오문, 흑룡방을 싸잡아 비난했다.

"금화방은 명문정파를 자처하지만 금금보는 교활한 자입니다. 자신의 이익을 위해선 정사를 가리지 않고 끌어들여 이익을 보고, 더 이익이 없다 싶으면 매정하게 매장시키기도 합니다. 흑룡방을 항주에서 몰아내더니 이제 또다시 흑룡방을 끌어들인 걸로 봐서 뭔가 못된 수작을 꾸미고 있는 게 분명합니다."

하천은 쾌재를 부르며 단목가주의 비위를 맞췄다.

"가주님께서 금화방과 반목을 하고 계신 줄은 몰랐습니다. 일이 어떻게 전개될지는 모르겠으나, 청량방과 금화방은 적이 될 가능성이 많습니다. 그 와중에 단목가에 피해가 가지 않아야지요. 하오문 역시 이미 살막을 통해 저의 목을 노리고 살수까지 보낸 처지니 그냥 좌시할 수 없습니다. 흑룡방까지 끼어든다면 큰 싸움이 될지도 모릅니다."

단목가주는 일이 이렇게 된 이상 청량방을 부추겨 항주에서 금화방과 하오문의 입지를 좁히는 일이 최선이라 생각했다.

단목혜의 원한 따위는 지금 문제가 될 수 없었다.

"하오문은 실력을 가늠할 수 없는 문파입니다. 이곳이 하오문의 총단이나 마찬가지이니 이곳을 건드린다면 강호에서 활동하기가 쉽지가 않을 것입니다. 살막을 구파일방에서 건드리지 못하는 것도 바로 하오문과 살막이 한통속이라 그런 것입니다."

"염려해 주시니 고맙습니다. 어찌 되었든 단목가와 적이 되지 않은 것만 해도 청량방의 복입니다."

"별말씀을. 오히려 단목가의 복이지요. 항주에서 필요한 일이 있으시면 연락을 주십시오. 힘은 모자라지만 최선을 다해 나서겠습니다."

단목가주가 완전히 우군이 된 듯하자 하천도 웃으며 답례의 말을 했다.

"그리하겠습니다. 청량방과 단목가가 친구가 되었으니 가주께서도 어려운 일이 닥치시면 연락을 주십시오. 제가 못 올 형편이면 이 자리에 계신 호법이라도 보내겠습니다."

"말씀만으로도 고맙습니다. 단목가는 상권을 놓고 다투는 그런 사업을 하지 않으니 조용한 편이긴 합니다만, 도움이 필요하면 사람을 보내겠습니다."

하천은 단목가주와 화친을 맺은 상태가 되자 서호방에 외숙이 억류되어 있다고 솔직히 말하고 서호방에 관한 자세한 정보를 물었다.

단목가주는 서호방의 방주가 금금보의 처남이라 말하고 서호방을 건드리면 금화방은 어쩔 수 없이 개입할 수밖에 없게 된다고 했다.

단목가주는 서호방주의 성격과 약점, 자주 가는 곳을 세밀히 말해주며 은근히 서호방주가 봉변을 당하기를 기대하고 있는 것으로 보였다.

삼통이 보낸 정보로는 하천의 외숙이 서호방주의 기생첩이나 마찬가지인 기녀를 유혹해 동침을 하다가 서호방의 무사들에게 잡혀 서호방에 갇혀 있는 것이라 했다.

하천은 여자를 유혹하는 데 일가견이 있는 외숙 마완이 마음먹은 여인은 꼭 취하고 만다는 것을 아는지라 삼통의 정보가 정확한 것이라 믿고, 서호방주를 골탕 먹일 계략을 생각하고 있었다.

막 식사를 끝내고 단목가를 떠나려는데, 삼통이 직접 단목가로 달려와 하천을 불러냈다.

하천은 삼통과 잠시 이야기를 나눈 뒤, 색귀를 불러 뭐라고 말하자 색귀는 좋아하며 네 제자를 데리고 삼통과 함께 떠나가고, 하천은 미리 마련해 둔 장원으로 향했다.

서호방주는 기생첩이나 다름없는 기녀가 운영하는 기루에서 소주에서 온 친구와 연회를 벌이고 있었는데, 소피를 보러 나간 기생첩이 소식이 없자, 총관을 불러 기생첩을 찾아오라 했다.

총관은 별채 주변을 헤매다가 기루의 주인이 누군가에게 질질 끌려간 발자국을 발견하고 따라가 보니, 고작 두 냥짜리 상이 들어간 작은 골방 안에 주인이 끌려 들어가 봉변을 당하고 있는 것을 봤다.

이미 아랫도리는 홀라당 벗겨져 있었고, 적삼만을 걸친 채 흉악하게 생긴 작자가 주인의 머리채를 잡은 채 껄껄 웃으며 엉덩이를 두들기고 온몸을 만져 대며 억지로 춤을 추게 하고 있었다.

총관은 안에는 고작 세 사람뿐이고 여주인의 몰골이 워낙 흉하니 감히 서호방주에게 알릴 수가 없어 얼른 무사 넷을 불러 모아 문을 박차고 들어갔다.

"이놈, 그 손 놓지 못하겠느냐?"

총관은 주인의 머리채를 잡고 있는 흉악하게 생긴 악당에게 일권을 날렸다.

퍽!

주먹은 정확히 가슴을 때렸다.

"아이쿠, 나 죽는다."

사내는 가슴에 일권을 맞고도 여인의 머리채를 놓아주지 않고 함께 방바닥을 뒹굴더니, 요리와 술이 놓인 탁자를 엎어 방패로 삼고 잽싸게 여인을 묶어버리고는 다시 총관에게 덤벼들었다.

바로 색귀였다.

총관은 처음에는 다소 우세를 보이는 듯했으나 색귀가 술병을 들고 머리를 내려치는 바람에 총관은 머리에서 피가 흘렀고, 나머지 두 사람을 상대했던 네 명의 무사도 방바닥에 뒹굴고 있는지라 총관은 급히 몸을 빼 서호방주에게 달려갔다.

서호방주는 총관의 말을 듣고 대로하여 직접 몸을 일으켜

두 명의 호위무사를 따르게 한 뒤 앞장서 달려갔다.

하수를 겨우 면한 기루 총관과 막상막하의 실력인 자라면 서호방주의 무공으로는 대여섯 명 정도는 단숨에 해치울 수 있었고, 기생첩에게도 크게 체면을 세울 수 있는 일인지라 오히려 신이 나 달려갔다.

"이놈!"

서호방주가 소리치며 방 안으로 들어서자 젊은이 하나가 달려들었는데, 그는 바로 색귀의 제자였다. 서호방주는 콧방귀를 뀌며 얼굴을 때렸으나 어찌 된 일인지 헛손질을 하고, 몸이 기울더니 머리를 바닥에 박히며 배를 차인 다음 혼절하고 말았다.

두 명의 호위도 한 젊은이에게 단숨에 제압되어 혼절해 버리자, 총관은 일이 크게 잘못됐다 생각하고 몸을 날려 서호방으로 달려갔다.

색귀는 껄껄 웃으며 이미 혼절해 있는 기생첩을 어깨에 메고 서호방주는 제자들에게 들게 한 다음, 가볍게 담을 넘어 사라져 버렸다.

방주가 괴한에게 납치당했다는 소식을 들은 서호방의 사람들은 전체 무사를 소집하여 서호방주를 찾아다녔지만, 종적조차 발견하지 못했다.

색귀는 서호방주를 두들겨 패고 기생첩을 넘보다가 서호방에 잡혀 있는 사람이 있다는 자백을 받아낸 다음, 마완을 석방하라는 글을 받아내고 서호방으로 향했다.

서호방은 방주를 찾아다니느라 많은 무사들이 빠져나가고

방에는 경비무사만이 남아 있었는데, 서호방의 총관은 바로
이 일 때문에 방주가 납치당했다 생각하고, 순순히 마완을 내
주고 색귀를 미행하라고 일렀다.

색귀는 마완이 다행히도 사지육신이 멀쩡하자, 아무 행패도
부리지 않고 마차에 탔다.

뒤를 따르던 일단의 기마무사들은 서호방의 모퉁이를 돌자
마자 한 무더기의 돌 세례를 받고 모두 말에서 떨어지고 마차
의 종적을 놓치고 말았다.

하천은 달려가 마차에서 내리는 마완을 안고 손을 잡았다.

"아재, 이게 무슨 꼴이야?"

"면목이 없다. 키는 많이 컸다만, 여전히 약골이구나. 누님
이랑 자형은 무고하시지?"

"그럼, 별일없어. 일단 목욕부터 먼저 해야겠네. 밥은 먹었
어?"

"밥 먹은 지가 사흘 전이다. 지금 같아선 소라도 잡아먹지
싶다. 여자도 없는데 목욕은 무슨 목욕. 밥부터 먹자."

마완은 하천이 청량방주라는 사실을 알았지만 면목이 없어
남경에 가지 못했다 했고, 나흘 전 서호방의 무사들에게 사로
잡혔으나 서호방주가 직접 문초를 한다고 그냥 놔두는 바람에
몸이 무사할 수 있었다 했다.

하천은 끊임없이 사고를 칠 것이 분명한 외숙을 말썽없이
지내게 하려면 기루를 맡기는 수밖에 없다 생각하고 마완에게
기루를 운영하게 해줄 테니 남경으로 가자고 했다.

색귀는 무공이라도 높았지만, 별 무공도 없이 여자를 밝히는 마완은 정말 큰 화근이 될 게 분명했다.

마완이 막 밥을 다 먹자, 삼통이 달려와 서호방과 금화방의 무사들이 이곳을 향해 오고 있다고 했다.

서호방의 무사들이야 별게 아니었지만, 금화방에서는 백팔 명의 비호대 전부가 왔고, 그 외에도 삼십육호법대가 왔다 하니, 그야말로 금화방 최고의 정예였고, 어쩌면 금금보가 나타날지도 모르는 일이었다.

삼통이 마련해 놓은 장원은 외딴 언덕 위에 자리하고, 숲으로 둘러싸여 외부에 보이지 않았으나, 숲에서 외부를 보기에는 용이한 지형이라 방어를 하기에는 좋은 곳이었다.

하천이 멀리 파수를 세우고 기습에 대비하니, 금화방의 사람들은 기습을 하기 곤란한 지형이라는 것을 알았다.

하지만 외부로 나가기도 곤란한 지형이었고, 입구를 막고 화공을 한다 해도 속수무책이 될 수 있는 지형이었다.

새벽이 되자 서호방과 금화방의 무사 말고도 복면을 한 사람들이 모여들기 시작했는데, 삼통은 하오문의 사람들로 보인다고 했다.

하오문이 금화방과 연합을 했다면 이 싸움은 힘든 싸움이 될 수도 있는 일이었다.

이미 외부와 차단된 채 갇히게 된 형국이었지만, 하천은 무사들을 편히 쉬게 하고, 자신도 영아와 방에 들어 침상에서 뒹굴고 있었다.

영아는 코앞에 적을 두고 태연히 침상에서 뒹굴고 있자니 불안하기만 하였는데, 하천은 영아의 옷을 벗기고 있었다.

"상공, 적이 바로 코앞에 있는데 불안하지 않으세요?"

"그게 불안한 게 아니라, 당신이 공대를 하니 그게 불안하오. 어차피 신호가 들리면 달려나가면 될 일이 아니오? 하지만 오늘 밤에는 저들이 이곳을 어찌하지 못할 것이니 푹 자두는 게 좋소."

"하지만 초병을 해치우고 숲을 점령한 뒤 불화살을 날리고 숲까지 태워 버린다면 큰일이지 않나요?"

"바로 그것이 함정이오. 그들이 그렇게 하려는 것을 기다리는 것이오."

"불을 지르기를 기다리신다구요?"

"초병을 해치우고 난 뒤에야 숲에 접근할 수 있지 않겠소? 초병을 해치우려면 필히 일급살수나 고수가 동원될 것이고, 그들은 초병들에게 접근하다가 비밀 암기를 맞고 비참하게 죽게 될 것이오."

"그래, 전쟁이니 암기를 사용해도 되겠지. 그럼 소리가 나면 그때 일어나면 되겠네."

"소리가 나도 나갈 필요 없어. 선봉이 전멸했는데 무모하게 총진격할 만큼 신통이 멍청하지는 않지. 야, 그런데 왜 갑자기 반말을 해?"

"그럼, 궁금한 걸 다 알았는데 공대를 할 줄 알았어? 어서 불이나 꺼."

하천은 영아가 기분이 내키면 공대를 했다가도 금세 반말을 해대니, 갈피를 잡을 수 없었다.

이미 금금보와 신통까지 항주로 달려와 있었고, 신통은 화공을 하면 청량방의 무사들을 전멸시킬 수 있다고 장담하며 금금보의 마음을 흡족하게 했다.

"장원에 방주님의 처남이 있기 때문에 화공을 할 수 없을 것이라 생각하고 있을 겁니다. 하지만 별 쓸모 없는 처남과 청량방의 정예와 맞바꾼다 생각하면 손해 보는 일이 아닙니다."

"그렇지요, 살아 있어 큰 화근이 되는 놈입니다. 내가 그놈 때문에 노심초사한 적이 한두 번이 아닙니다. 이 기회에 같이 태워 버린다면 일석이조라 할 수 있소. 내자에게는 청량방 놈들이 처남을 태워 버렸다 하면 될 일이니 걱정할 게 없지요. 그런데 하천이란 놈이 약은 놈이라 무슨 함정이 있을지 모르니, 하오문을 앞장세웁시다."

"당연히 그래야지요. 살수로 초병을 해치우는 것은 여반장이라고 부추기면 하오문주가 나서겠지요."

하지만 하오문주는 만만한 여인이 아니었다.

하오문주는 얼굴을 가려 볼 수는 없었지만 몸매로 봐서는 제법 살집이 두둑한 것이 중년의 나이로 보이는 여인이었는데, 차가운 눈으로 주위를 살피고 있었다.

신통이 하오문주에게 가 초병을 해치우고 숲을 점령한 뒤 화공을 하자고 말하자 동의는 했지만, 초병을 해치우는 일에 살수를 내세울 수는 없다고 했다.

"초병들이 갑주를 입고 방패를 들고 있어요. 그러니 수전으론 소용이 없고, 최대한 가까이 접근해서 목이나 미간을 노리고 취전을 날려야 하는데, 그만한 특급살수는 저번에 이미 청량방에 잡혀가 버리고 남아 있는 자 중에는 특급살수가 없어요. 그러니 금화방의 호법대에서 나서야겠어요."

살막과 하오문에 특급살수가 남아 있지 않다는 말이 되지 않는 소리를 하자, 신통은 화가 치밀었지만 냉정하게 말하는 하오문주의 비위를 상하게 할 수 없어 어쩔 수 없이 호법대가 초병들을 해치우기로 했다.

금금보는 하오문주가 야박하게 나온다 하자 크게 노했지만, 한 명의 손이라도 아쉬운 판이라 어쩔 수 없이 호법대를 나서게 했다.

초병이 여섯 명이니 두 명의 호법이 각각 여섯 명을 지휘하여 천천히 초병들에게 다가갔다.

호법대의 무사들은 살수에 대비하여 살수의 무공을 익힌 터라 초병들에게 접근하여 취전을 꺼내 입에다 대고 신호를 기다리는데, 숲에서 여섯 명의 무사가 걸어와 교대하려 하자 숨을 죽이고 엎드려 있었다.

하지만 열두 명의 초병은 바닥에 납작 엎드리며 큰 탄궁을 꺼내 들더니 호법대의 무사들을 향해 쏘기 시작했다.

꽝! 꽈광!

깜짝 놀란 호법대 무사들은 급히 뒷걸음치며 퇴각하려 했지만, 둥근 쇠뭉치 같은 것이 날아오며 면전에서 터져 버리니 비명이 난무했다.

꽈과광! 꽝! 꽝!

"아악!"

"크윽!"

이미 수많은 사상자가 난지라 두 호법은 수하들을 버리고 몸을 빼 탈출하려 했지만, 암기가 두 호법을 집중적으로 노리니, 몸을 날리자마자 피를 뿌리며 바닥에 쓰러지고 말았다.

쇳조각이 수십 개의 파편으로 갈라지고 다시 강침이 난무하는, 맹추가 만든 소천뢰구였다.

금금보는 광분을 하며 비호대와 호법대는 당장 진격하여 무사들을 구하라 했지만, 신통은 금금보를 말렸다.

"방주, 당장 큰 방패가 있어야만 저들을 상대할 수 있습니다. 저 암기는 맨몸으로 막을 수가 없습니다. 이미 저들은 선봉을 몰살시킬 준비를 하고 있었습니다."

금금보는 최정예인 호법대 무사 열두 명과 두 호법마저 어처구니없이 몰살해 버리자 분해서 어쩔 줄 몰라 했지만, 신통에게 끌려 분타로 돌아갔다.

금금보는 호법대를 금화방의 최정예로 키워와 워낙 애지중지했고, 두 호법만 해도 청량방과의 대결을 대비해 최근 서장에서 거금을 주고 어렵게 데려온 절정고수였는데, 너무나 허무하게 당해 버리자 거의 넋을 잃은 표정이었다.

하천은 영아와 침상에서 뒹굴면서 맹군이 만든 소천뢰구가 터지는 소리를 듣고 금화방의 사람들이 기습을 시도했다는 것을 알았지만, 밖으로 나와보지도 않고 영아를 안고 잠에 빠져들었고, 날이 밝아서야 경비를 했던 소진과 곡아에게 보고를 들었다.

신통은 오시가 되자 금화방 전체의 무사들에게 방패를 들게 하고 하오문의 무사들에게도 방패를 나눠 준 뒤, 조금씩 전진하며 장원으로 향했다.

하오문주는 금화방과 연합하면 간단히 청량방을 섬멸할 수 있으리라 여겼는데, 막상 청량방의 무사들을 보니 하수가 아닌지라 잘못하다가는 큰 피해를 볼 수도 있다 생각하고 하오문의 최정예는 뒤로 빼돌리고 선봉에 내세우지 않았다.

신통 역시 금화방의 고수를 암기 막이로 쓸 수는 없는 일이라, 뒤로 물러나 있게 하고 선봉에 선 사람들은 이미 싸움도 하기 전에 전황을 눈치채 여차하면 달아날 채비를 하고 있으니, 싸움도 하기 전에 사기가 말이 아니었다.

어제와는 달리 금화방과 하오문의 무사들도 연노와 수전까지 들고 앞으로 걸어갔지만, 청량방의 경비무사들은 방어 자세만 취한 채 제자리에서 조금도 움직이지 않았다.

삼백여 명의 무사가 다가오는데도 고작 열두 명의 경비무사가 제자리를 지키고만 있으니 신통은 급히 진격을 멈추게 하고, 하오문주에게 정찰대를 보내게 했다.

하오문주는 열 명의 무사를 앞으로 내보냈고, 신통은 청량방의 경비무사들이 어떻게 나오는지 주시했다.

하지만 여전히 경비무사들은 제자리만 지키고 있어 하오문의 정찰대는 가까이 다가가지도 않고 돌아와 주위에 아무것도 없다고 했다.

신통은 분명 어떤 함정이 있다 믿고 어찌해야 좋을지를 몰라 하다가, 일단 화살을 쏴 경비무사의 반응을 보기로 했다.

화살이 비 오듯 쏘아졌지만, 여전히 경비무사들은 방패를 돌려대며 화살을 여유있게 막고 제자리만 지키니 괜히 화살만 낭비한 꼴이 되고 말았다.

갑주를 입고 방패까지 든 비호대가 앞으로 나서고, 하오문의 무사들이 기마대 사이로 활을 든 채 조금씩 다가가자 그때서야 경비무사들은 조금씩 뒷걸음치며 물러가기 시작했다.

신통은 일단 경비무사가 서 있는 언덕을 점령하면 숲으로 다가가는 교두보가 되는지라 비호대에게 진격 명령을 내렸고, 비호대와 서호방, 하오문의 무사들은 질풍같이 내달리기 시작했다.

두두두두

콰광! 쾅!

하지만 막 언덕에 도달할 무렵, 경비무사들이 물러간 자리에서 쇠뭉치가 날아오며 지척에서 터져 버리니 지축이 흔들리는 듯했다.

비호대의 무사들은 비명을 내지르고, 서호방과 하오문의 무사들도 많은 사상자가 났다.

기왕불구 시작된 일이니 신통은 물러서지 말고 빨리 언덕을

점령하도록 독려했지만, 다시 쇠뭉치가 두 배나 많이 날아오
자, 순식간에 엄청난 사상자가 나고 말았다.

쇠뭉치의 파편은 방패도 뚫을 정도로 파괴력이 막강하니,
이미 하오문의 무사들은 절반이나 도망치고 있었고, 비호대
주 또한 신통을 원망하며 바로 비호대에게 퇴각 명령을 내렸
다.

새벽에 날린 것은 소천뢰구였지만, 지금 날아온 것은 살상
력이 세 배가 되는 대천뢰구였다.

"아악!"

청량방의 무사들이 장창을 들고 달려나오니 등을 돌려 퇴각
하는 무사들은 처참한 비명을 지르며 쓰러졌고, 비호대와 서
호방, 하오문의 무사들은 다시 원래의 자리까지 도망치고 말
았다.

전열을 정비할 시간도 없이 흉악한 인상의 색귀를 선두로
하여 한눈에 봐도 절정고수로 보이는 청량방의 사람들이 앞장
선 채 달려오자, 하오문주는 깜짝 놀라 신통과 상의도 없이 퇴
각 명령을 내리고 자신도 등을 돌려 전력으로 도주하기 시작
했다.

금화방의 최정예라 할 수 있는 호법대의 무사들은 이미 도
망가 버렸는지 어느새 한 명도 보이지 않자, 비호대주 또한 황
급히 퇴각 명령을 내리고 신통을 노려보며 도망쳤다.

신통의 명령은 이미 먹힐 리가 없어, 신통은 비호대주를 불
러 설득을 해보려 했지만, 비호대주는 신통이 아무리 불러도

쳐다보지 않고 도망가 버리니 이미 때는 늦고 말았다.

신통도 등을 돌려 막 신법을 전개하려는데, 어느새 잡귀가 앞을 가로막으며 이상한 깃발을 흔들며 신통을 공격해 왔다.

신통은 콧방귀를 뀌고는 기에서 날아오는 이상한 연기를 피하며 검을 찔러갔지만, 그 순간 뒤통수가 뻐근해지더니 어느새 다가온 색귀가 뒷목을 잡아채고 다리를 잡아 거꾸로 들고 있었다.

신통은 힘이 빠지며 허공에 뜬 뒤 바닥에 머리를 박히고 혼절하고 말았다.

금금보는 분타에서 초조하게 싸움의 결과를 기다리고 있었는데, 비호대주가 들어섰다.

"형님, 급히 소주로 돌아가야 목숨을 보존할 수 있습니다. 신통의 무모한 공격 명령에 비호대의 절반을 잃었고, 호법대는 싸워보지도 않고 도망쳐 버렸습니다. 놈들이 추격하고 있습니다. 시간이 없어요."

"뭐, 뭐라고? 호법대가 다 도망을 가?"

금금보는 다리를 떨며 좌우 호법의 부축을 받아 간신히 말을 타고 도망길에 올랐다.

"에잇, 힘들여 키운 무사들을 신통 그놈 때문에 다 잃고 사기는 바닥으로 떨어지고 말았습니다."

패장인 비호대주가 오히려 화를 내니, 금금보는 기가 막힐 노릇이었다.

그나마 자신을 지켜야 할 호법대가 분타에도 나타나지 않고 어디론가 도망쳐 버렸다 하니, 믿을 건 핏줄뿐이라 생각하며 호법대를 애지중지했던 것이 억울했다.

하지만 금금보의 생각은 틀린 것이었고, 상황이 비관적으로 보이자 맨 먼저 분타로 달려가 금금보를 호위하고 도망을 치려던 호법대는 금금보가 도망치고 있을 무렵에는 잡귀가 펼쳐 놓은 진식에 갇혀 버려 바닥을 기며 암흑을 헤매고 있었다.

색귀는 금화방의 항주 분타로 달려갔지만, 종복들을 제외하고는 이미 모두가 도망친 후였고, 금금보가 바로 도망치지 않았다면 정말 색귀에게 잡히는 봉변을 당하고 말았을 것이었다.

금화방의 호법대 스무네 명은 잡귀가 쳐놓은 진식에 갇혀 암흑을 헤매다가 모두 사로잡혔고, 무려 마흔 명이 넘는 비호대의 무사들이 포로가 되었다.

사로잡힌 하오문의 무사들 또한 서른 명이 넘었으니, 장원의 곳간은 포로들로 넘쳐 나고 있었다.

신통은 하천이 자신을 특별히 대해주리라 기대했지만, 다른 포로와 마찬가지로 혈도가 제압된 채 비좁은 곳간에 갇혀 제대로 숨조차 쉬지 못할 형편이 되니 죽을 맛이었다.

하천은 삼통으로부터 하오문의 총단인 와선소축이 아무 대비도 하지 않은 채 조용하다는 말을 듣고 하오문주가 도망이라도 친 것이 아닌가 생각했지만, 삼통은 다시 달려와 간자를 통해 확인한 결과 하오문주가 와선소축에 있는 것이 분명하다고 했다.

하천은 싸움에서 패하고 도망친 하오문주가 태연히 자리를 지키고 있다 하니 어떤 계책이나 수작이 있는 게 분명하다 짐작하고 일단 와선소축을 포위하게 했다.

불야성을 이루고 있어야 할 하오문의 총단인 와선소축은 등롱마저 걸리지 않은 채 캄캄했고 문은 굳게 닫혀 있었다.

총단으로 향하는 옆문마저 문지기조차 없이 텅 비어 있었고, 청량방의 무사들은 와선소축을 봉쇄하고 외인의 출입을 막고 있었다.

잡귀가 담을 뛰어넘어 진입하려고 시도해 봤지만, 무수한 암기가 날아와 들어가지 못하니 담을 넘는다는 자체가 위험한 일이었다.

하천은 서신을 적어 화살에 매달고 총단 안으로 날렸다.

문을 열지 않으면 일각이 지난 뒤, 화공을 하겠다는 간단한 서신이었다.

잠시 후 문이 열리고 가녀린 몸매의 여인이 걸어나왔다.

"너무하시네요. 다수의 힘으로 한낱 기루의 여인들을 핍박하시다니, 강호의 정의에 어긋나는 일인지 모르시나요? 도대체 와선소축에서 뭘 잘못했기에 영업을 방해하고 행패를 부리시나요?"

여인이 뻔뻔스럽게 시치미를 떼고 나오자 색귀가 앞으로 나섰다.

"이런 요망한 것, 얼른 달려가 문주를 나오라 해라. 어린것과 입씨름하고 싶지 않다. 반 각이 지나면 불화살이 날아갈 테니 여기서 춤을 추든 봉사놀이를 하든 네 마음대로 하려무나.”

색귀가 손짓을 하자 무사들은 일제히 활을 빼 들고 화섭자로 불을 붙일 채비를 하니, 소녀는 화들짝 놀라 우왕좌왕하더니 안으로 달려들어 갔다.

이번에는 와선소축의 총관이라는 자가 나타나 하천에게 걸어오더니 정중히 포권을 하며 말했다.

“문주께서 기다리시니 안으로 드시지요. 청량방을 대표하는 다섯 분을 함께 모셔오라는 분부가 계셨습니다.”

하천은 말없이 고개를 끄덕이고, 색귀와 협귀, 잡귀, 살귀, 암귀가 하천을 따랐다.

하오문주는 하오문의 힘으로는 청량방을 상대할 수 없다 하며 순순히 청량방의 요구를 들어주자고 했지만, 하오문의 장로와 원로들은 문주의 뜻에 반대했다.

특히 전대 문주의 사제인 십수만화는 하오문 제일의 고수이기도 했고, 살막의 주인이기도 해서 문주의 권위를 앞서는 사람이었다.

만화는 벼락이 터지는 것 같은 암기를 상대할 수 없으니 고수 다섯을 뽑아 청량방과 결투를 하는 쪽으로 일을 풀어가자고 주장했다.

결국 십수만화의 뜻이 받아들여졌고, 십수만화는 문주를 대신하여 직접 하천을 마중했다.

"문주를 대신하여 이 자리에 섰소. 다섯 번을 겨루어 세 번을 이긴다면 문주를 뵙게 될 것이오."

오십 중반의 십수만화는 작고 왜소했지만, 안광만으로도 절정고수라는 것을 드러내고 있었는데, 하천이 잡귀를 보며 고개를 끄덕이자 잡귀가 걸어나갔다.

"누군가 했더니 살막의 주인, 십수만화셨군요."

잡귀의 말에 만화는 깜짝 놀라 안색까지 하얗게 변해 잡귀를 쳐다봤다.

하오문의 장로 이상의 신분이라야 살막의 주인이 누구인지 알 수 있었고, 심지어 살막의 특급 살수라 하더라도 막주의 진정한 신분을 모르고 있었는데, 강호에 이름조차 알려지지 않은 처음 보는 여인이 단번에 자신의 정체를 말하자 만화는 정신이 혼미할 지경이었다.

"잘못 아셨소. 이 사람이 십수만화로 불리긴 하오만 살막과는 아무 관계가 없소. 살막의 주인이 왜 하오문에 있다는 말이오?"

만화는 시치미를 떼 봤지만 잡귀는 대꾸도 하지 않고 말을 계속 했다.

"그건 당신이 잘 알 것이고, 하오문의 원로 두 사람에 장로가 셋이로군요. 하지만 이걸 아셔야 해요. 청량방의 셈법은 호법이 검을 들게 되면 원래의 계산에서 호법의 수만큼 곱해져요. 세 사람이 나선다면 원래 배상액의 세 배를 더 내야 해요. 아주 공평한 셈법이죠? 하오문과 살막이 운이 좋아 두 번을 이기고, 청량방에서 세 번을 이긴다면 불행하게도 다섯 배를 더 내야 되는군요. 그게 덕인지 실인지 모르겠군요.”

잡귀의 말에 만화는 당황하여 어쩔 줄 몰라 했는데 하천이 나서며 말했다.

“하오문과 살막을 그리 박정하게 대할 수는 없으니 하오문에서 일승이라도 거둔다면 그대로 하고, 세 판을 다 질 때만 될 세 배를 받기로 하겠소. 그러니 전력을 다하여 한 번이라도 승리를 하면 본전을 할 수 있을 것이오.”

하천의 말에 만화는 얼굴을 붉히며 말을 받았다.

“고마우신 제안이오. 그렇게 사정을 봐주시는 김에 하나만 더 봐주시오. 우리 측에서 아무라도 지명할 것이니 사양 말고 대결에 응해주시면 고맙겠소. 또, 요행히 우리가 삼 승을 한다면 우리 측의 포로를 조건없이 돌려주시고, 바로 항주를 떠나주시기 바라오.”

“물론이오. 손님 된 자로서 주인의 법에 따르지 않는다면 손님이 아니라 무뢰한이 아니겠소?”

하천의 호쾌한 말에 만화는 크게 기뻐했고, 일 승이라도 거두게 된다면 괜히 대결을 고집해 손해를 자처했다는 책임을 면할 수 있었고 승리한다면 큰 공을 세우게 되니 속으로는 쾌재를 불렀다.

만화는 고수로 소문난 색귀만 피하면 자신이 나서서 가볍게 일승은 거둘 수 있으리라 여겼다.

연무장 주변으로 하오문의 사람들이 몰려들기 시작했고, 하오문주도 삼층 누각에 올라 창문을 열고 제자들과 함께 대결을 지켜보고 있었다.

맨 처음 나선 자는 항주 다음으로 중요한 소주를 맡고 있는 장로 추풍각이었는데, 장로 중에서는 최고의 고수였다.

추풍각은 색귀와 협귀는 자신이 상대하기 힘든 고수라는 것을 알고 있어서 제일 만만해 보이는 암귀를 지목했는데, 암귀는 쓸쓸한 미소를 짓고 천천히 걸어나왔다.

"어떤 무기라도 좋으니 재주껏 수단을 발휘해 보시오. 철관필을 쓰지만 각법을 조심하셔야 할 거요."

추풍각은 호기를 보이며 자신의 각법이 무섭다는 것을 자랑했지만, 암귀도 지지 않고 말을 받았다.

"검을 쓰지만 검보다는 암기를 조심하세요. 특히 먼저 날아오는 암기보다는 두 번째 암기를 조심해야 만수무강할 수 있을 거예요."

"하하하, 고맙소. 고상하신 외모만큼 수법도 고상했으면 좋겠소."

두 사람은 예의까지 갖추고 서로 한 번씩 기수식까지 취한 다음 서서히 상대를 노리며 접근했다.

암귀는 하천과 비무를 하며 최근에 많은 깨우침을 얻어 암기뿐만 아니라 검식에도 많은 발전이 있어 자신있게 검을 찔러갔다.

추풍각은 암귀의 검에서 검경까지 밖으로 뿜어져 나오자 자신의 선택이 잘못되었다고 크게 후회를 했지만, 날카로운 암귀의 검끝은 계속 자신의 아랫부분을 노리고 있어 함부로 각법을 쓸 수도 없었다.

십 초가 지나기까지 두 개의 철관필로 간신히 암귀의 검을 방어하고 있었는데 암귀가 암기까지 꺼내 들자 더욱 수비에 치중하며 위기를 자초했다.

추풍각은 유령처럼 미끄러져 오는 암귀의 신법에 당황하여 자신의 특기인 각법은 한 번도 사용하지 못하고 시종일관 수세에 몰리다가 암귀의 검에 하나의 철관필을 날려 버렸고, 변화무쌍한데다가 간헐적으로 검강까지 뻗어 나오는 암귀의 검에 결국 한쪽 어깨를 찔리고는 뒤로 물러나고 말았다.

"인정을 두시니 뭐라 감사드려야 할지 모르겠소. 암기보다는 검식이 더 고명한 것 같소. 화산 장로라 할지라도 감당하기 힘든 훌륭하신 검식이오."

추풍각은 진심으로 말했으나 암귀는 고개를 저었다.

"검식은 익힌 지가 얼마 되지 않아요. 이제 겨우 입문을 벗어난 정도예요. 암기를 선보여 드려야 했는데 기회를 놓쳤군요."

겸손한 듯 말하면서도 오만한 암귀의 말에 추풍각은 얼굴을 붉히며 뒤로 물러나고 말았다.

만화는 그나마 가장 약해 보이는 상대에게 추풍각이 맥없이 당하자 문주의 말대로 청량방을 상대하기가 벅차다는 것을 알았지만, 그나마 일 승이라도 거두어 본전은 해야겠다고 생각하고 두 번째로 자신이 나섰다.

만화가 하천을 지목하자 하오문의 사람들은 얼굴이 붉어졌다.

하오문의 원로 신분인 만화보다 두 배분이나 낮은 하천을 상대한다는 자체가 무림의 관례상 있을 수 없는 일이었다.

하지만 만화는 이대로 가다가는 세 판을 내리 패할 수도 있어 가장 약한 상대를 자신이 상대해 일 승을 거둔다면, 그런 수모는 얼마든지 감당할 수 있다고 생각했다.

하천은 황당한 표정을 지었지만, 미소를 지으며 천천히 걸어왔는데 손에는 장검이 들려 있었다.

"십수만화라는 별호를 얻은 사람이니 암기를 조심해야 할 것이오."

만화의 말에 하천은 건성으로 고개를 끄덕이고 검을 들어 수비 자세를 취했는데, 이미 만화는 연편을 날리고 한 손으론 암기를 꺼낼 준비를 하며 하천의 움직임을 살피고 있었다.

하지만 하천에게 날아가던 연편은 오히려 자신에게 날아오고 있었고, 손이 저릿하며 하마터면 연편을 놓칠 뻔하자 크게 당황하며 황급히 뒤로 물러났다.

하지만 일순 하천의 신형이 사라지더니 바로 코앞에 하천이 바짝 다가와 있자, 만화는 화들짝 놀라며 뒤로 물러났다.

신형이 번뜩이며 하천이 연속해서 아랫도리를 차 오자 만화는 간신히 피하고 다리가 꼬이면서 이미 본연의 무공을 발휘할 기회를 놓치고 수세에 몰리고 말았다.

만화는 암기를 꺼낼 여유조차 주지 않고 바짝 따라오는 하천을 피해 금리도천파(金鯉倒千波)의 신법으로 튀어오르며 하천의 뒤로 돌아가고 허공에서 암기를 꺼내 들었다.

자신이 생각해도 절묘한 신법이라 스스로 감탄하며 만화는 하천에게 암기를 던질 채비를 했는데 분명 있어야 할 자리에 하천의 모습이 보이지 않자 만화는 크게 당황했다.

그때 하천은 금잉어가 큰 파도를 넘는다는 금리도천파의 신법이 무색하게 부신귀영(浮身鬼影)의 신법으로 어느새 만화의 뒤로 돌아가 있었다.

만화는 암기를 던지지 못하고 바닥에 내려서 두리번거리며 하천을 찾고 있었는데, 하천은 만화의 등 뒤를 계속 따라다니니, 구경하는 사람들은 만화가 허둥대며 하천을 찾는 모습이 바보처럼 보였고, 어른이 서너 살 먹은 아이를 놀리는 모습과도 같았다.

만화는 구경꾼들의 시선을 보고 그때서야 사라진 하천이 바로 자신의 뒤를 따르고 있다는 것을 알고 재빨리 뒤를 향해 철련화를 날렸다.

하지만 하천이 철련화를 손에 쥐고 앞으로 걸어나오며 빙그레 웃고 있자 크게 낙담하며 포권을 했다.

"망신을 면하게 해줘서 고맙소. 눈이 멀어 고수를 알아보지 못했으니 늙으면 눈까지 침침해지나 보오."

십수만화의 말에 하천은 고개를 저었다.

"신법만으로 어찌 사람을 상하게 할 수 있겠소. 과찬이시오. 이제 막 신법에 눈을 뜨기 시작했을 뿐, 무공은 별로 익히지 못했소."

말을 마친 하천은 문주와 제자들을 쳐다보며 누각을 향해 손까지 흔들고 있으니 만화는 얼굴을 붉히며 뒤로 물러나고, 사람을 잘못 골라 일 승의 기회를 놓친 것을 후회했다.

세 번째로 나선 사람은 역시 만화와 마찬가지로 하오문의 원로인 살광일검이었는데, 전대 하오문주의 친동생이자 현 문주의 숙부이기도 한 자였다.

천하제일의 살수라는 자부심을 가지고 있는 살광일검은 한눈에 봐도 살수로 보이는 살귀를 지목하고 천천히 검을 뽑아 들었다.

두 사람은 인사조차 나누지 않았고, 아무 말도 없이 서로를 노려보며 천천히 주위를 돌고 있었는데, 두 사람 다 호적수를 만났다는 것을 아는 듯, 향 한 대가 탈 때까지도 일 초식도 나누지 않고 있었다.

살귀의 움직임은 아주 느렸고 아직 검조차 뽑아 들지 않았지만, 살광일검은 이리저리 보법을 바꾸어가며 계속 살귀의 허점을 노리고 있었다.

외마디 기합 소리와 함께 살광일검의 신형이 번뜩이며 살귀를 향해 검광을 날리자, 살귀는 그때서야 검을 뽑아 같이 몸을 날렸고, 일 초의 교환에서 살광일검은 생애 처음으로 부상을 당해 옆구리에는 가느다란 혈흔이 보였다.

천하제일의 쾌검이라 자부하며 살아온 살광일검은 자신의

일검이 빗나가고 오히려 반격에 부상까지 당하자 머릿속이 혼란했지만 이내 냉정을 되찾고 다시 허점을 노리며 살귀의 주위를 맴돌았다.

살귀는 귀영신보로 미끄러지며 살광일검의 가슴에 일검을 찔러가는 척하다가 살광일검이 검을 막아오자 검식을 변화하며 아랫도리를 노리고 미끄러지듯 검을 찔렀다.

살광일검이 피하며 오히려 자신의 옆구리를 노리고 검을 찔러오자, 살귀는 분뢰보를 전개하여 여러 개의 환영을 만들고 뇌령전궁(雷靈電弓)의 신법을 전개하며 번개같이 뛰며 오히려 살광일검의 팔을 노리고 검을 찔러갔다.

살광일검은 검을 든 팔을 찔리고는 힘없이 검을 떨어뜨리고 그대로 바닥에 주저앉고 말았다.

살귀가 인정을 두어 자신의 뼈를 상하지 않게 조심했다는 것을 알았고, 천하제일의 살수이자 쾌검수라는 자부심이 깨어지는 순간이었다.

살귀는 말은 없었지만, 자신과 같은 살수의 길을 걷는 살광일검을 존중하는 눈빛으로 손을 대어 지혈해 주고 살광일검을 일으켰다.

두 사람은 그러면서 아무 말도 나누지 않았지만, 비슷한 두 사람은 눈빛만으로도 상대의 뜻을 읽을 수 있었다.

하오문 최고의 고수라 할 수 있는 세 사람이 나서서 모두가 어처구니없이 패해 버리자 하오문의 제자들은 침통한 표정이었고 하오문주가 걸어나와 하천을 안내하며 걸어가자 하오문의 원로와 장로, 청량방의 호법들도 그 뒤를 따랐다.

하천은 사람을 보내 영아와 황사, 팔비선자 부부를 들게 하여 함께 자리하고, 청량방의 무사들도 포위를 풀고 와선소축의 주루에 머물게 했다.

하천은 문주에게 하오문과 살막의 포로를 돌려주고 청량방의 셈법을 거론하며 십이만 냥을 요구하니, 하오문의 사람들은 엄청난 금액에 혀를 내둘렀다.

문주는 할 말을 잃고 아무 말 하지 않았고, 십수만화는 자리에서 벌떡 일어나 부당하다 말했지만 색귀가 노려보자 슬그머니 자리에 앉아버렸다.

하천은 만화의 말에는 대꾸도 하지 않았고, 문주만 쳐다보고 있었다.

하오문은 옛날과 같이 번성하지 못했고 많은 문도를 먹여 살리다 보니 넉넉한 형편이 아닌지라, 십이만 냥이라는 거금을 마련하려면 많은 점포를 처분해야 될 처지였다.

원래는 사만 냥이었지만 세 사람이 지는 바람에 십이만 냥으로 늘어난 것이었으니, 만화는 문주와 여러 장로를 볼 면목이 없어 다시 자리에서 일어나 하천에게 사정을 했다.

"방주, 패장 된 처지에 할 말은 아니지만, 십이만 냥을 마련하려면 와선소축을 팔아야 할 형편이오. 그러니 다른 방법으로 변상할 수 있도록 해주시오."

만화의 말에 협귀가 자리에서 일어나 말을 받았다.

"하오문과 살막에서 다른 어떤 것으로 변상할 수 있다는 말

이오? 그냥 와선소축을 팔면 되지 않겠소? 쉽고 간단한 것을
두고 왜 일을 어렵게 만들려고 하오?"

만화는 문주와 여러 장로들을 둘러본 뒤 자리에 앉은 다음
말을 했다.

"하오문의 정보망은 강호제일이라 할 수 있소. 또 살막을 통
해 청량방이 나서지 못할 일을 처리할 수도 있고 항주와 소주
에 청량방이 진출하는 데 도움을 줄 수도 있소. 매사를 은자로
만 따질 것이 아니라 공존공생할 수 있는 길을 찾아본다면 방
법은 많으리라 생각됩니다."

하오문의 실권을 쥐고 있는 만화가 청량방의 사업에 협조를
하겠다고 말하니 하천도 만화에게 시선을 보냈다.

만화가 먼저 이야기를 꺼내자 문주도 자리에서 일어나 입을
열었다.

"하오문은 쇄락을 거듭해 쟁여놓은 자금은 오천 냥도 되지
않아요. 다달이 살림을 꾸려가기도 벅찬 형편입니다. 방주께
서 사정을 봐주신다면 청량방의 사업이 더욱 번창해질 수 있
도록 하오문에서 할 수 있는 힘을 다해 돕겠습니다."

하천은 여러 호법들을 둘러본 다음 고개를 끄덕이며 자리에
서 일어났다.

"구체적인 협의는 협 숙과 잠 숙께서 해주시고, 이만 물러가
도록 하십시다. 하오문을 핍박할 생각은 없소. 그러니 문주께
서 십수만화 노선배와 함께 잘 상의하셔서 피차가 만족할 만
한 합의점을 찾아주시기 바라오."

하천은 협귀와 잡귀에게 아무 말도 하지 않고 고개만 끄덕이고 가버리자, 협귀와 잡귀 부부는 하천이 자신들을 믿고 모든 것을 일임했다는 것을 알고 조금은 거만한 표정으로 하오문주와 십수만화를 쳐다봤다.

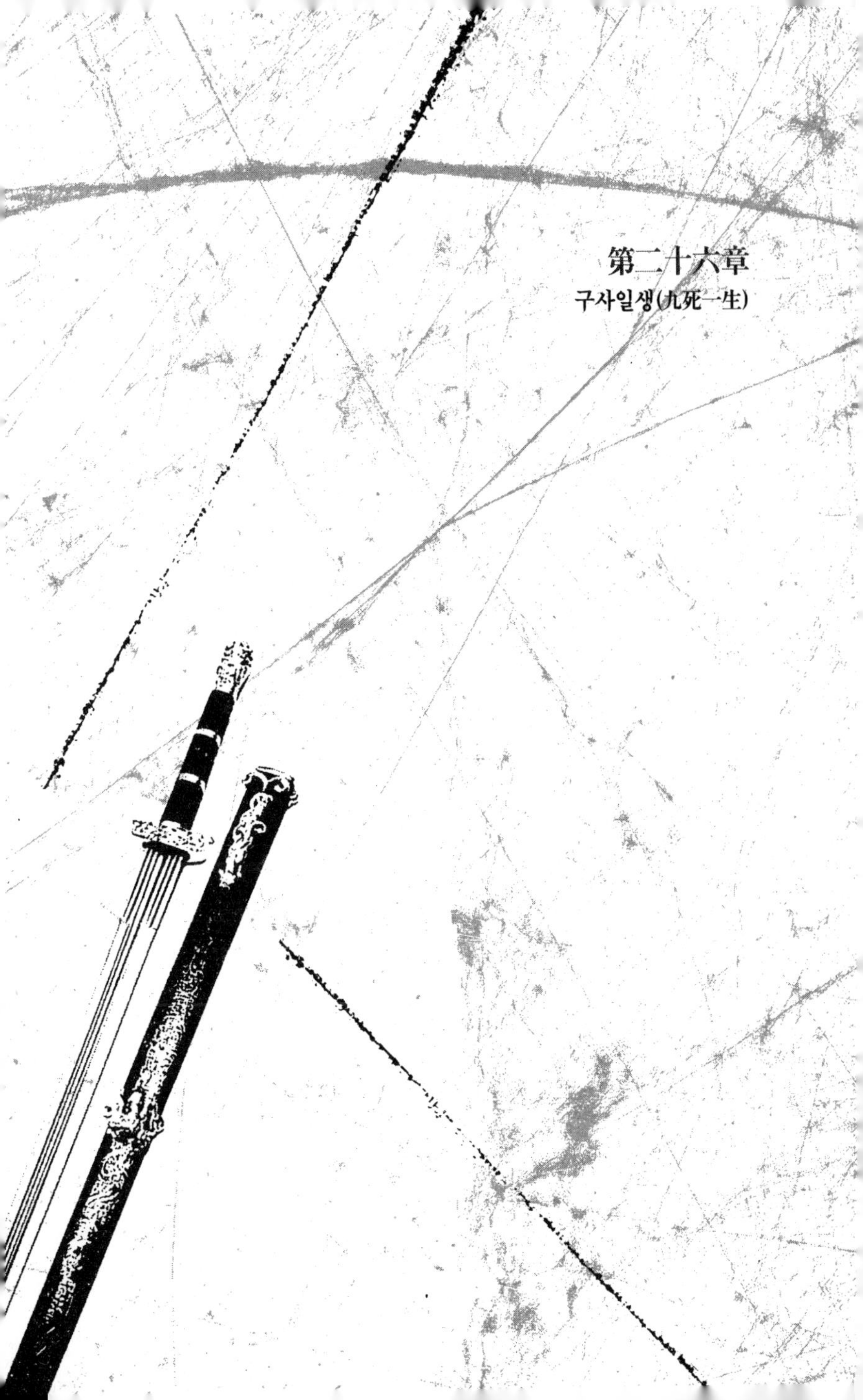

第二十六章
구사일생(九死一生)

하오문의 일을 협귀와 잡귀 부부에게 맡긴 하천은 장원으로 돌아왔는데 외곽 경비를 맡은 곡아가 서신을 전해줬다.

"꼬마 아이 하나가 가져왔는데, 누가 보낸 서신인지는 알 수 없어요."

관홍의 서신이었는데, 중요한 일이니 아무에게도 알리지 말고 삼경에 선녀묘에서 만나자는 내용이었다.

장인의 첩실인 관홍을 혼자 만난다는 것이 꺼림직한 일이긴 했으나, 관홍이 아무에게도 알리지 마라 하니 하천은 입을 닫고 아무에게도 말하지 않고 영아에게만 알렸다.

"복여우가 무슨 수작을 부리는지도 모르는데 혼자 가면 위험에 빠질 수도 있어. 복여우가 보낸 서신이라고 단정할 수도 없어. 필체가 여인의 것이긴 하지만 복여우는 글을 겨우 깨우친 정도인데, 이 서신은 아주 유려한 필체잖아?"

하천도 그렇게 생각하긴 했지만 누구에게 부탁해서 서신을 적을 수도 있는 문제라 크게 의심하지는 않았다.

"정 의심이 나면 정예를 데리고 뒤편에 있다가 위험한 상황이 닥치면 달려나와. 괜히 두 사람 사이도 안 좋은데 함께 가서 이익될 게 없어. 아쉬운 건 우리지 복관홍이 아니잖아?"

"그래. 견원지간이라 할 수도 있는데, 내가 나타나면 오히려 역효과가 날 수도 있겠지. 뒤에서 지켜보기만 할게."

영아가 순순히 물러서니 하천은 다시 필체를 살펴봤다.

아무리 봐도 복관홍의 필체라고는 믿기 어려웠다.

협귀와 잡귀가 막 돌아와 하오문과 합의된 내용을 말했다.

하오문이 청량방에서 필요한 정보를 수시로 보내주는 대신, 청량방은 남경에 주루와 기루 하나를 내주고, 표물 수송에도 하오문의 사람을 써주기로 하는 조건이었다.

또 하오문에서는 항주에 있는 작은 기루와 주루 겸 객잔을 시가의 두 배에 사달라고 요구했다.

돈으로만 따진다면 청량방이 손해 보는 일이었지만, 하오문과 살막과 원수가 되지 않고, 오히려 협조를 얻을 수 있다면 청량방으로서는 큰 이익이었다. 이미 금화방과는 원수가 되었으니 청량방이 필요한 것은 광범위하고 빠른 정보였다. 강호 삼대 정보망이라 할 수 있는 하오문을 얻고 청량방의 주루와 기루 하나를 내준다는 것은 큰 이익이었다.

하오문에서 정보를 주고, 하오문의 사람을 표행에 고용한다
는 것은 하오문이 더 이상 청량방을 적대시하지 않겠다는 말
이었다.

하천은 두 사람의 노고를 치하하고 방으로 돌아 막 목욕을
하고 나오는 영아를 안아갔다.

"이제 소주로 가서 금화방과 담판하는 일만 남았네. 내일 떠
날 거야?"

"금화방에서 준비할 시간이 더 필요할 것이니 좀 더 항주에
머물러야겠어. 마침 하오문 소유의 주루와 기루 하나를 인수
하기로 했으니 그것도 둘러보고 며칠 더 항주에 있은 다음 소
주로 가."

하천은 삼경이 되자 선녀묘로 향했다.

어쩌면 함정일지도 모른다는 생각을 하기도 했지만, 영아가
뒤에 있으니 별다른 위험은 없으리라 생각했다.

영아는 복관홍을 믿지 못해 청량방의 호법들을 비롯한 정예
를 데리고 뒤를 따랐다.

선녀묘에는 아무도 보이지 않았고, 이리저리 배회하며 일각
을 더 기다리자 사방에서 밀려오는 살기를 느낄 수 있었다.

선녀묘는 항아리 형태의 지형이라 입구를 봉쇄한다면 독 안
에 든 쥐의 형상이 될 수 있는 막다른 길이었고, 곳곳에 갈대밭
과 구릉이 있어 매복을 하기에도 적합한 곳이었다.

이미 하천은 함정에 빠졌다는 것을 알았지만, 적들이 모습

을 드러내지 않으니 태연히 적들의 움직임을 살피고 있었다.

선녀묘의 입구에서는 병장기 부딪치는 소리가 들려오기 시작했다.

청량방의 사람들이 앞을 막는 적들과 싸우고 있는 게 분명했다.

하천도 몸을 날리려는데 앞에서는 십여 발의 화살이 날아오고 양옆에서도 갖가지 암기가 날아오니 몸을 이리저리 움직여 암기와 화살을 피하고 멀리서 다가오는 적을 살폈다.

일곱 명의 무사가 천천히 걸어오고 있었고, 흑룡방 순찰사자의 모습도 보였다.

하천은 화살과 암기를 피하면서도 순찰사자를 향해 손을 들어 소리쳤다.

"오랜만이오, 반갑소."

순찰사자는 빙그레 웃으며 칠성진의 중심에 섰고 말없이 검을 뽑아 들었다.

화살은 멈추었지만 양옆에서 계속 암기가 날아오니, 하천도 검을 뽑아 들고 암기를 검으로 모은 다음 확 뿌리치며 암기가 날아온 방향으로 되돌려주었다.

"악!"

양옆으로 매복한 무사들은 두 배는 더 빠른 속도로 날아오는 암기를 맞고 비명을 질러대더니 잠잠해졌다.

"복관홍의 이름을 빌어 흑룡방에서 초대장을 보낸 것이었구려."

“그렇소, 우리 일곱 사람의 관문을 통과하면 대호법께서 직접 상대하실 것이니 최선을 다해보시오.”

“과분하오. 두세 사람 정도면 족할 텐데 무슨 인심이 이리도 후하단 말이오.”

하천이 태연히 농을 하며 검진을 상대할 준비를 하자, 순찰사자의 전음이 들려왔다.

[사방은 포위되었고, 빠져나갈 길은 사당 안에 있는 밀로뿐이오. 좌우 전방의 두 사람은 좌우 호법의 제자로 고수니 기습을 조심하시오. 또 방주의 대제자인 대호법까지 필살의 기회를 노리고 있으니 조심해야 하오. 때를 봐서 사당으로 뛰어드시오. 조력자가 있을 것이오.]

하천은 그 또한 함정이 아닌가 하여 반신반의했지만 순찰사자가 최소한 소인은 아니라 생각하고, 여차하면 사당 안으로 뛰어들 작정을 하고 주위를 살폈다.

기합 소리와 함께 순찰사자가 선공을 했지만, 허초였고 좌우에서 동시에 검이 날아왔다.

순찰사자의 검을 막으려는 순간, 섬전과도 같은 검강이 날아들자 하천은 화들짝 놀라 뒤로 반 장이나 미끄러지며 피했다.

순찰사자가 미리 주의를 주지 않았다면, 섬전과도 같은 검강을 피하지 못했을지도 몰랐다.

다시 기합 소리와 함께 세 개의 검이 날아오자 하천은 장력으로 세 개의 검을 쳐내고, 건곤대나이의 차기미기 수법으로 좌우에서 날아오는 검을 받아 순찰사자의 뒤쪽에서 검을 찔러오는 두 사람에게 돌려보냈다.

두 사람은 막 검을 찔러오다 검강이 날아오자 깜짝 놀라 피했지만 이미 검강은 그들의 손목을 스친 후였다.

두 사람이 부상으로 물러났지만 그렇다고 진의 압박은 줄어든 것이 아니었다.

다시 두 명이 가세하여 이번에는 암기를 날리기까지 하니 하천은 손발이 어지러워지며 점점 뒤로 물러날 수밖에 없었다.

늦게 가세한 두 사람은 취전을 쏘기도 하고 수전을 날리기도 하니 여간 신경이 쓰이는 것이 아니었고, 사방에서 검강까지 날아오니 하천도 몇 차례나 위기를 당할 뻔했다.

거리를 두면 멀리서 강궁이 날아오기까지 하니 하천은 조금도 쉴 틈이 없었고, 이미 다섯을 상하게 했지만 검진은 계속 다른 무사들로 채워지니 하천의 이마에는 땀방울이 맺히고 있었다.

검진은 순찰사자를 선봉으로 세 사람이 공격을 하고, 양옆의 두 사람은 세 개의 검을 하천이 상대하는 사이 기습을 해오고, 뒤에 선 두 명은 암기를 날려대니 하천이 흑룡방주의 두 제자에게 접근하기가 쉬운 일이 아니었다.

이미 오십여 합의 싸움이 계속되었지만, 그들은 하천을 포위하지 않고 정면에서만 상대해 오자 건곤대나이의 차기미기를 펼칠 기회조차 좀처럼 생기지 않았으며 시간이 지날수록 점점 궁지에 몰리고 있었다.

하천의 신법이 느려지자 양옆의 두 사람은 배후로 돌아오며 하천을 등을 노리기 시작하니 더욱 위기에 몰리는 듯했다.

하지만 하천은 먼저 찔러오는 세 개의 검을 검막을 쳐서 받은 다음, 뒤에서 검강을 날려오는 두 사람에게 되돌려주고 즉각 무영권을 날렸다.

취전을 막지 못해 어깨에 하나의 취전을 맞긴 했지만 천잠사 덕분에 바로 튕겨나고 말았고, 어깨와 가슴에 일권을 맞은 두 사람이 뒤로 물러나자 따라가며 검강을 날렸다.

좌우 호법의 제자는 다시 옆구리와 허벅지에 검상을 입고 바닥에 쓰러지고 말았으나, 그 순간 벼락같이 날아온 한 사람의 검강이 옆구리를 때렸고 검강은 천잠사를 뚫고 들어와 하천의 살을 베었다.

그 사람은 이미 몇 차례나 하천을 노린바 있었던 살수, 흑룡방주의 대제자인 대호법이었다.

하천은 깜짝 놀라 방비를 하려 하였으나, 대호법의 검끝은 계속 하천의 요혈을 노려오고, 하천은 몸을 움직일 때마다 옆구리의 상처 때문에 제대로 신법을 전개할 수 없었다.

난생처음 큰 부상을 당한 하천은 당황하여 지혈을 할 생각도 하지 못하고 점점 뒤로 밀리며 사당까지 밀려나고 말았다.

다시 채워진 일곱 명의 칠성진은 하천을 죄어오고 대호법은 빈틈을 노려 하천을 노리니 하천은 대호법의 검강을 두 군데나 더 맞고 말았다.

허벅지에서 피가 흘렀고, 팔목에서도 가느다란 핏줄기가 흐르고 있었다.

대호법의 예리한 검강 앞에 천잠사도 소용이 없었다.

하천은 대비하지 못하고 함정에 빠지게 된 일을 통탄했지만, 이미 사당 외에는 피할 곳이 없게 되었다.

영아가 왜 들어오지 못하는지 알 수 없는 일이었다.

선녀묘의 입구에는 영아 외에도 색귀와 협귀, 잡귀, 살귀와 암귀까지 와 있었지만, 입구에 쳐져 있는 진식을 파훼하지 못해 주변만 맴돌고 있었다.

진식의 달인이라는 협귀와 잡귀가 난감해하는 진식이 펼쳐져 있으니 속수무책이었다.

하천은 옆구리의 상처 때문에 도주를 한다 해도 신법을 제대로 펼치지 못하니 그것마저도 힘든 형편이었다.

이미 선택의 여지가 없는 일이라 하천은 함정일지도 모를 사당 안으로 몸을 날리고 말았다.

하천이 사당 안으로 몸을 날리자마자 사당 안은 검은 연막이 터지며 바로 암흑으로 변해 버렸고, 하천은 자신의 손을 잡은 작은 손에 이끌려 이리저리 따라가다가 아래로 떨어져 내렸다.

하천은 순찰사자가 전음을 보낼 때 짐작은 했었지만 역시 자신을 구한 사람은 소소인지라, 자신도 모르게 소소를 꼭 안고 말았다.

"소소, 고맙소."

“상공, 저자들이 암로를 발견할지도 모르니 빨리 이곳을 벗어나야 해요. 흑룡방의 고수들이 외곽까지 포위하고 있으니 일단 상처를 치료하고 그때 움직이셔야 할 거예요.”

암굴을 벗어난 곳은 선녀묘의 뒤쪽 산기슭이었는데 두 사람은 다시 일각을 달려 마을 초입에 있는 빈 농가로 들어갔다.

곳간 아래로 밀실이 만들어져 있었고, 건량과 물, 과일이 준비되어 있었다.

하천은 자신을 위해 흑룡방을 배반한 소소를 걱정하며 그녀를 보내려고 했다.

“소소, 대호법이 눈치채기 전에 얼른 돌아가야 되지 않겠소?”

“대호법이 수작을 꾸민다는 것을 순찰사자가 귀뜸을 해줘 소주에서 급히 달려오느라 한식경 전에서야 선녀묘에 도착했어요. 대호법은 아직 제가 소주에 있는 걸로 알고 있을 테니 의심받을 염려는 전혀 없어요.”

소소가 그리 말하니 하천은 더 이상 어찌할 수 없었고, 소소는 하천의 옷을 벗기고 먼저 옆구리의 상처부터 치료하기 시작했다.

세 군데 검상을 치료한 후 하천에게 환약을 먹인 소소는 힘이 들었는지 벌러덩 옆에 누웠다.

여러 군데서 피를 흘리다 보니 하천은 정신도 흐려져 있었고 내공은 고작 일 할 정도나 모을 수 있을 정도였다.

이런 상태에서는 대호법이 아니라 그 제자 하나도 감당해

낼 수 없는 상태였으니 기력을 찾을 때까지는 이 석실에 숨어 있을 수밖에 없었다.

석실에는 작은 환기구멍이 있긴 했지만 대소변을 안에서 해결할 수밖에 없어 하천은 빤히 누워 소소가 요강에 앉아 소변을 보는 것을 쳐다볼 수밖에 없었다.

기력이 없는 하천에게 소소는 과일과 건량을 으깨어 떠 먹여주기까지 하니 하천은 어떤 일이 있어도 소소를 버릴 수 없다고 생각했다.

불을 피울 수가 없어 먹는 것이 고역이었지만 소소는 과일과 건량을 잘 으깨어 먹기 좋게 만들었고, 하천도 소소를 도우니 소소도 행복한 표정을 지으며 하천에게 안겨왔다.

이틀이 지나자 상처도 아물고 칠팔 할의 기력을 회복할 수 있었다. 밖에도 흑룡방의 무사들이 사라진 듯하니 하천은 소소에게 떠나야겠다고 했다.

소소는 고개를 끄덕이고는 하천의 품에 안겨 울기 시작하더니 울음을 그칠 줄을 몰랐다. 하천은 소소의 머리를 쓰다듬고 등을 토닥이며 소소를 위로했다.

"소소, 이제 항주에 뿌리를 내리게 되면 자주 찾아올 수 있을 것이오. 너무 슬퍼 마시오."

하지만 소소는 더욱 슬피 울더니 울먹이며 입을 열었다.

"상공, 그 선녀묘는 소첩이 관리해 오던 곳이에요. 그러니 소첩이 상공을 빼돌렸다는 것을 이미 알았을 것이고, 이제 소첩은 더 이상 흑룡방에 남아 있을 수가 없게 되었어요."

하천은 그때서야 처음 소소가 의심받을 염려가 없다고 한 말이 거짓이었다는 걸 알았다. 부상당한 자신을 돌보기 위해 그리 말한 소소가 참으로 고마웠다. 하지만 하천은 소소가 혹룡방을 떠난다 하니 기쁜 마음보다는 걱정이 더 컸다.

소소를 만나지 말라는 통귀의 말이 걱정이 되었고, 난리를 칠 영아가 무서우니 소소의 신분을 감춰야만 했다.

하지만 그런 내색은 조금도 하지 않았다.

"잘된 일이오. 그렇지만 놈들이 못 알아보게 얼굴을 조금 바꿔야 하지 않겠소?"

하천은 자신이 아는 역용법으로 소소의 얼굴을 바꾸려고 작정했는데, 의외로 소소가 먼저 얼굴을 만지기 시작했다.

눈을 조금 아래로 당기니 조금 멍청한 인상이 되었고, 다시 코와 입술을 위아래로 잡아당기니 소소의 예쁜 얼굴은 그저 평범한 얼굴로 변하고 말았다.

하천과 영아가 역용하는 방법과 한 치도 틀림없이 똑같았다.

하천은 소소가 어떻게 귀영문의 역용법을 아는지 궁금했지만 아무 말도 묻지 않았다.

"이제 얼굴을 바꾸고 숨어 살 수밖에 없게 되었어요. 상공께서 청량방 안에 다른 신분을 하나 만들어주시고 가까이 머물 수 있게 해주신다면 평생을 그렇게 살겠어요."

하천은 영아를 속이고 소소를 첩실로 들이는 일이 마음에 걸리긴 했지만, 자신을 위해 모든 것을 버린 소소를 내버려 둘 수는 없었다.

하천은 소소의 역용법에 대해 모르는 척하며 감탄을 했다.

"정말 정교한 역용이오. 누구도 소소의 진면목을 알지 못하겠구려. 적당한 자리를 마련해서 함께 있도록 합시다."

"정말이죠? 이제 상공 곁에 머물 수 있게 되었으니 잘된 일이에요."

하천은 자리를 마련해 준다 하자 어린아이같이 좋아하는 소소를 물끄러미 쳐다봤다.

두 사람이 막 밖으로 나가려 하는데, 개 짖는 소리와 함께 많은 사람이 몰려와 집을 뒤지기 시작했다.

하천이 귀를 기울여 보니 흑룡방의 무사들이 곳간까지 몰려와 석실의 입구에서 개들이 마구 짖어대니, 하천은 곧 이곳이 발각될 것 같아 검을 찾아 들었고, 소소도 깜짝 놀라 검을 챙겨 들었다.

"벌써 사흘을 넘게 이곳에 갇혀 있었으니 청량방의 사람들도 나를 찾고 있을 거요. 어쩌면 개를 몰고 소란을 떠는 흑룡방 무사들의 뒤를 따르고 있을지도 모르오. 잡귀라는 장로는 지모와 계략이 뛰어나니 말이오."

"흑룡방에서 개까지 끌고 나타났다면 어느 정도 확신이 있다는 이야기예요. 아무래도 이곳을 찾아낸 듯해요. 불이라도 피운다면 곤란해져요."

"자, 빨리 나갑시다."

하천은 흑룡방의 칠성진을 상대하면서 전력을 다하지 않고 본 실력을 감추려 하다 보니 낭패를 당한 것이지, 전력을 다했다면 그들의 차륜전에 말려들지 않았을 것이라 생각했다.

이번에는 설사 피바다를 이루더라도 조금도 사정을 두지 않으리라 생각하고 소소의 손을 잡고 몸을 날려 기관을 열고 뛰어올랐다.

깨갱! 캥!

삘리리―

막 석실의 문에 코를 박고 짖어대던 개 네 마리는 하천의 검강에 맞아 머리가 날아가 버렸고, 개를 몰던 무사들은 호각을 요란하게 불며 도망치고 있었다.

하천은 네 사람의 등을 향해 다시 검강을 날려 목을 잘라 버리려고 했지만, 소소는 하천을 잡으며 살인을 막았다.

하천은 소소의 애절한 눈빛을 보고 제정신이 들어 다시 침착하게 마음을 가라앉히고 천천히 밖으로 걸어나갔다.

일곱 명의 무사가 칠성진을 펼치고 뒤로는 궁수들이 불화살을 겨누고 있는지라 하천은 소소의 손을 잡고 뒤로 몸을 날렸다.

불화살이 날아왔지만 하천이 검막을 쳐 떨어뜨리니 불화살은 움막에 떨어져 바로 불이 붙기 시작했다.

하천은 소소와 재회하고 며칠을 보낸 움막에 불이 붙자 화가 치밀었지만, 소소는 하천의 손을 당기며 재촉을 했다.

"상공, 무모한 살인을 할 필요는 없잖아요. 고수가 오기 전에 빨리 몸을 피하면 그만이죠."

하천은 소소의 손을 잡고 비조같이 몸을 날렸다.

사방에서 호각 소리가 나며 흑룡방의 무사들이 추격을 했지만, 하천을 따라오는 자는 몇 명 되지 않았고, 하천이 예상했던 대로 선녀묘의 입구에 도달하자 영아와 색귀를 비롯해 협귀와 잡귀, 살귀까지 달려오고 있었다.

그 뒤로 황사와 팔비선자, 암귀가 청량방의 무사들을 이끌고 달려오니 하천은 안도의 한숨을 내쉬었다.

하천의 뒤를 쫓던 흑룡방의 무사들은 급히 몸을 돌려 도망치기 시작하자 하천은 여러 사람에게 소소를 소개했다.

"심려를 끼쳐 드려 송구합니다. 흑룡방의 함정에 빠져 부상을 당했소. 이 소저가 아니었다면 여러분을 뵙지도 못할 뻔했습니다."

하천이 그리 말하자 소소는 스스로 자신을 소개할 수밖에 없었다.

"원당이라 합니다. 우연히 사당에 머물다 안으로 뛰어드신 공자를 밀실로 인도한 것뿐입니다. 청량방의 여러 영웅들을 뵙게 되어 영광입니다."

청량방의 장로들은 상당한 수준의 무공을 익힌 하천이 부상을 당했다 하자 믿지 못하는 듯했고, 하천은 팔목에 난 검상과 옷을 들춰 상처가 난 옆구리를 보여줬다.

"흑룡방 호법의 제자들이 칠성진을 펼치고, 대호법이 가세하니 당할 수가 없었습니다."

"삼통이 흑룡방의 무사들이 개를 끌고 간다기에 혹시나 하여 달려왔습니다. 백방으로 방주의 소식을 알아봤지만 아무도 알지 못했는데, 그런 일이 일어난 줄을 몰랐습니다."

잡귀는 말을 하면서도 자꾸만 고개를 갸웃하며 소소를 쳐다보자 하천은 얼른 앞장을 서서 앞으로 걸어갔다.

"아직 상처가 다 아물지 않아 강적이 나타나면 낭패니 얼른 돌아가 며칠 후 다시 흑룡방을 상대하기로 합시다."

"방주, 청량방의 정예가 다 모였는데 설마 방주가 나서게 될 일이 있겠소? 당장 흑룡방의 무리들을 섬멸합시다."

색귀가 나서며 말하자 살귀도 고개를 끄덕였지만, 잡귀가 고개를 저으며 앞으로 나섰다.

"개를 풀고 소란을 피운 건 방주를 꼭 잡겠다는 게 아니라 청량방을 선녀묘로 끌어들이려는 흑룡방의 함정이에요. 선녀묘에는 적어도 세 개 이상의 기문진식이 펼쳐져 있고, 폭약까지 매설되어 있는데다가 암기와 함정이 부지기수로 있으니 용담호혈이라 할 수 있어요. 그러니 안으로 들어갈 수가 없었어요. 적은 우리가 안으로 들어오기만을 기다리고 있어요. 일단 철수합시다. 귀곡자와 버금갈 만한 잡학의 고수가 흑룡방에 있어요."

잡학의 달인이라 할 수 있는 잡귀가 그리 말하자 색귀는 선녀묘를 노려보며 아쉽다는 표정으로 발을 돌렸다.

소소는 나긋나긋하고 요염하던 걸음걸이도 바뀌어 아주 조신하게 걸었고 하천이 바라보자 민망한지 살짝 얼굴을 붉혔다.

영아는 하천이 웬 여인과 함께 걸어오자 크게 놀랐지만, 가까이에서 보니 평범한 얼굴에 평퍼짐한 몸매의 여인이라 안색이 밝아지며 하천의 품에 뛰어들었다.

하천은 영아에게 소소를 소개하고, 소소는 영아에게 살갑게 대했지만 영아는 그다지 소소와 친하게 지내려 들지 않았다.

위기 상황에서 목숨을 걸고 하천을 구했다니 예의상 응대했지만 은근히 영아는 소소를 무시하는 마음이 자리 잡고 있었다.

눈치가 빠른 소소도 단번에 영아가 자신을 무시하고 있다는 것을 알았지만, 소소는 밝은 표정을 하며 영아에게 깍듯이 대했다.

하천은 늦은 아침 겸 점심을 먹으면서 귀영문의 장로들과 함께 흑룡방을 공격할 계획을 의논했지만, 선녀묘가 용담호혈로 변한 이상 하천은 많은 희생을 내며 흑룡방을 공격할 생각이 없었다.

하천은 선녀묘에 있는 흑룡방의 사람들은 내버려 두고 소주로 떠난다고 했다.

색귀와 협귀가 반대하자 하천은 설사 항주가 흑룡방의 손에 들어간다 하더라도 청량방에서 나서 흑룡방을 상대할 수는 없다고 했다.

"흑룡방이 항주를 장악한다면 구파일방에서 두고 보지 않을 것이오. 가만히 두면 저절로 해결될 일을 뭐 하러 많은 희생을 해가며 선녀묘를 공격하겠소? 항주는 우리에게는 계륵과

도 같은 곳이니 흑룡방이 항주를 장악하고 구파일방에서 나서
는 것이 청량방으로 봐서는 이익이 되는 것이오. 하지만 구파
일방에겐 항주가 요지이지요. 흑룡방의 목적 또한 항주를 차
지하겠다는 것이 아니라, 청량방이 항주를 차지하지 못하게
하려는 수작인 것 같소. 어쩌면 금화방의 사주를 받았는지도
모르지요. 또, 흑룡방이 항주를 차지할 욕심이라 한다면 우리
에겐 더 잘된 일이오. 서로 물어뜯고 싸워준다면 정말 고마운
일이 아니겠소?"

하천이 그리 말하자 잡귀는 연신 고개를 끄덕이고 입을 열
었다.

"방주님 말씀이 맞는 것 같아요. 금화방 입장에서야 사람을
불러 모을 시간이 필요하니 흑룡방에 대가를 지불하고 청량방
의 소주행을 지연시켜 달라고 했을 가능성이 많아요. 흑룡방
에서는 그걸 계기로 계속 항주에 자리 잡으려 할 가능성도 있
지요."

잡귀가 말하자 그때서야 색귀와 살귀도 고개를 끄덕이며 수
긍을 했고, 암귀도 잡귀의 말에 공감한다고 했다.

그때 삼통이 달려들어 오며 소주의 소식을 전했다.

"방주님, 금화방으로 남궁가의 정예가 몰려왔고 무당에서
도 두 사람의 장로가 십수 명의 제자를 거느리고 당도했다 합
니다."

하천은 삼통의 말을 듣고는 놀라지도 않은 채 고개를 끄덕
이고 미소를 지었다.

영아는 마치 하천이 예상이라도 하고 있었던 것으로 보이
자, 하천에게 그런 상황인데도 소주로 향할 것이냐고 물었다.

"금화방은 살막의 살수를 보냈고, 하오문과 공모하여 청량
방의 거처를 선공했소. 또 구절문에 청부를 하고 흑룡방의 살
수까지 동원했지요. 그런 상황이니 무당이라 할지라도 금화방
의 편에서 일을 처리하지는 못할 것이오. 그러니 우리가 상대
할 사람들은 남궁가의 사람들인데, 어차피 남궁가와는 좋게
지낼 형편이 못 되니 무당 같은 방파에서 지켜보는 가운데 남
궁가와 정당한 대결을 한다면 정파무림이 트집 잡을 여지가
없소. 그러니 이것보다 더 좋은 기회가 어디 있겠소?"

하천의 말에도 일리는 있었지만, 삼통은 소림과 화산에서도
부지런히 소주로 사람이 오고 있다 했고, 장로들은 청량방과
이미 사이가 틀어진 화산까지 온다면 소주에서 크게 낭패를
당할 수도 있다 하며 걱정하는 의견이 대부분이었다.

하천은 금화방에서 당연히 정파무림의 사람들을 불러들일
것이라 생각했고, 금화방에 그 정도 시간을 주기 위해 일부러
소주로 가지 않고 항주에 머물고 있었다.

이번 기회를 통해 청량방의 입지를 더욱 확고히 할 수 있으
리라 믿었다.

청량방은 그동안 남경의 패자에 걸맞는 대우를 받아오지 못
했기에 하천은 이번 기회에 청량방의 확실한 힘을 보여주고
싶었다.

이미 전면전을 벌여 엄청난 피해를 입은 금화방은 청량방을

모함하여 궁지로 몰아갈 수도 있지만, 하천은 포로가 있고 증
인이라 할 수 있는 하오문이 있으니 금화방주도 파렴치하게
나오지는 못하리라 생각했다.

군사라 할 수 있는 신통까지 포로가 된 마당이니 금화방주
가 취할 수 있는 행동은 그리 많지가 않았다.

일이 급박하게 돌아갔지만, 하천은 서둘지 않고 소주로 가
기 전에 먼저 관홍을 만나볼 생각으로 삼통을 통해 먼저 배첩
을 보냈다.

삼통은 복관홍을 만나지는 못했지만 언제라도 좋다는 답을
받아왔고 하천은 혼자 복관홍을 만났다.

복관홍은 온갖 장식이 달려 있는 서역의 무복을 입어 가슴
의 반은 드러내고 걸음을 걸을 때마다 허벅지가 보였지만 얼
굴은 눈만 내놓고 있었다.

진한 눈 화장을 하고 있는 것은 여전했지만 드러난 배는 이
전보다도 더 살이 붙어 가슴과 뱃살이 출렁일 정도였으니 하
천은 세월의 무상함을 한탄하며 관홍을 쳐다봤다.

"오랜만이군요. 청량방의 위세가 항주까지 진동을 하니 저
도 기쁘네요. 영아도 잘 지내죠?"

하천은 고개만 끄덕인 뒤 관홍이 허벅지를 드러내며 다리를
꼬고 앉으며 자리하자 의자를 당겨 자리에 앉았다.

"장인어른은 잘 계십니까? 통 연락이 없으시니 영아가 궁금
해하고 있습니다."

하천은 태연하게 첫인사로 먼저 신투의 행방을 물으니 관홍

은 당황해하는 눈빛을 하더니 고개를 살래살래 저었다.

"오래전 한번 다녀가신 뒤로는 연락조차 주시지 않네요. 제 남으로 가셨거나, 어디 다른 첩실이라도 들였나 봅니다. 저와는 이미 연을 끊으셨어요. 이젠 더 이상 신투 어른을 모실 수 없는 몸이 되었고, 귀영문에서도 파문되었으니 더 이상 귀영문과는 아무 상관이 없게 되었어요."

신투와 관홍 사이에 어떤 일이 있었다는 것은 짐작했지만, 신투가 관홍을 귀영문에서 내치고 첩실의 인연까지 끊었다는 것은 뜻밖이었다.

관홍은 자리에서 일어나 이리저리 몸을 흔들며 걸어다니며 계속 말을 이었고, 하천은 관홍의 흔들리는 엉덩이를 가만히 쳐다봤다.

예전의 색기가 넘치던 관홍의 매혹적인 엉덩이는 오간데 없고 평퍼짐하고 살이 찐 큰 엉덩이 살이 마구 출렁이고 있었다.

"일이 그렇게 되었으니 관문에 들 자격도 없게 되었네요. 신투 어른께선 귀영문의 자금을 빼돌렸다고 절 추궁하셨지만, 그런 일은 없었어요. 오히려 만보당의 많은 재물이 귀영문으로 넘어갔지요. 그러니 방주와도 더 이상 셈을 할 게 없고, 마음으로는 귀영문이 번성하길 빌지만, 더 이상 신투 어른과 귀영문의 일에 절 끌어들이는 일이 없었으면 해요. 저도 새롭게 인생을 시작하고 있으니 일부종사하며 조용히 살아가게 다시는 이곳을 찾지 말아주셨으면 좋겠습니다."

"잘 알겠소. 부인께선 이제 귀영문의 제자가 아니고, 또 더

이상 장인어른의 첩실도 아니니 더 이상 귀영문의 사람이 부
인을 귀찮게 하는 일이 없도록 조치하겠소. 그럼 보중하시고
번성하시기 바랍니다."

하천은 일어나 인사하고 관홍의 전신을 살핀 후 등을 돌려
걸어나오자 관홍은 더 이상 아무 말 하지 않고 문 앞까지 하천
을 배웅한 후 안으로 들어가 버렸다.

살이 붙은 관홍은 이전보다도 더 목소리가 굵어졌고, 교태
로운 맛도 사라졌지만, 중년으로 접어드니 어쩔 수 없는 것이
라 생각하고 별 마음에 두지 않았다.

하천은 집사를 따라 오향궁을 나오며 관홍의 황홀한 자태를
보며 넋이 빠졌던 어린 시절을 생각하며 쓴웃음을 지었다.

철없던 어린 시절 선녀와도 같은 미인인 관홍을 아내로 얻
는다면 얼마나 좋을까 하고 생각했던 적도 있던 하천이니 변
해 버린 관홍의 자태는 인생무상을 느끼게 하는 슬픈 일이었
다.

신투의 행방을 알 수 없게 되었으니 큰 낭패였지만, 관홍의
말대로 새 첩실을 들여 은둔하며 또 다른 신분으로 살아가고
도 남을 신투였으니 하천은 그다지 큰 걱정은 되지 않았다.

다만 영아가 신투의 걱정에 노심초사하는 것이 안타까웠다.

또 관홍이 새로 연분을 맺은 사람이 누군지 궁금하긴 했지
만, 누구든 아무 상관이 없었다.

하천은 검귀도 보이지 않고 오향궁에는 고수라 할 만한 자
가 보이지 않자 수상했지만, 축객령을 받은 처지이니 더 이상

오향궁에 머물 수 없어 바로 장원으로 돌아와 삼통에게 오향궁의 관홍과 검귀를 철저히 감시하라고 당부했다.

하지만 삼통은 관홍과 검귀의 행적은 오향궁 내에서도 도무지 알 수가 없어서 사람을 심어놓긴 했으나 아무런 소득이 없다고 했다.

하천은 협귀와 잡귀를 데리고 하오문으로 가 문주를 만나고 오향궁의 동태를 살펴주길 청하고 오향궁에 관해 물었다.

"오향궁을 인수했다는 여인이 만보당주였다는 사실은 알고 있었지만, 관홍이란 여인의 진면목을 본 사람은 없어요. 만보당의 총관으로 있었던 자가 절정고수이고, 관홍과는 각별한 사이라는 것만 알고 있었죠. 한 가지 이상한 점은 금화방주가 중간에 들지 않았다면 관홍이 오향궁을 인수할 수 없었고, 금화방주가 항주에 오면 꼭 오향궁에 맨 먼저 들러 관홍과 밀담을 나눌 만큼 두 사람은 수상한 관계인데 늙은 총관은 금금보가 오향궁에 오면 꼭 자리를 피해 밖으로 나간다는군요."

문주의 말이 끝나자마자 잡귀는 콧방귀를 끼었다.

"관홍 그년이 또 발정이 난 게지요. 금금보를 꼬여 재물을 얻을 수 있다면 늙은 총관 놈은 충분히 자리를 피하고도 남을 놈이에요."

잡귀의 말에 문주는 뭐라고 더 입을 열려고 하다가는 입을 다물고 말았다.

하천은 문주에게 오향궁에 관한 것을 더 묻고 싶었지만, 잡귀가 또 무슨 방정을 떨지 몰라 얼른 자리에서 일어났다.

잡귀의 말은 하오문주에게 만보당의 주인이었던 복관홍이 청량방과 연관이 있다는 것을 암시해 주고 만 것이었다.

"선녀묘에 펼쳐진 진세가 심상치 않으니 다시 한 번 둘러봐야겠습니다. 괜히 바쁘신 문주님을 귀찮게 해드렸습니다. 그럼 이만 물러가겠습니다."

잡귀는 아직도 할 말이 많았지만 하천이 얼른 자리에서 일어나자 자신의 실수를 깨닫고 밖으로 나왔다.

하천이 선녀묘의 진세를 둘러본다는 말은 빈말이 아니었고, 정말 호굴인 선녀묘로 향하자 협귀와 잡귀는 은근히 걱정이 되었다.

달리는 마차에서 하천은 연신 바닥을 긁적이며 뭔가를 그리고 있었다. 잡귀는 걱정이 되어 먼저 입을 열 수밖에 없었다.

"관홍이 금금보를 부추겨 금화방과 청량방이 적이 된 건 아닐까요? 금화방주가 관홍과 통정하는 관계라면 관홍부터 먼저 잡아들여야 하지 않나요? 검귀 그놈은 정말 재물에 환장한 놈이에요. 관홍이 아랫도리를 벌려 모은 재물로 도대체 뭘 하려는지 그놈의 속을 알 수가 없군요. 그런데 정말 선녀묘로 가는 건가요?"

하천은 잡귀가 질문을 해대자 빙그레 웃으며 말을 시작했다.

"금금보와 틀어진 것은 관홍 때문만은 아닙니다만, 관홍의 말이 어느 정도 작용은 했겠지요. 하지만 장인어른의 소식을 알 수 없으니 지금은 관홍을 어찌할 수 없습니다. 그보다 선녀묘에 펼쳐진 진식이 수상하지 않습니까? 좀 조악하긴 하지만 며칠 만에 그런 진식을 설치할 정도라면 그래도 명가의 후손이 아닐까요?"

협귀와 잡귀 두 사람은 서로 진식에 대해서는 최고라고 자부하는 사람인지라 앞다투어 입을 열었다.

"지형지물을 이용해 진식을 펼쳤고, 기관까지 설치했지만 많은 허점이 있었어요. 물론 사흘 만에 급히 하느라 그랬겠지만 경험이 그다지 많은 사람은 아니라는 생각이에요."

잡귀가 먼저 말을 했고 협귀도 지지 않고 말을 했다.

"가장 평범한 구궁음양진을 펼치고 안으로 들어가면 육갑미혼진과 기관 매복이 있으니 제갈가의 수법과도 비슷합니다. 제갈가에서 흑룡방을 도울 리는 만무한데, 이상한 일이 아닙니까?"

잡귀도 고개를 끄덕이고 다시 말을 이었다.

"선녀묘는 음이 강한 곳인데 구궁음양진을 펼쳤으니 곧 폭약이 있다는 것이고, 평범한 진으로 유인을 한 뒤 폭약으로 공격하고 다시 육갑미혼진을 펼쳐 암기를 쏘아댄다면 순식간에 당하고 마는 악랄한 진법이더군요."

하천도 고개를 끄덕이고 입을 열었다.

"그러게 말입니다. 폭약이 문제입니다. 그 정도의 폭약이라면 조정과 연줄이 닿지 않고는 구할 수 없으니 흑룡방이 북경의 고관대작과 연관이 있다는 말이 아닙니까?"

협귀와 잡귀는 미처 거기까지는 생각이 미치지 못하고 있다가 하천의 말을 듣고서야 놀라고 있었다.

"그렇군요, 그렇다면 더욱더 큰일이 아닙니까? 혼란스런 조정에 권력을 잡은 누군가가 흑룡방을 부리고 있다면, 나라가 크게 위태로울 수도 있습니다."

세 사람은 침울한 표정으로 서로를 바라보는 사이 어느새 도착했고, 선녀묘를 바라보며 진식을 살폈다.

그때 선녀묘에서 한 여인이 방글방글 웃으며 천천히 걸어오고 있었으니, 하천은 어리둥절하기만 했다.

"아주 오랜만이군요. 그동안 청량방은 엄청난 발전을 했고, 이 초미는 아직도 객지를 떠돌고 있는 처량한 신세로군요."

하천은 그때서야 이 여인이 제갈초미라는 것을 알았는데, 처음 청량표국에 표물을 맡기러 왔을 때보다 엄청나게 살이 빠져 자신의 입으로 제갈초미라 하지 않았다면 하천은 끝내 못 알아볼 만큼 달라져 있었다.

원래는 하체 비만형의 체격이었는데, 지금은 완전히 바람만 불어도 날아갈 정도로 가냘픈 체격이 되어 있었다.

"그러게 왜 좋은 집을 두고 흑룡방에 몸을 담았소?"

제갈초미는 콧방귀를 뀌더니 하천을 노려보았다.

하천은 아무런 원한도 없는 초미가 뭔가 오해를 하고 있는 것이 아닌가 하여 뭐라 말하려 했지만, 원래 별 관심이 없었던 터라 고개를 돌리고 딴짓을 하였다.

"이제 보니 제갈가의 말썽쟁이 아가씨였군. 별로 대단하지도 못한 재주로 흑룡방을 돕는다면 부친에게 욕을 먹이는 일이야."

잡귀가 초미를 노려보며 말하자, 초미는 잡귀의 아래위를 노려보더니 다시 콧방귀를 뀌었다.

"청량방에 진식을 조금 익히고 돼먹지 못하게 허세를 부린다는 여인이 있다더니, 바로 당신이었군요. 구궁음양진도 파훼할 실력이 안 되면서 왜 허세를 부리나요? 제갈가에서 절 버린 거니 이 초미는 이미 제갈가의 사람이 아니에요."

잡귀와 초미는 서로를 무시해 대며 한참을 다투었고, 화가 난 잡귀는 제갈초미의 어깨를 잡아갔다.

초미는 잽싸게 뒤로 물러나며 소매에서 침통을 꺼내 침을 날렸는데, 바로 은하침통이었다.

잡귀는 기겁을 하고 역시 소매에서 천을 꺼내 휘둘러 침을 막았다.

초미는 검을 뽑아 본격적으로 달려들기 시작하니 선녀묘에서도 흑룡방의 사람들이 달려왔다.

하천은 신형을 날려 초미의 완맥을 잡아 검을 떨어뜨리게 하고 혈도를 제압하고는 번쩍 안아 마차 안에 던져 버렸다.

십수 명의 무사들이 달려나왔지만, 하천은 품에서 동전 한 주먹을 꺼내 날려 보냈다.

동전은 무사들의 면전에서 다시 십여 조각으로 갈라져 버리니 수많은 무사들은 깜짝 놀라며 여기저기 작은 부상을 입고 뒤로 물러나고 말았고, 하천은 천천히 마차에 올라 유유히 사라져 버렸다.

졸지에 포로가 된 제갈초미는 온갖 욕을 해대며 난리를 쳤지만 잡귀는 마차의 의자를 닦는 걸레로 초미의 입을 막고 아혈까지 점혈해 버렸다.

잡귀는 그것도 부족해 바지춤을 잡아 오목하게 들어간 짐칸으로 초미를 구겨 넣으니, 바지는 반은 벗겨져 엉덩이 절반이 보이게 됐다. 초미는 엉덩이를 치커든 채 좁은 짐칸에 머리를 박게 되니 창피해 죽을 맛이었다.

그것도 부족해 잡귀는 연신 발길질을 해대자 초미는 몇 번이나 치욕스런 부위를 발에 맞았다.

초미는 어떻게 혈도를 풀어보려고 용을 쓰다가 다시 무수히 발길질을 당하고는 결국 통곡을 하며 울었지만, 잡귀는 깔깔대고 웃으며 계속 괴롭혔다.

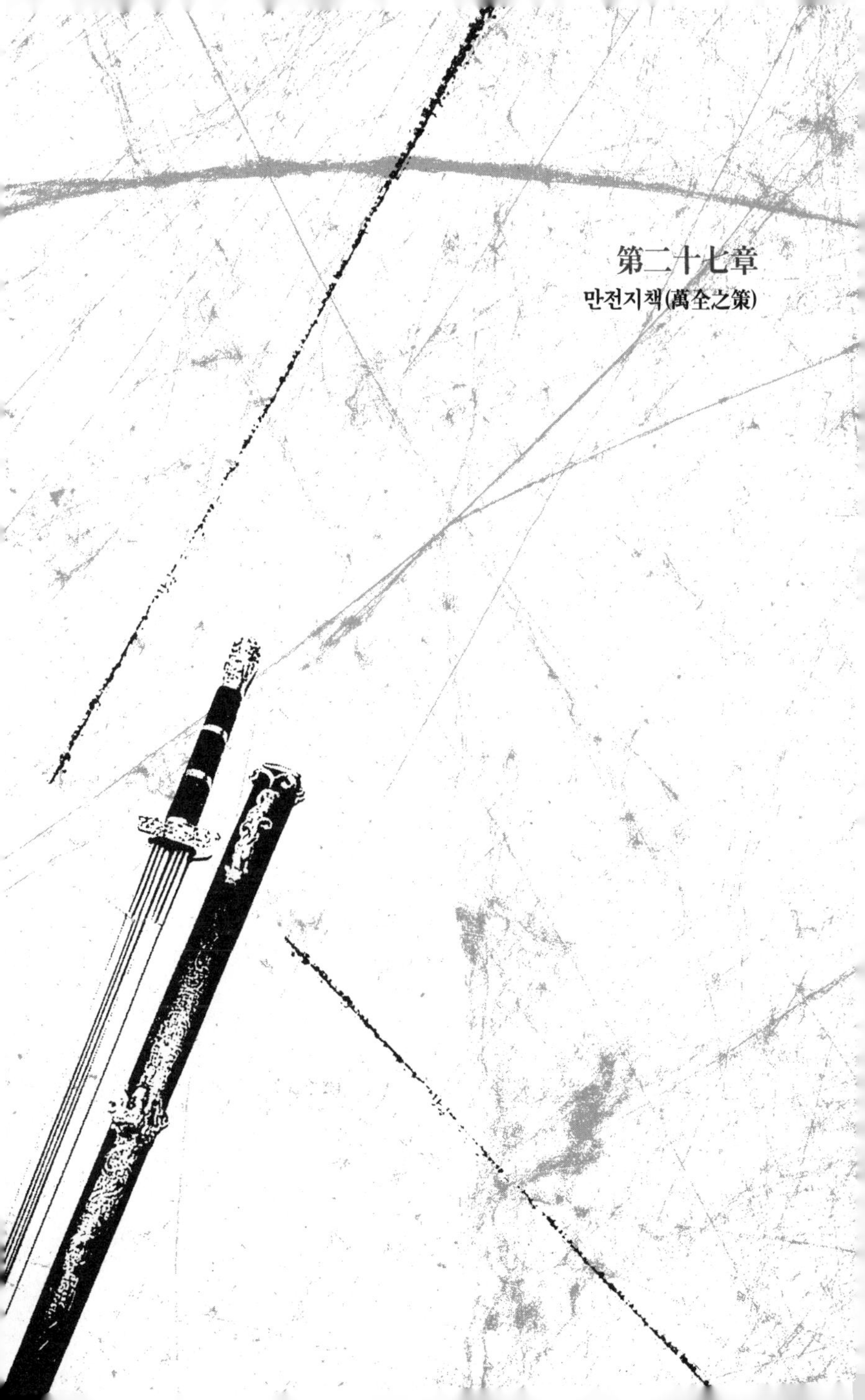

第二十七章
만전지책(萬全之策)

하천은 초미를 잘 가둔 후 삼통을 불러 제갈가로 사람을 보내 서신을 전하게 하고 소주로 떠날 준비를 했다.

신통은 하천이 한 번이라도 아는 척해주길 바라며 자신을 불러 금화방과 화친을 위해 이야기할 것으로 기대했었지만, 하천은 신통을 다른 금화방의 포로와 같이 취급하게 하고 신경도 쓰지 않았다.

하천은 몰래 하오문으로 가 문주를 만나 지난 이야기를 소상히 전해 듣고, 오검삼과 함께 자신을 암습했던 살수 중에는 살막의 살수 외에도 금화방의 좌우 호법이 있었다는 것을 알았다.

팔비선자에게도 독상을 입힌 자들이었다.

또 문주가 전해주는 남궁세가 인물들의 성격과 무공 정보를
받았다.

하오문에서 취합한 무림인의 정보는 당대 제일이라 할 수
있을 정도였고, 하오문이 곧 살막이라 할 수도 있었으니 하오
문의 인물 정보는 하천에게 꼭 필요한 것이기도 했다.

하천은 십수만화까지 불러 한참을 더 이야기한 다음 하오문
의 총단을 빠져나왔다.

하오문은 별 실리도 없이 금화방과 공존하기보다는 청량방
을 선택해서 실리를 얻는 전략을 택한 게 확실해 보였다.

이미 금화방에는 무당의 두 장로가 제자들과 함께 도착해
있었고, 남궁가에서는 남궁세가의 이숙 남궁관을 포함한 네
명의 장로와 남궁 십이대검수가 함께 와 있었으니 남궁가의
최정예라 해도 좋았다.

소림과 화산까지 조만간 당도할 예정이니 금금보는 청량방
의 공격을 조금도 두려워할 필요가 없었다.

이미 금금보는 절영문의 일급무사들을 끌어모아 만약의 경
우를 대비하고 있었으니, 청량방을 이 기회에 멸망시킬 작정
을 하고 무당 장문인의 사제 학연자에게 온갖 거짓말로 청량
방을 모함하고 있었다.

학연은 장문을 대신해 무림의 일을 주관하고 있었으니 그의
뜻이 곧 장문인의 뜻이라 해도 좋았고, 그의 뜻이 곧 무당의 뜻
이라 해도 과언이 아닐 정도로 무당의 실세였다.

"도장, 청량방은 낭인을 모아 계속 세력을 확장하여 이제 강

소, 절강을 통째로 삼키려 하고 있소. 이미 하오문과 단목세가까지 굴복한 마당이니 무당에서 나서지 않는다면 청량방은 절강을 접수한 후 산동, 하북으로 향하게 될 것이오. 더욱 수상한 것은 청량방의 배후라오. 낭인이라 하기에는 수상한 구석이 많소. 어쩌면 마교의 환생이 아닌가 싶소.”

학연은 신중한 사람이라 계속되는 금금보의 말에 고개만 끄덕일 뿐, 어떤 말도 하지 않았고, 금금보는 뼈와 살을 붙여 청량방을 계속 모함했다.

“무림의 금기인 폭약으로 열두 명의 호법대와 두 호법을 몰살시킨데다가 청량방의 호법이라는 자들은 기묘한 사술을 쓰고, 무공 또한 화산의 장로를 뛰어넘을 정도이니 마교가 아니라면 도대체 그 배후가 어디란 말이오? 이미 폭약을 넣은 천뢰구로 금화방의 정예를 몰살시킨 것만으로도 무림의 공적이 되고도 남소. 그 일을 무당에서 앞장서 주신다면 지금보다 시주를 두 배로 늘리겠으니 도장께서 힘을 써주시오.”

금금보의 말에 학연은 고개를 저으며 입을 열었다.

“방주, 아직 증거도 없는 마당에 청량방을 무림의 공적으로 선포할 수는 없소. 또 무림의 공적이란 게 무당의 뜻만으로 되는 것도 아니오. 설사 청량방의 배후가 마교의 후예라 할지라도 확실한 증거가 없이는 함부로 입에 담을 수 없소. 열 명의 악인을 놓치는 한이 있더라도 한 사람의 선량한 사람을 무고하게 해쳐서는 안 된다는 것이 선사의 가르침이었소. 장문 사형의 뜻도 아마 같을 것이오.”

학연의 말에 금금보는 울화가 치밀어 무당과 당장 모든 인연을 끊고 싶었지만, 다시 좋은 말로 학연에게 청량방의 사악함을 줄창 이야기했다. 하지만 학연은 뒷짐을 지고 더 이상 이야기도 듣지 않은 채 어슬렁대며 생각에 잠겨 있는 듯하자, 금금보는 이를 갈며 문을 박차고 방을 나와 버렸다.

옆방에서 두 사람의 대화를 듣고 있던 학성자가 방으로 들어와 몇 개의 서신을 내밀었다.

"사형, 막 하오문주와 단목가주의 서신이 당도했습니다. 암기는 폭약은 아니었으나 위력은 천뢰구와 대동소이할 정도였다 하고, 청량방 호법들의 무공은 상상을 초월할 정도로 고강하다 합니다. 이미 하오문과 단목가는 청량방과 동맹을 맺은 것과 다름없다 하니 금화방주가 안달이 날 만도 하게 생겼습니다."

학연은 서신을 천천히 살핀 다음 고개를 끄덕였다.

"무림의 공적이라는 터무니없는 누명을 씌워 청량방을 멸하려는 금화방주의 저의가 의심스럽네. 금화방주야말로 가진 힘도 없으면서 차도살인지계로 절강과 강소를 통째로 차지하겠다는 심보가 아닌가? 욕심이 끝이 없으니 자업자득인 게야. 금화방의 시주를 받는 형편이니 이곳까지 올 수밖에 없었지만, 정말 내키지 않는 일이네."

"그런데 청량방에서는 무당과 남궁가가 있다는 것을 빤히 알면서 대군을 이끌고 오고 있다 하니 그 또한 무당을 우습게 아는 일이 아닙니까?"

"단목가와 하오문의 고수를 단숨에 무너뜨릴 정도라면 그런 청량방을 무시할 순 없네. 하오문의 십수만화는 절정고수라 할 수 있는 사람이야. 하지만 청량방이 무당과 싸우려고 온다고는 생각하지 않네. 무당이 하오문과 절친한 사이라는 것을 이미 알고 있을 것일세. 하오문에서 살수를 보냈어도 죽은 사람은 별로 없어. 사망자는 금화방의 무사들뿐이지. 그 말은 애초에 하오문을 적으로 두지 않았다는 뜻이야. 그래서 오히려 하오문은 청량방과의 협상에서 이익을 보지 않았나? 청량방주가 어리긴 하지만 행동 하나하나에 의미없는 일이 없네. 그러니 그 속을 알기가 힘들어."

"남궁가와는 이미 원한이 깊은데 그렇다면 소주행은 남궁가를 목표로 했을 가능성이 많군요."

"금화방에서 죽기 살기로 나오지 않는다면 나설 사람은 남궁세가 사람들뿐이야. 화산과 소림이 청량방을 상대하리라고는 보지 않네."

"남궁가주 또한 효웅이 아닙니까? 안휘와 강소, 산동과 하북까지 넘보는 남궁가니 청량방과는 어차피 일전을 겨룰 수밖에 없겠지요."

"일전을 겨루고 승부를 가려야겠지. 청량방이 이긴다면 남경의 확실한 패자로 인정받는 것은 물론이고, 강호에서도 열 손가락 안에 드는 방파로 인정받게 될 걸세. 그러니 제자들에게 경거망동하지 말라고 잘 일러두게. 함부로 나설 일이 아니야. 청량방은 이미 남경의 패자네. 그걸 인정하고 거기에 걸맞는 대우를 해줘야 해."

"그렇지요. 청량방은 설사 남궁세가에게 낭패를 당한다 해
도 손해 볼 일이 없지요. 하지만 남궁세가는 그게 아니겠지요.
청량방에 망신이라도 당한다면 천하제일세가라는 명성은 바
닥에 떨어지게 될 것입니다."

"그게 문제가 아니야. 하오문주와 단목가주는 금화방주가
청량방을 상대하기 위해 항주로 흑룡방을 끌어들인 것을 크게
우려하고 있으니, 흑룡방이 큰 화근이 될 것 같네. 금화방주가
늑대를 잡자고 호랑이를 불러들인 꼴이야."

"흑룡방이 공공연히 자리를 잡으려 든다면 절대로 용납할
수 없는 일이지요. 은밀히 분타를 두고 화적과도 다름없는 짓
을 하는 사악한 방파가 아닙니까? 확실한 증거는 없지만 흑룡
방에 피해를 당한 방파가 부지기수입니다."

"그래, 흑룡방에서 거처와 신분을 숨기고 악행을 행하는 일
은 증거가 없으니 어찌할 수 없었지만, 공공연히 강남의 요지
에 뿌리를 내리려 한다면 묵고할 수 없는 일이지."

학연과 학성이 밀담을 나누고 있자 금금보는 화가 치밀어
어쩔 줄 몰라 하다 간신히 마음을 가라앉힌 다음 남궁관을 찾
았다.

이미 남궁관과는 이야기가 끝난 상태였지만 다시 한 번 확
답을 받고 싶었다.

남궁가는 빈약한 재정 때문에 세력을 널리 떨치지 못하다
가, 이번 기회에 확실히 금화방의 편에 서서 청량방을 몰아내

고 금금보를 남궁가의 자금줄로 이용하고자 했다.

이미 금금보에게 일만 냥을 받아 챙겼고, 일만 잘 풀린다면 이삼만 냥 정도는 더 요구할 작정이었다.

금금보는 학연자와 이야기가 잘되지 않은 마당에 청량방을 직접 상대할 곳은 남궁가뿐이라 생각하고 남궁관에게 큰 미끼를 던졌다.

"관 형, 이번에 청량방이라는 화근을 없애주신다면, 따로 황금 오백 냥을 일이 끝난 후 댁으로 몰래 보내 드리겠소. 물론 남궁가에는 별도로 삼사만 냥 정도를 생각하고 있소. 청량방을 재기 불능의 상태로 만들어준다면야 그 두 배를 들여도 아깝지 않소. 그러니 어린 방주 놈과 백보신불, 그 두 놈만은 어떤 일이 있어도 목을 자르셔야 하오."

"염려 마시오. 방주께서 우제를 그리도 생각해 주시니 감격할 따름이오. 사실 가주께서도 그 두 놈을 화근덩어리로 생각하고 있소. 이번에 남궁가의 십이검수가 왔으니 청량방의 호법들은 목을 내놔야 할 것이오. 또 우제 말고도 세 사람의 장로까지 있으니 남궁가의 힘 절반이 이곳에 있다고 보면 된다오."

금금보는 이미 하천으로 인해 입은 손해가 엄청난지라 사실 하천만 없앨 수 있다면 그 몇 배를 요구해도 줄 수밖에 없는 형편이었다.

금금보와 남궁정은 서로의 이해타산이 맞아떨어져 구체적인 계획까지 세우고 무당의 학연까지 연신 욕을 해대며 술잔을 기울였다.

　항주를 떠난 하천은 천천히 유람을 하듯 북상을 했다. 태호에서는 뱃놀이를 하고 유람을 즐기며 이틀을 보내니 많은 사람들이 하천 일행을 구경하기 위해 몰려들었다.
　청량방의 사람들은 어린아이와 노인에게 특별히 따뜻이 대하고 인정을 베풀자 항주와 태호 인근의 백성들은 청량방이 사악한 사파의 무리라는 말을 믿지 않았다.
　금화방에는 이미 소림과 화산의 사람들까지 당도하여 금금보는 하루 빨리 하천의 목을 자르고 싶었는데, 유람을 하며 오고 있다 하자 더욱 화가 치밀었다.
　더구나 포로로 잡은 금화방의 무사들이 탄 마차에 죄명을 적어놓고 백성들이 보게 하고 있다니, 금금보는 절대로 하천을 용서할 수가 없었다.
　항주에서 소주에 이르는 길은 금화방의 안방이라 할 수 있었는데, 금화방의 군사라 할 수 있는 신통, 방주의 호법대와 최정예인 비호대가 줄줄이 명패와 죄명까지 달고 구경거리가 되고 청량방은 민심을 얻으며 올라오고 있다 생각하니 분해서 어쩔 줄을 몰라 했다.
　화산에서는 원송이 왔는데 고작 세 명의 제자만 데리고 온 자체가 벌써 중재자 정도의 역할을 하기 위해 온 것이었다.
　원송의 무공은 장로 중에서도 가장 약한 축에 속했고, 원래 무공보다는 학문과 잡학, 언변이 뛰어난 사람이었다.

소림 또한 달마원의 수좌 범여가 달마원의 제자 다섯 명과 함께 오긴 했으나 그 또한 청량방과 결전을 치르겠다고 온 것이 아니니 금금보는 이미 소림과 무당, 화산 삼대문파는 하천을 사파로 생각하고 있지 않다는 것을 알았다.

금금보는 이럴 줄 알았으면 차라리 소림과 무당, 화산을 부르지 않은 것이 더 좋았을 거라 생각했고, 오히려 남궁가에서 나서는 데 방해만 될 것 같았다.

범여와 학연, 원송과 남궁관은 금금보와 함께 모여 앉았고, 금금보는 온갖 거짓말로 하천과 청량방을 무림의 공적으로 삼아야 한다고 주장했지만, 남궁관을 제외하고는 별 반응을 보이지 않았다.

소림의 범여는 빙그레 웃으며 청량방과 타협하여 공존하는 길이 중생을 위한 길이라 하니, 금금보는 그동안 소림에 시주한 은자가 아까워 환장할 지경이었다.

화산의 원송 또한 도덕경의 말을 인용하여 화해에 관한 이야기를 하니 금금보는 당장 일어나 원송의 입을 발로 차버리고 싶은 충동을 간신히 자제하고 있었다.

삼대문파는 각기 정보망이 있어서 이번 청량방과 금화방의 분란은 금화방주가 살수를 보내고 선공을 하여 시작된 것이라는 것을 잘 알고 있었다.

소림과 화산은 개방의 정보를 들어 무당의 학연과 마찬가지로 내막을 소상히 알고 있었다.

아무리 금화방이 많은 시주를 한다고는 하나, 그 일로 청량방을 무림공적으로 선포한다면 삼 파의 권위는 추락하고 말 것이고, 남경의 민심 또한 무시할 수 없는 일이었다.

소주로 들어온 하천은 하오문의 거처에 자리를 잡았고, 외곽의 경비를 하오문의 무사들이 서고 있었다.

금금보는 이미 하오문이 청량방과 연합했다는 정보를 듣긴 했지만 막상 눈으로 보고 나니 거의 이성을 잃을 정도로 흥분하고 말았다.

소주와 항주를 기반으로 하는 하오문은 대대로 금화방과는 좋은 관계를 유지했고, 한 번도 하오문과 금화방은 대립해 본 적이 없었던 관계였는데 지척에 있는 하오문이 금화방에게 등을 돌렸다는 것은 소주와 항주의 민심이 크게 흔들리고, 소주와 항주의 맹주라 할 수 있는 금화방은 큰 타격을 받을 수도 있는 일이었다.

금화방의 보호를 받는 많은 군소 방파의 사람들은 금화방으로 달려와 도우려 하는 것이 아니라, 소주의 주인이 가려질 때까지 방관하려는 태도를 취하니 그 또한 금금보를 크게 화나게 하는 일이었다.

금금보는 각 방파에 사람을 보내봤지만, 방주가 외지로 떠나고 없다거나, 상을 당했다거나 하는 돼먹지도 않은 핑계를 대며 금화방으로 오는 자는 친척들밖에는 없었다.

금금보는 하천에게 소주와 항주의 진정한 주인이 누구라는 것을 확실히 보여주려 했으나 생각대로 되지 않자, 이번에 모

습을 드러내지 않고 힘을 보태지 않는 방파는 소주의 모든 이
권을 빼앗아 버린다는 소문을 퍼뜨렸다.

그때서야 평소 아부를 하며 비굴하게 굴던 군소 방파의 주
인들은 하나둘씩 나타나기 시작했고, 금금보는 소주와 항주뿐
만 아니라 강호에 진정한 친구가 없다는 사실에 마음이 우울
했다.

삼대문파가 수수방관하고 있자 금금보는 총관을 하오문의
소주 분타로 보내 금화방의 포로를 돌려 달라고 요구했다.

하지만 협귀는 육만 냥을 내놓고 포로를 데려가라 하니, 금
금보는 삼 파 사람들에게 그 사실을 알리고 다시 한 번 청량방
의 사악함을 주장했다.

청량방의 셈법을 익히 들어 알고 있는 삼 파 사람들이 빙그
레 웃기만 할 뿐, 뭐라 입을 열지 않자, 금금보는 더욱 분통이
터질 지경이었다.

금금보의 얼굴이 붉어지자 원송이 입을 열어 말했다.

"방주, 더 시간을 끌어봐야 망신만 당할 뿐이오. 육만 냥으
로 잡혀 있는 사람들을 구할 수 있다면 그게 상책이오. 일이
잘못되면 육만 냥이 몇 배로 불어날 수도 있으니 잘 생각하시
오. 화산은 청량방이 협상도 거치지 않고, 금화방을 선제공격
한다면 그때는 나설 수 있소. 상쟁을 하는 문파에서 포로를 내
주는 데 조건을 다는 것은 부당하다 할 수는 없는 일이오."

원송은 화산에서 비교적 공정한 사람으로 알려져 있어 중재
가 필요한 일에 원송이 나서는 일이 많았던지라 이런 일에 경

험이 많은 사람이었지만, 금금보는 금화방을 무시하는 말에 격분하여 원송의 말에 반박했다.

"도장, 말씀을 가려 하시오. 금화방이 항주에서 물러나긴 했지만 아직 금화방에는 수많은 무사가 있소. 청량방의 무사들을 포로로 잡아 서로 맞바꾸는 게 여러모로 이익이오. 한낱 낭인 집단에게 소림과 무당, 화산까지 나서서 망신을 당했다는 오명은 어찌 감당하려 하시오? 또다시 이런 일이 일어난다면 누가 삼 파에 도움을 청하려 하겠소?"

금금보는 화를 더 이상 참지 못하고 소림과 무당, 화산의 사람들을 째려보며 문을 박차고 나와 버렸고, 그런 금금보의 행동에 삼 파의 사람들도 당황했다.

금금보는 남궁관을 따로 만나 삼 파의 도움을 기대하는 일은 완전히 무산이 되었다며 무사들을 소집해 바로 공격하자고 했다.

남궁관도 기다리던 바라 남궁가의 사람들을 불러 모았고, 금금보는 금화방의 무사 전부를 소집하고 다른 방파에서도 무사들을 불러 모으니 소주 전체가 난리를 만난 듯 소란했다.

범여와 학연, 학승, 원송은 가만히 자리에 앉아 있을 수만은 없어 함께 소주일향으로 향했다.

소주일향은 한때는 소주에서 가장 번성한 곳이었으나 하오문의 쇠락과 함께 전각이 낡았고, 많은 명기와 일급 숙수들이 떠나 버려 일류라 불리기엔 부족함이 많은 곳이 되어버렸다.

소주 전체가 전쟁 준비로 부산했지만, 소주일향은 경비를

서는 하오문의 무사들까지 한가롭기만 했고, 전혀 금화방의
공격을 대비하고 있는 것으로 보이지 않았다.

하천에게 배첩을 전한 네 사람은 별채로 안내되었다. 사방
에서 청량방의 무사들이 모여 한가롭게 잡담을 하거나 가볍게
몸을 풀고 있었는데, 학연과 학승은 무사들의 신법을 보고 청
량방 하급무사들의 무공이 상당한 수준이라는 것을 알았다.

하천은 밝은 안색으로 네 사람을 맞아 천천히 금화방주의
악행을 말하기 시작했다.

살막과 금화방의 호법을 동원하여 하천을 암습한 일, 구절
문과 흑룡방의 살수를 보낸 일, 청량방의 거처를 기습 공격 한
일 등 삼대 문파의 사람들이 이미 알고 있는 일이었지만, 하천
은 흑룡방을 끌어들인 일을 거론하며 무림의 평화를 깨는 사
악한 짓이라며 금금보를 욕했다.

“흑룡방과 이미 수차례 부딪쳤습니다만, 흑룡방은 폭약과
진식, 기관매복을 하고 저를 유인할 정도로 치밀하여 상대하
기가 쉽지가 않았습니다. 그래서 많은 희생이 날 수 있는 선녀
묘를 포기하고 소주로 향했지요. 흑룡방의 정예가 강호로 나
왔으니 쉽게 물러가지는 않을 것입니다. 바로 금화방주의 공
로이지요.”

하천이 그리 말하자 삼 파 사람들은 흑룡방의 정예가 강호
로 나왔다는 일에 더 관심을 가졌고, 금화방과 청량방의 분쟁
은 거론조차 되지 않았다.

“흑룡방의 대호법과 호법들의 제자까지 동원되었다면 흑룡

방이 쉽게 물러날 것 같지 않습니다. 금화방주가 무슨 마음으로 흑룡방을 항주로 불러들인다는 말입니까?"

학성의 말에 원송도 금화방주를 비판하고 나섰고, 범여마저 혀를 차대며 금화방주의 경솔함을 탓했다.

"강호 곳곳에 흑룡방이 정체를 숨기고 뿌리를 내리고 있지만, 흑룡방의 수뇌와 진정한 정체를 아는 사람은 없습니다. 그만큼 흑룡방은 거대하고 위험한 집단입니다. 장차 무림에 큰 화근이 될 수 있는 흑룡방을 공공연히 항주로 끌어들인 금화방주의 속셈을 알 수가 없습니다."

잠자코 있던 학연마저 금금보를 비난하고 나서자, 좌중은 흑룡방을 상대하는 일로 대화가 진행되어 가고 있었다.

"선녀묘로 유인되어 흑룡방 호법들의 제자들로 구성된 칠성진을 상대하는 틈에 대호법이란 자가 암습을 하여 부상을 당했습니다. 그 상처를 치료하고 검상과 공력이 회복될 시간을 벌기 위해 항주를 떠나 소주를 향하며 유람하는 듯 허장성세를 부리며 북상한 것입니다."

네 사람은 하천이 결국 흑룡방을 피하여 소주로 도망온 것이라고 말을 하고 있으니, 더욱 흑룡방의 발호가 불안했다.

"금화방의 일이 해결되면 항주로 가야 할 것 같습니다. 흑룡방이 공공연히 항주에 자리 잡게 내버려 둘 수는 없는 일이 아닙니까?"

원송의 말에 좌중은 고개를 끄덕이긴 했지만, 당장 흑룡방을 상대할 충분한 인원이 없는지라 난감한 표정들이었다.

그러자 하천이 얼른 입을 열었다.

"소림과 무당, 화산에서 그 일에 나선다면 청량방에서도 적극 나서겠습니다. 이미 흑룡방은 청량방의 가장 큰 적이 된 마당이고, 흑룡방을 항주에서 몰아내면 당장 큰 이익을 볼 수 있으니 당연히 나서야겠지요."

하천이 빙그레 웃자, 네 사람도 솔직히 말하는 하천이 밉지 않아 함께 미소를 지었다.

삼 파 사람들이 소주일향에서 하천과 이야기를 하고 있는 사이, 남궁가와 금화방, 소주 군소 방파의 무사들이 이미 금화방을 나서 소주일향의 외곽을 포위했다는 보고가 전해지니, 삼대문파의 사람들은 하천을 보기가 미안했고, 금금보가 삼대문파마저 무시하는 태도로 나오니 크게 못마땅했다.

하천이 서둘러 밖으로 나와보니 이미 청량방의 무사들은 일사불란하게 안형궁시진의 병진을 형성하고 있었고, 당주와 대주들은 수하들을 지휘하여 안형궁시진 안에 다시 삼합진과 육합진의 작은 합벽진을 펼치고 있었다.

협귀와 잡귀는 전체를 지휘했고, 무사들은 이미 소천뢰구를 잔뜩 쟁여놓고 발사할 준비를 하고 있었다.

금금보는 청량방이 태연히 병진까지 치고 남궁가와 금화방의 무사들을 상대하려 하자 내심 크게 당황했다.

소주의 번화가에서 큰 싸움이 벌어진다면 민심의 동요가 크고, 무엇보다도 전면전을 벌이게 된다면 금화방으로서는 엄청난 손실을 입을 것이 명백했다.

설사 이 싸움에 이긴다 하더라도 다시 방을 일으키는 데는 엄청난 비용이 들 것이고, 많은 시간이 걸릴 것이니 전면전은 내키지 않는 일이었다.

남궁관 역시 병진까지 갖춘 청량방을 보니 절대 오합지졸이 아닌 정예 중의 정예인 무사들인지라, 잘못하다가는 큰 피해를 볼 수도 있게 생겼으니 재물에 눈이 멀었던 자신이 원망스러웠다.

싸움에 별 소용이 없는 소주 군소 방파의 무사들로 소주일향의 외곽을 먼저 봉쇄한 것은 청량방을 굴복시키기 위한 허장성세였는데, 이렇게 청량방이 정면 대결을 하자고 나올 줄은 몰랐다.

삼 파 사람들은 금금보가 미웠지만 그냥 내버려 둘 수가 없어 원송이 두 세력의 한가운데로 나와 화해를 권했다.

“백주대낮에 소주 한복판에서 큰 싸움이 난다면 향후 소주의 백성들을 어떻게 대할 수 있겠소? 한갓진 곳으로 전장을 옮기든지, 서로 합의를 해서 좋게 일을 끝내는 게 좋지 않겠소?”

무사수로 따진다면야 금화방의 절대적인 우위지만, 청량방의 무사들은 암기로 무장하고 있으니, 남궁관도 될 수 있으면 일을 작게 만들고 싶었던지라 앞으로 나섰다.

“포로를 잡아 모욕을 주고 많은 은자를 요구하는 날강도 짓을 하는 청량방을 어찌 그냥 내버려 두겠소? 나 역시 많은 무사들과 백성들의 재산이 상하는 일이 달갑지 않소. 그러니 자신이 있다면 정예를 내세워 승부를 겨뤄봅시다."

그러자 협귀가 껄껄 웃으며 앞으로 나서 남궁관을 마주 보며 말을 꺼냈다.

"청량방의 무사들은 그 누구나 정예라 할 수 있소. 백 명 정도를 선발해 한쪽이 전멸할 때까지 한번 겨루어봅시다."

협귀의 뻔뻔스런 말에 남궁관은 화를 내며 말했다.

"그게 무슨 얼토당토않은 말이오? 수가 많은 우리가 왜 당신들의 무사 수에 맞추어 승부를 해야 한다는 말이오? 또, 백 명의 무사가 전멸할 때까지 싸우자는 말이 당키나 한 말이오? 이 일에 하급무사들을 끌어들이려는 것은 무슨 비겁한 수작이오? 승부를 내려면 몇 사람의 고수만 나서도 충분한 일이 아니오?"

"당신이 이 일을 주관하는 것도 아닌데 왜 흥분하고 난리요? 금화방주의 뜻을 물은 후, 나를 다시 찾으시오. 어떤 조건이라도 다 받아줄 수 있소. 하지만 명심하시오. 청량방에서 열 사람이 나선다면 배상액은 열 배로 늘어날 것이고, 다섯 사람이 나선다면 다섯 배로 늘어날 것이오."

그렇게 말한 협귀가 등을 돌려 들어가 버리자, 남궁관은 할 수 없이 진영으로 돌아와 금금보와 상의했다.

"육만 냥의 열 배라면 도대체 얼마요? 육십만 냥이 아니오? 싸움에서 진다면 차라리 자결하는 편이 낫겠소."

금금보가 화를 내며 말하자 남궁관도 심통이 나 버럭 소리를 질렀다.

"싸우기도 전에 손해배상을 할 작정을 한다면 남궁가에서 뭐 하러 나서겠소? 그게 겁나면 지금이라도 육만 냥을 내놓고 머리를 조아리면 될 일이 아니오?"

금금보는 이 상황에서 남궁관의 비위를 상하게 한다면 우군이 없는지라 급히 사과를 하고, 중재를 맡은 원송을 부르고 근처 한가한 다루로 들어가 상의를 하기 시작했다.

금금보는 이미 원송이 자신의 편에 서 있지 않다는 것을 직감적으로 느끼면서도 어쩔 수 없이 원송에게 말을 꺼냈다.

"해용산 기슭에 연무장이 넓은 빈 장원이 하나 있소. 외부인의 출입을 막기도 용이하고 수작을 피울 공간도 전혀 없소. 그러니 내일 미시에 그곳에서 다섯 명이 나서서 승부를 가리도록 합시다. 또 만약에 우리 측에서 진다 해도 배상액은 그대로 육만 냥이어야 맞소. 다섯 배라면 포로도 다섯 배가 돼야 하는데 일방적으로 청량방에 유리한 셈법이 아니오? 그러니 도장께서 저쪽을 잘 설득해서 깨끗이 승부를 내기로 합시다."

원송도 금금보의 말이 합당한지라 고개를 끄덕이고, 다시 조용한 주루로 협귀와 남궁관을 불러 다섯 명이 차례로 나서 셋이 이기면 승리하는 것으로 합의했다.

참관인으로 삼 파의 사람들이 나서고, 대회의 주관은 원송이 맡기로 했다.

원송은 제자들을 데리고 즉각 해용산 기슭의 빈 장원으로 가 장원을 지키며 만약의 경우를 대비했고, 소림과 무당의 사람들도 함께 그곳에 머물렀다.

금금보는 삼 파의 사람들과 소원한 관계가 되고 만 것이 아쉬웠지만, 해마다 많은 돈을 시주했음에도 불구하고 조금도 자신을 돕지 않는 소림과 무당, 화산이라면 더 이상 삼 파에 시주하지 않고 남궁가나 양가장과 같은 무림세가에 자금을 대는 편이 낫다고 생각했다.

하천은 삼 파 사람들이 장원을 지킨다 하니 안심할 수 있어 일찍 점심을 먹고 해용산으로 향했다.

많은 사람들이 해용산으로 몰려들었지만, 입구에서부터 금화방의 무사들이 출입을 막고 있었다.

장원 안으로는 양쪽에서 스무 명만 들어가기로 합의를 해 청량방의 많은 무사들은 장원의 밖에서 금화방의 무사들과 대치하고 있었다.

하천은 금화방에서 남궁가의 팔숙이 걸어나오자, 의외로 악원을 내보냈다.

하천은 하오문주에게 남궁가 사람들의 정보를 건네받아 이미 팔숙에 대해 잘 알고 있었다.

악원도 당황해 어쩔 줄 몰라 했는데, 하천은 악원에게 전음으로 신법으로 적당히 피하다가 건곤대나이의 차력미기 수법을 사용하라고 했다.

최근 당주와 부당주, 단주와 부단주들에게 하천이 건곤대나이의 차력미기 수법을 전수하기는 했지만, 악원은 실전에서

한 번도 사용해 본 적이 없어 자신이 없었다.

하지만 하천이 웃으며 고개를 끄덕이니 하천을 믿고 단전에 힘을 주며 자신감을 가지고 앞으로 걸어나갔다.

남궁가의 팔숙은 남궁가주의 막내 동생으로, 이제 고작 삼십 초반의 나이이긴 했으나 청량방에서 솜털이 겨우 가신 애송이가 걸어나오자 기가 막혔다.

하지만 쉽게 일 승을 거둘 수 있으니 나오는 비웃음을 참고, 악원을 보고 빙그레 웃기까지 했다.

악원은 포권을 하며 정중하게 말했다.

"청룡당의 당주를 맡고 있소. 그러니 싱겁게 대하지는 않을 테니 안심하고 솜씨를 보여주시오."

팔숙은 대꾸를 하려다 기가 막혀 발검과 동시에 목을 향해 검을 찔러갔다.

평범한 대연검식이었지만 빠르기가 전광석화와도 같아 악원은 방심하지 못하고 옆으로 반 장이나 미끄러지며 발검했다.

팔숙은 왼손으로 천뢰장을 연이어 날리고, 다시 일검을 찔러온 뒤 악원이 황급히 뒤로 세 걸음이나 물러나자, 허공을 뛰며 왼손으로 다시 폭뢰신권이라는 가공할 위력의 권풍을 날리니 악원은 단숨에 수세에 몰리며 신법조차 어지러워지기 시작했다.

이미 이십여 초가 지났지만, 악원은 계속 수세에 몰리며 이미 팔숙의 검기에 어깨와 팔뚝에는 작은 검상까지 입고 있었고, 사나운 팔숙의 권장과 검은 계속 악원을 따라붙었다.

악원은 이십여 초가 지나면서 점차 여유를 찾기 시작해 팔숙이 검보다는 권장에 능하다는 것을 알았다.

검은 권장으로 기습을 하기 위한 허초가 많았고, 팔숙이 노리는 것은 권장으로 사혈을 노리는 것이었다.

빠른 신법을 가진 악원이라 피할 수는 있었지만, 어지간한 고수라 할지라도 쉴 새 없이 몰아붙이는 팔숙을 상대하기는 쉬운 일이 아니었다.

구경을 하던 청량방의 호법들조차 팔숙의 현란한 공격 수법에 감탄을 할 지경이었으니, 팔숙의 무공은 절정고수의 반열에 들 수 있을 정도였다.

하천도 팔숙의 현란한 공세를 유심히 살피며 공격의 운용법을 배우고 있었다.

명문가의 장로다운 솜씨였다.

하지만 오십 초가 지나면서 팔숙의 공격력은 현저히 무뎌지기 시작했고, 반면에 악원은 간간이 반격을 하면서 서서히 수세에서 벗어나고 있었다.

하천은 공격이 다양하고 사나운 팔숙은 신법이 빠른 악원이 가장 상대하기 좋다고 생각했고, 어느 정도 그 예상이 맞아떨어지고 있었다.

남궁가의 사람들은 십 초도 버티지 못할 것 같던 악원이 이제 공세로 나오자 당황한 표정이 역력했다.

권장을 뿌리는 데 한꺼번에 많은 공력을 소모한 팔숙은 빠른 신법으로 피하기만 하는 악원을 일찍 잡지 못한 탓에 이미 기력의 삼 할은 잃어버린 상태인지라, 더 이상 권장을 뿌리지 못하고 검술로만 악원을 상대하고 있었다.

악원은 몇 번이나 기회를 노렸지만 차력미기를 전개하지 못하다가 팔숙이 기력을 모아 섬전검을 찌르고 폭뢰신권을 펼치려 할 때 기회를 잡아 그의 섬전검을 고스란히 찔러오는 주먹에 되돌려줬다.

"아앗!"

팔숙은 자신의 섬전검이 그대로 자신의 왼팔에 되돌아오자 급히 권을 거두려 했지만 몸을 미처 빼지 못하고 팔뚝에 검을 맞고 말았다.

채쟁!

팔숙은 고통을 참고 다시 검을 찔러가려 했지만, 어느새 다가온 악원의 검이 팔숙의 검을 멀리 날려 버렸다.

팔숙은 도저히 믿지 못하겠다는 표정으로 악원을 빤히 쳐다보고 있었는데, 악원은 포권을 하고는 이미 등을 돌려 들어가 버렸다.

이번에는 청량방에서 색귀가 나서니 남궁관은 삼숙을 내보냈다.

삼숙은 남궁관과도 승부를 가리기 힘들 정도니 삼숙이라면 충분히 색귀를 제압할 수 있으리라 여겼다.

색귀는 남궁가에도 무시무시한 권장법이 있으니 방심하지

못하고 선장을 들고 일단 방어 자세를 취했다.

삼숙은 악원과는 달리 색귀의 신법이 그리 빠르지 못하다는 것을 알고 천풍신법을 전개하며 빈틈을 계속 노리고 천풍검식으로 연신 색귀를 몰아갔다.

하지만 색귀는 조금도 물러서지 않고 선장으로 검을 막고 오히려 권풍을 날려왔다.

쫘광!

벼락 치는 소리가 나며 두 사람은 한 발씩 물러났지만, 삼숙은 이미 가슴이 울렁거리며 입안에는 한 모금의 피까지 고여 있는지라 천풍신법으로 주위를 돌며 색귀의 주변을 맴돌았다.

"아, 어지럽다. 잠자리를 구워 먹었나?"

색귀가 빈정댔지만 삼숙은 대꾸도 하지 않고 계속 주변을 돌며 기회를 노렸다.

삼숙의 검은 날카롭긴 했지만 색귀의 웅후한 선장의 막을 뚫을 수가 없었다. 삼숙은 진기를 조절한 뒤, 벼락같이 허공을 날며 섬전검뢰를 날렸다.

찌릉!

"이크!"

섬전과도 같은 검강이 예리한 금속음을 내며 가슴을 노리고 날아오자 색귀도 맞받지 못하고 옆으로 비켜나며, 선장으로 삼숙의 다리를 노리고 다른 한 손으론 백보신권을 날렸다.

삼숙은 예측을 하고 있었다는 듯이 한 번 더 허공에서 몸을 튕겨 뛰어오르며 색귀의 얼굴을 발로 차 가고 다른 한 손으론 폭뢰신권을 날렸다.

이번에는 색귀도 피하지 않고 맞받았다.

우르릉, 꽝!

"큭!"

"허업!"

벼락이 떨어지는 소리가 나며 두 사람은 동시에 서로의 권풍을 맞고 색귀는 두 걸음 물러나며 한 모금의 피를 토했고, 삼숙은 허공에서 중심을 잃고 아래로 떨어진 뒤 벌떡 일어나더니 피를 한 사발이나 토하고는 그대로 눈을 까뒤집으며 혼절하고 말았다.

"에잇, 이……."

색귀는 선장으로 쓰러진 삼숙의 머리를 내려치려고 했지만, 하천이 달려오며 색귀의 선장을 무영권으로 쳐냈다.

협귀와 잡귀도 달려와 흥분한 색귀를 달래니, 남궁관의 안색은 백지장과도 같이 하얗게 변하고 말았다.

삼숙의 폭뢰권은 바위도 산산이 부숴 버릴 정도였는데 사람의 육신으로 폭뢰신권을 맞고 멀쩡할 수 있다는 것은 말이 되지 않았다.

삼숙은 남궁가제일의 권법가라 할 수도 있었다.

금금보는 이미 대세가 기울었다고 판단해 눈을 감고 차후에 벌어질 일을 생각하며 대비하고 있었고, 남궁관은 이미 두 판을 내리진 상황에서 세 번째마저 진다면 남궁가의 치욕이라 일 승이라도 거두기 위해 앞으로 걸어나갔다.

하지만 하천은 크게 하품을 하더니 황사를 내보냈는데, 남궁관은 안색이 흙빛으로 변하며 하천을 노려봤다.

황사의 소문은 남궁관도 익히 들어 알고 있었는데, 얼마 전까지만 해도 낭인으로 떠돌아다니던 평범한 낭인무사였으니 그런 황사와 검을 겨룬다는 것은 남궁가의 수치라 생각했다.

하지만 황사는 팔비선자에게 검법을 전수하며, 선녀와도 같은 그녀의 마음을 얻기 위해 놀라운 정신력으로 밤마다 하천에게 건곤대나이의 검법을 전수받았다.

그 결과 황사는 건곤대나이의 차력미기가 칠성의 경지에 도달해 있었다.

하천은 안절부절못하고 있는 팔비선자에게 미소를 보내고 고개를 끄덕이며 눈을 깜박이니, 팔비선자는 조금 안심이 되었는지, 암귀의 손을 꼭 잡고 대결을 지켜봤다.

남궁관은 가볍게 일 승을 거둘 수 있으리라 생각하며 콧방귀를 뀌며 인사를 했다.

"흥! 찬란한 명성은 익히 들었소. 이렇게 검을 겨누게 되어 참으로 영광이오."

예전의 황사였으면 비아냥대는 소리를 듣고 참지 못했겠지만, 황사는 팔비선자를 얻은 이후, 정신적으로 많은 성장을 했고 도사 부럽지 않은 수양을 한지라, 빙그레 미소 지으며 온화하게 말했다.

"천하제일세가의 검법을 견식하는 것만 해도 다시없는 영

광이지요. 인정을 두셔서 몸이 성하게 되면 천복으로 알겠습
니다.”

남궁관은 콧방귀를 뀌며 검을 두 번 휘두른 뒤, 천천히 거리
를 좁히며 다가왔고, 황사는 검을 반쯤 뽑은 채 우뚝 서 있었
다.

째쟁! 쟁! 쟁!

남궁관은 신형이 흐릿해지더니 어느새 황사의 면전까지 다
가와 사방으로 검풍을 몰아쳐 왔고, 황사는 제자리에서 이리
저리 검을 들어 검을 막기만 했지만, 오히려 뒤로 훌쩍 물러난
것은 남궁관이었다.

남궁관은 천풍검식을 육 초나 한꺼번에 전개하고 빈틈을 노
려 선전뢰검의 일식을 날리려고 했으나, 검이 부딪칠 때마다
손이 저리며 가슴까지 울렁거리자 화들짝 놀라 뒤로 물러나고
만 것이었다.

남궁관은 황사의 공력이 자신보다 월등하다 생각하고 황사
를 경시하던 마음을 버리고 신중을 기하며 천천히 황사의 주
변을 맴돌았으나, 실제로 남궁관이 돌려받은 것은 바로 자신
의 공력이었다.

이화접목과는 판이하게 달라 남궁정은 물론 보는 사람조차
황사의 수법을 눈치채지 못했지만, 하천은 황사의 수법을 보
고 황사가 엄청난 발전을 했다는 것을 알았다.

차력미기는 침착하고 담대한 성품을 가지지 못하면 오의를
알지 못하고 제 위력을 발휘할 수 없는 난해한 무공이었다.

남궁관은 이번에는 황사의 검에 부딪치지 않으려고 검식을 허초로 날린 후 천풍장과 천풍권으로 황사의 빈틈을 노리고 몇 차례나 공격해 봤지만, 황사는 검막으로 권장을 가볍게 막으며 오히려 검을 찔러 반격을 해오니 남궁관은 다시 훌쩍 뒤로 물러나고 말았다.

황사의 검식은 동귀어진을 불사하는 검식이라 남궁관은 검을 뻗는 데 조심을 할 수밖에 없었고, 자신의 절기를 제대로 사용하지 못하니, 천천히 다가오는 황사에게 쩔쩔맬 수밖에 없었다.

구경을 하는 남궁가의 사람은 도대체 남궁관이 왜 황사에게 쩔쩔매고 있는지 알 수가 없었으니 기가 막히는 일이었다.

남궁가의 무공은 비슷했지만, 청량방 사람들의 무공은 십인 십색이라 무공의 근본을 알 수가 없으니 상대하기 보통 힘든 게 아니었다.

남궁관은 황사가 신법이 민첩하지 못하다는 점을 노려 다시 권장으로 선공을 하고 황사가 검막으로 막을 때 기회를 노려 검을 찔러가는 것으로 방향을 바꾸었는데, 황사는 이번에는 많은 빈틈을 보이고 뒤로 물러나기까지 하니 남궁관은 쾌재를 부르며 다시 천풍장과 천풍권을 날리고 바로 섬전검뢰의 절초를 펼쳤다.

펑!

째쟁!

하지만 황사는 천풍권을 어깨로 받으며 섬전검뢰를 그대로 남궁정에게 되돌려주니, 방심하던 남궁정은 옆구리에 통증을 느끼고 주르르 뒤로 물러나고 말았다.

쟁!

황사는 왼쪽 어깨가 저렸지만 이를 악물고 그림자같이 미끄러지며 섬전과도 같은 검강을 날리니 남궁관은 어깨에 또다시 일검을 맞고 천천히 주저앉고 말았다.

팔비선자가 달려나와 황사에게 안겼고, 청량방의 사람들은 환호를 하며 황사에게 몰려들었다.

하천이 협귀를 불러 뭐라고 속삭이니 협귀는 망연자실한 표정으로 서 있는 금금보에게 다가왔다.

금금보는 협귀와 담판을 할 장소와 시간을 정하고 남궁가의 사람들과 장원을 떠났다.

소림과 무당, 화산의 제자들은 하천과 함께 소주일향으로 향했고, 소주 백성들은 금화방과 남궁가가 패했다는 소식을 접하고 소주에 닥쳐올 풍운을 걱정하며 침통한 분위기였다.

명색이 소주와 항주의 패자라는 금화방이 남궁세가의 힘을 빌려 무사를 내세우고도 삼전 전패로 패하고 말았다는 것은 치욕스런 일이었다.

소소는 부상을 당한 색귀를 진맥하고 목갑에서 환약 몇 개를 꺼내 먹인 후 가슴에 침을 몇 대 놓은 다음 운기조식하게 했다. 황사 역시 소소에게 몸을 맡겨 침을 맞고 환약을 받아먹은 다음 운기조식하고 있었다.

잡귀도 의술에 조예가 있었지만, 소소가 하는 모양을 보고 가만히 지켜보고만 있었다.

하천은 색귀와 황사가 환하게 웃으며 자리에서 일어나자 서재로 들어가 목갑을 정돈하고 있는 소소의 손을 꼭 잡고 미소를 지었다.

영아가 따라와 소소를 보며 방실방실 웃으니, 소소는 얼굴이 붉어지며 살짝 하천의 손에서 손을 빼냈다.

하지만 하천은 소소의 손을 다시 꼭 잡고 소소를 영아의 앞에 앉힌 다음 입을 열었다.

"영아, 어려운 부탁이오만 부탁을 하지 않을 수가 없소. 원 낭자는 흑룡방의 함정에 빠진 나를 목숨을 걸고 구해 상처까지 치료해 준 생명의 은인이오. 다친 곳이 어디인지는 영아도 알겠지만 부부가 아니라면 치료하기 난감한 곳이었소. 청백한 몸으로 그런 어려움을 마다하지 않았으니, 내 어찌 낭자를 남으로 대할 수 있겠소?"

영아는 고개를 끄덕이고 미소 지으며 손을 뻗어 소소의 손을 잡은 다음 천천히 입을 열었다.

"상공의 뜻을 따라야죠. 원 매가 상공을 구하지 않았다면, 소첩 또한 과부로 살게 될 뻔했으니 얼마나 다행한 일이에요? 큰 공을 세운 원 매가 상공을 모시는 건 당연한 일이에요."

영아도 소소에게 살갑게 굴며 다정하게 대하니 하천은 영아를 꼭 안고 뺨에 입을 맞췄다.

영아는 소소가 별로 내키지 않았지만, 솔선해서 황사와 색귀의 부상을 치료하고 또 그 재주가 비상하니 조금 마음에 들기 시작했다.

소소는 영아를 언니라 불렀고, 영아는 이것저것 잡동사니를 꺼내 보여주며 소소에게 어울릴 만한 패물을 나눠 주고 있으니, 하천은 살짝 몸을 빼서 밖으로 나갔다.

비록 역용을 하고 소소의 신분을 속이긴 했지만, 영아가 의외로 소소를 순순히 받아들이니 하천은 하늘을 날 듯 기뻤다.

협귀는 금화방주를 만나기 전 하천과 밀담을 나누고 악원이 이끄는 청룡방의 무사들과 함께 소주일향을 나섰다.

삼 파 사람들은 하천과 항주의 흑룡방을 상대하는 일을 의논했다.

항주 하오문에서는 계속 소주일향으로 전서구를 날려 항주의 소식을 전해왔다.

선녀묘는 흑룡방의 무사들이 여전히 점령한 채 아예 뿌리를 내리고자 인근의 장원까지 사들이려 하고 있다 하니, 삼 파의 사람들은 급히 본산으로 전서구를 날리고 하천에게 선녀묘에 설치된 진식과 기관, 폭약에 관한 여러 가지 사항을 들었다.

화산 장로 원항은 하천이 진식과 기관, 폭약에까지 정통하자 그동안 하천을 경시해 왔던 것이 크게 잘못된 것이었다는 것을 알았고, 소소가 외곽에서 선녀묘의 사당까지 이어진 암굴을 지도로 그려주니 삼 파 사람들은 크게 기뻐했다.

삼 파의 원군이 오기까지는 어차피 시간이 걸려 그동안 하천은 소주에 근거지를 마련할 준비를 했고, 소주일향 사람들은 하천을 대신해서 거간꾼과 접촉을 하며 장원과 업소들을 둘러보고 있었다.

하오문의 사람들은 청량방에서 많은 업소를 사들인다면 인원이 넘쳐 나서 놀고먹는 하오문의 문도들에게 일자리를 마련해 줄 수 있으니 하오문의 큰 짐을 더는 일인지라, 하천이 소주와 항주에 자리를 잡는 것을 크게 환영했다.

금화방의 그늘에서는 일감을 맡아봐야 고작 표행을 나갈 때 필요한 쟁자수나 주변 정보를 수집하는 허드렛일뿐이었고, 또 단발적인 일감이라 하오문의 재정은 날로 악화되기만 했었지만 업소에서 일을 하게 되면 고정적인 수입이 생기게 되니 하오문의 사람들로서는 무공이 고강하고, 하오문에게 큰 이익이 되는 청량방과 동맹을 맺게 된 것을 다행으로 생각했다.

어차피 외지에서 인력이 부족한 청량방으로서는 하오문의 사람들을 고용하여 안정적으로 사업체를 운영할 수 있고 정보를 쉽게 공유할 수 있으니, 피차에게 이익이 되는 일이었다.

금화방을 완전히 굴복시킨 마당에 항주와 소주에서 사업을 확장하는 것은 문제가 될 게 없어 삼 파 사람들마저 방관하는 처지가 되고 보니, 소주의 민심은 크게 흔들리고 있었다.

금화방주와 협귀가 만나는 하오문 소유의 다루 별채에는 금화방과 청량방의 무사들이 입구를 지키고 있었다.

"육만 냥에 해당하는 금 삼천 냥이오. 포로로 잡혀 있는 사람들을 돌려주시오."

금금보가 먼저 말을 꺼내자 협귀는 호탕하게 말했다.

"좋소, 바로 석방하겠소. 하지만 다시 한 번 귀방에서 청량방을 위협하는 일이 생긴다면 그때는 돈으로 해결될 일이 아니라 당신의 목을 담보로 해야 할 것이오. 솔직히 말해 청량방에는 특급살수가 지천으로 널려 있소. 당신의 목을 따는 것은 손바닥을 뒤집는 일만큼 쉽다오."

협귀의 말에 금금보는 안색이 흙빛이 되면서도 아무 말도 하지 못했다.

믿었던 남궁세가가 그토록 허무하게 청량방에게 무릎을 꿇을 줄은 상상도 하지 못했던 금금보는 청량방과 사소한 원한으로 이 지경에 이르게 된 것을 크게 후회했지만, 힘이 부족하니 당장은 어찌할 수 없어 차후 꼭 복수하리라 다짐하고 쓸쓸히 다루를 나섰다.

금화방이 청량방에 굴복했다는 소식은 하루도 못 되어 소주 전역에 퍼졌다.

스스로 청량방의 휘하에 들기 위해 사자를 보내는 군소 방파도 있었고, 하오문의 연줄을 통해 협귀와 끈을 대어 만나려는 사람도 있었다.

청량방의 입장에서는 홍학방에서 계속 무사를 양성하고 있었고, 기존의 무사들도 무공이 나날이 발전하니 무사들의 활용을 위해서라도 소주와 항주에 진출하는 것은 좋은 일이었다.

하천이 삼 파의 사람들과 저녁을 먹으려고 할 때, 제갈담과 제갈동이 나타났다. 제갈가의 두 장로는 삼 파의 사람과 인사를 한 후, 흑룡방의 일로 왔다 하며 거짓말을 하고 함께 저녁을 먹은 뒤 하천을 따로 만났다.

"허허, 세상에 이런 망신이 있다는 말인가? 그 아이가 요물이긴 하지만 제갈가의 여식이 흑도의 표본이라 할 수 있는 흑룡방에 몸을 담는다는 건 있을 수 없는 일이야. 가주께선 노발대발하시고 당장 목을 자르라 하셨다네."

제갈담이 입에서 연신 침을 튀기며 흥분해서 말을 하자, 제갈동은 제갈담의 옆구리를 살짝 찔렀다.

하천은 두 사람을 제갈초미에게 데려간 뒤 자리를 비켜줬다.

제갈담이 초미를 쥐어박으며 욕을 해대는 소리가 그대로 들렸고, 비단 폭 찢어지는 것 같은 초미의 비명 소리도 들렸다.

하천은 쓴웃음을 짓고 영아와 소소를 불러내 두 사람의 손을 꼭 잡고 후원을 산책하며 한가한 시간을 보냈다.

다음날, 청량방의 호법, 당주, 대주 급의 직책을 맡은 사람들이 모두 자리하는 큰 연회가 열렸다. 소주일향으로는 소주 군소 방파의 사람들이 끊임없이 몰려들었다.

소주의 주인이 바뀌었다는 것을 증명하는 연회라 해도 좋았고, 그 연회에 초대받지 못한 군소 방파의 사람들은 늦게라도 줄을 대 그 연회에 참석하고자 분주했다.

연회는 협귀가 개최한 것이었는데, 하천은 연회가 끝나갈 무렵 살짝 얼굴을 내밀고 참석자들과 눈인사를 했다.

소주 대부분의 방파 사람들이 다 모여들어 서로 눈도장이라도 찍으려고 난리를 하니, 세상의 민심이란 참으로 간사한 것이었다.

하천은 청량방의 재정은 사촌 형 하홍이 맡게 하고, 내부 일은 황사, 대외적인 일은 협귀에게 일임하고 있어서 참석한 사람들의 면면을 알지도 못했다.

금금보는 이미 금화방의 친인척 일부를 제외하고는 대부분의 세력가들이 청량방에 투신한 거나 마찬가지인 형세가 되었다는 보고를 받고는 긴 한숨을 내쉬었다.

금금보는 모든 것을 망친 신통을 더 이상 책사로 대우하지 않으니 신통은 일거리를 잃고 말았다. 금금보는 이미 식객 중 두 젊은이를 골라 책사의 일을 맡기고 있었다.

두 책사는 청량방과 화친을 맺지 않고는 금화방은 점점 쇠락할 수밖에 없다 말하고 어차피 청량방이 무역과 상권을 좌지우지하는 방파가 아니니 그 외의 것은 모두 청량방에 양보하더라도 금화방에겐 큰 이익이 된다며 청량방과의 화친을 주장하고 있었다.

두 사람은 모든 책임을 신통과 복관홍에게 미루고 하천에게 손을 내민다면 아직도 늦지 않았다 주장하자 금금보는 마음이 크게 흔들렸다.

이미 남궁가의 사람들마저 도망치듯 떠난 마당에 청량방을 상대하기 위해 낭인을 끌어모으는 것은 이란격석이 될 가능성이 많았다.

직접 눈으로 본 청량방의 무공은 예측이 불가능할 정도로 심오하고 소림과 무당, 화산까지 청량방과 연합한 마당에 더 이상 고집을 피우다가는 정말 협귀의 말대로 목이 잘리게 될지도 모르는 일이었다.

그러다가 문득 하천이 자객을 보낼지도 모른다 생각하니 덜컥 겁이 나 보고를 뒤져 하천과 영아가 좋아할 만한 보물 몇 개를 챙겨 두 사람의 호법만을 데리고 소주일향으로 향했다.

하천은 늦은 점심을 먹던 중이었지만 그대로 금금보를 들게 했다.

하천과 영아는 아무 일도 없었다는 듯 태연히 금금보를 맞으니 금금보는 조금 마음을 놓으며 일단 궤짝에서 보물을 먼저 꺼내놓고 말을 시작했다.

"나이를 먹어 귀가 얇아지고 분수를 모르게 되니 이런 일을 당하고 말았습니다. 사죄의 뜻으로 가져왔습니다. 청량방을 모함하는 신통을 내치고, 새로 젊은 두 사람을 책사로 뽑았습니다. 염치가 없어 찾아올 용기가 없었습니다만, 청량방을 적으로 두고서야 이 늙은이가 잠을 잘 수가 없게 생겼습니다. 적으로만 대하지 않는다면 더 이상 욕심내지 않겠습니다. 또 소주와 항주, 남경에서 금화방이 지금과 같이 상권을 유지할 수 있다면 그 대가를 해마다 지불하겠습니다."

완전히 굴복하겠다는 금화방주의 말에 하천은 처음 당당했던 금금보를 생각하며 격세지감을 느꼈다.

하천이 뭐라 말하려 했지만, 영아가 먼저 나서고 있었다.

"그러실 필요는 없어요. 처음 청량방이 어려울 때 나서서 도움을 주신 분이 방주님이신데, 형세가 달라졌다 해서 금화방을 무시한다면 어찌 인간이라 할 수 있겠어요? 대가를 지불한다는 말씀은 당치도 않아요. 자객을 보내고 청량방을 함정에 빠뜨리려 하니 반격을 한 것뿐이에요. 상공의 생각도 같을 것이니 그저 예전에 처음 방주님을 뵈었던 것처럼 좋은 사이로 돌아가요. 당신 생각도 그렇죠?"

하천은 영아가 나서 말해 버리자 미소를 짓고 고개를 끄덕였다.

"당연하오, 안사람 말을 따르지 않고 어찌 가정이 평온하겠으며, 가정이 평온하지 않은데 어찌 세상일을 제대로 할 수 있겠소? 부인 말씀은 뭐든지 옳소."

영아는 하천이 농을 해대자 이를 악물고 하천의 허벅지를 꼬집고, 머리를 쥐어박은 다음 활짝 웃으며 금금보와 하천의 술잔을 채웠다.

"자, 화해의 술잔이에요. 두 분은 단숨에 들이켜세요."

소소는 큰일조차 영아의 의견을 따르고 양보하는 하천이 더욱 마음에 들었고, 자신도 모르게 밝은 미소를 지었다.

화기애애한 자리가 되자, 금금보는 벌떡 일어나 영아와 소소에게 허리를 깊게 숙이고, 두 여인에게 술을 한 잔씩 따른 다음 마지막으로 하천에게 따르고 크게 소리쳤다.

"이 금금보가 오늘 이 시각 이후 청량방의 형제들을 실망시
켜 드리는 일을 한다면 천벌을 받아 마땅하고, 고자가 되도 당
연할 것이오. 방주께서 분부만 하신다면 힘을 다해 청량방의
대소사에 앞장서겠습니다."

하천은 말없이 일어나 금금보의 손을 두 손으로 잡고 온화
한 미소를 지으니 금금보는 함께 술잔을 들었다.

영아는 얼른 금금보가 가져온 궤짝을 열어 안에 든 것들을
꺼내니, 목갑에는 서역과 멀리 대식국의 진귀한 패물이 한가
득 들어 있었고, 한눈에 봐도 보물로 보이는 옥적과 천잠사로
만든 갑옷보다도 몇 배나 값진 용린갑(龍鱗甲)까지 들어 있었
다.

시세로 대충 따져도 이삼십만 냥은 넘는 값진 보물들이었으
니 영아는 입을 벌리고 다물 줄을 몰랐다.

하천도 전설로만 알던 용린갑을 보고는 눈을 동그랗게 뜨고
만지작거렸다. 소소도 진귀한 패물에 정신이 나간 듯 멍청하
게 패물들을 보고 있었다.

보통 용의 비늘 모양으로 만든 미늘을 달아 만든 갑옷을 용
린갑이라 부르긴 했지만 진정한 용린갑은 아니었고, 전장에서
나 입지 무림인이 평소에 입을 수 없었다. 하지만 이 용린갑은
천잠사를 농축해 만든 것으로, 가볍고 크기를 조절할 수도 있
었다.

천잠사로 만든 갑옷이 고수가 펼치는 검강과 내가중수의 권
장을 다 막지 못하는 반면에, 용린갑은 모든 것을 다 막을 수

있는 보물이었다.

금금보는 옥적의 용도를 설명했는데, 만독을 치료하고 독을 예방하며 또 검상까지도 치료를 할 수 있는 희귀한 보물이라 했다.

또 옥적에 매달린 작은 옥구슬들은 가벼운 독상을 치료하고 독을 알려준다 하니 하천은 용린갑보다는 옥적이 더 마음에 들었다.

영아가 귀영문의 보물이라며 준 옥구슬이 있긴 했지만, 치료하는데 시간이 오래 걸리고 모든 독을 해독할 수는 없는 것이었다.

하천은 영아에게 눈짓해서 물러가게 한 후 금금보와 단둘이 자리했다.

"방주님께 묻고 싶은 것이 있습니다. 바로 오향궁 주인과 관련된 소문인데, 오향궁의 주인은 사실 청량방과도 밀접한 관계가 있는 여인입니다. 그러니 사실대로 말씀해 주십시오."

금금보는 한숨을 내쉬고는 입을 열었다.

"관홍이라는 여인을 처음 제게 소개해 준 사람은 신통이었습니다. 만보당의 주인이었고 청량방과 어떤 식으로든 관계가 있다는 것은 알았습니다만, 오향궁을 싸게 인수해 주는 대가로 방주의 목을 주겠다고 제안해 왔습니다. 그다음 관홍이 끌어들인 세력이 바로 흑룡방이었습니다. 저도 깜짝 놀라 관홍에게 따지러 갔습니다만, 그날 이상한 춘약에 중독되어 하루 종일 관계를 맺고 관홍은 자신이 청백한 몸이라 주장하며 제

첩실이 되기를 자청해 오니 실로 난감한 일이었습니다. 이 나이가 되도록 닳고 닳은 여인과 청백지신을 구분 못할 바보도 아닌데, 앵혈과 사라진 수궁사를 들이밀며 그렇게 우기니 속아주는 척할 수밖에요. 그런데 화장을 지우고 무복을 벗은 관홍은 그다지 빼어난 미인이라 할 수는 없었어요. 그 정도 여인은 소주와 항주의 기루에도 널려 있지 않습니까? 그런데도 관홍의 치마폭을 벗어날 수 없었던 것은 흑룡방의 무력이 상상을 초월할 정도이고, 총관이란 자만 해도 초절정 고수였습니다. 그러면서 만날 때마다 청량방을 망하게 할 정보를 주겠다며 거금을 요구하기까지 하니, 관홍과 동침을 하는 일이 고역이었습니다. 흑룡방을 만만하게 생각해 왔던 것이 불찰이었지요. 그래서 신통과 상의하니 청량방과 흑룡방이 용쟁호투를 벌인다면 금화방의 입장에서는 손해 볼 일이 없고, 서로 공멸한다면 최상이고, 흑룡방이 살아남는다 해도 구파일방에서 흑룡방을 용납하지 않을 것이니 쉽게 흑룡방을 처리할 수 있다 했습니다. 그렇게만 믿고 관홍에게 거금을 주며 일을 추진했다가 이런 꼴을 당하고 만 것입니다."

하천은 말없이 고개를 끄덕이고, 금금보의 말이 사실이라 생각했다. 가짜 수궁사와 춘약으로 속여 청백한 몸이라 우기는 것은 기녀들이 부자나 고관의 첩실로 들어갈 때 사용하는 상투적인 수법이었다.

하천 역시 소영으로 변신한 영아에게 당한 적이 있었는데, 관홍도 금금보에게 같은 수법을 사용했다 하니 피식 웃음이

났다.

관홍이 흑룡방과 연관이 있다면 검귀 역시 흑룡방과 관련이 있을 것이고, 그렇다면 장인인 신투의 안위는 안심할 수 없는 일이었다. 하천도 당했듯이 흑룡방의 칠성진에 검귀나 대호법이 가세했다면 신투라 할지라도 목숨을 잃을 수밖에 없는 일이었다.

하천은 관홍이 더 이상 신투의 첩실이 아니라 금금보의 첩실이 되었다는 말을 한 것인지, 금금보가 아닌 다른 사람을 두고 말한 것인지는 알 수 없었지만, 금금보는 관홍을 첩실이라고 여기지 않는 것은 확실했다.

하천이 알기로도 금금보의 취향은 살집이 두둑한 관홍 같은 여자가 아닌, 물 찬 제비와도 같은 가녀린 여인이었다.

신투의 안위를 알 수 없으니 설사 관홍과 검귀가 흑룡방에 투신했다 할지라도 당장은 어찌할 수 없었다.

금금보가 떠나가자 하천은 영아를 불러 금금보와 관홍의 관계를 이야기하자 영아는 흥분해서 당장 관홍의 목을 베겠다고 난리를 치다가 항주로 가면 직접 관홍을 만나겠다고 했다.

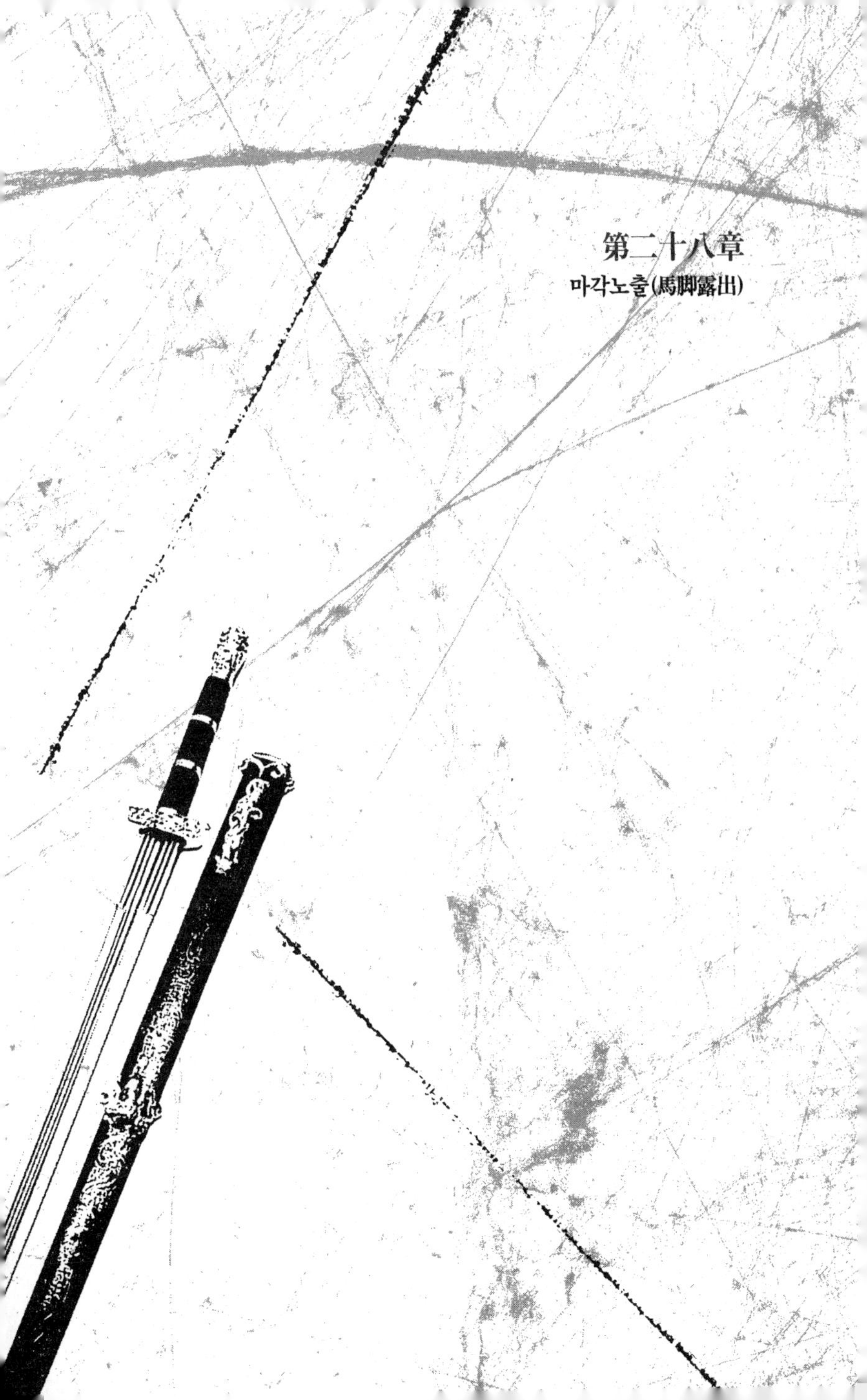

第二十八章
마각노출(馬脚露出)

암귀가 여덟 대의 사자대와 함께 소주에 도착했고, 청량방
의 젊은 정예가 다 모였으니 그 위세는 대단했다.

삼 파의 사람들도 청량방의 젊은 무사들이 결전을 대비하여
진식을 만들고 합벽진을 익히는 것을 보고, 청량방이 결코 구
파일방의 아래가 아니라는 것을 알게 되었다.

제갈담과 제살동은 제갈가의 독문점혈법으로 초미를 꼼짝
못하게 하고 표국에 맡겨 제갈가로 보내 제자들과 함께 흑룡
방을 토벌하는 일에 나서겠다고 하니, 삼 파의 사람들은 진식
과 기관에 정통한 제갈가에서 나서는 것을 크게 환영했다.

제갈가의 두 장로는 흑룡방의 일에 나서고 싶지 않았지만,
훗날이라도 초미가 흑룡방에 투신해 진식과 기관, 폭약으로

무림인을 해쳤다는 사실이 알려진다면 큰 오점을 남기는 일이라 만약의 경우를 대비해 나설 수밖에 없었다.

하천은 용린갑을 영아가 입게 했다.

영아는 한사코 싫다 했지만 하천은 용린갑은 폭약과 검강에도 견딜 수 있어 꼭 필요한 것이라 말하자 영아도 더 이상 사양하지 않았다.

하천은 소소에게 옥방진결을 전수하고 며칠을 두고 익히니 소소는 신공을 얻은 듯 좋아했다. 소소는 원래가 의학에 깊은 조예가 있다 보니 단 한 번에 옥방진결의 요결을 이해했고 보완할 점까지 제시를 하니, 하천은 미모와 지혜뿐만 아니라 여인이 갖추어야 할 다른 덕목까지 다 갖춘 소소에게 점점 빠져들었다.

열흘을 넘게 지내는 동안 하천은 매일 두 여인과 정사를 나누는 일에 전념하는 걸로 보였지만, 하천은 이전에는 익히지 못했던 건곤대나이의 상당 부분을 익힐 수 있게 되었다.

그 모든 것이 옥방진결의 덕분이라 하천은 팔비선자에게 미안한 마음이 들어 옥방진결의 사본을 건네줬다.

팔비선자는 크게 기뻐하고 황사와 함께 옥방진결에 심취하니, 하루 종일 방에서 나올 생각을 하지 않았다.

소림에서는 달마원의 십이무승 중 세 사람이 각기 여섯의 제자를 데리고 왔고, 화산에서는 원항과, 원운, 원명이 제자들을 거느리고 왔다.

세 사람은 모두가 화산칠검에 속하는 사람들이니, 화산에서 이번 일을 얼마나 심각하게 생각하는지 알 수 있었다.

무당에서는 속가 방파인 무한 천화방에서 방주가 직접 정예를 이끌고 왔다.

천화방은 청량방과 동맹 관계에 있는 무한선단과는 친척지간이라 천화방주는 하천에게 호감을 가지고 친밀하게 대했다.

항주에 도착한 사람들은 하오문의 총단인 와선소축에 머물렀고, 하오문의 사람들도 흑룡방의 공격에 참여할 준비를 하고 있었다.

흑룡방이 항주에 근거지를 마련한다면 가장 큰 타격을 입는 곳이 하오문이었다.

선녀묘에 머물고 있는 흑룡방의 무사들은 이백 명 정도라 하니 수적으로도 앞서고 있었다.

하지만 진식과 기관, 폭약으로 대비를 하고 있는 선녀묘를 공격하는 일은 쉬운 일이 아니었다.

제갈담과 제갈동은 하천, 협귀, 잡귀와 함께 선녀묘로 가 진식을 살폈고, 제갈동은 구체적인 파훼법을 이미 마련해 놓고 있었다.

하지만 제갈동의 파훼법대로 한다면 구궁음양진에 뛰어들어 재빨리 폭약을 제거해야 했는데, 그것이 큰 문제였다.

폭약이 미리 터지는 날에는 많은 사상자가 생길 수밖에 없었다.

하천은 하오문의 대장간에 화살촉이 열 개가 달린 이상한 화살을 주문했는데 협귀와 잡귀조차도 그 영문을 몰랐다.

　결전의 날이 되자 선녀묘의 입구는 완전히 봉쇄되었고, 흑룡방의 사람들은 선녀묘를 끝까지 사수할 듯이 보였다.
　삼 파가 연합했고, 청량방과 하오문까지 연합한 상태니 흑룡방은 이번 기회를 흑룡방의 진정한 힘을 강호에 알리고 정파무림에 큰 타격을 주어, 일거에 강남에 당당히 자리 잡을 절호의 기회로 생각하는 듯했다.
　소소가 알려준 암로를 따라 잠입할 수도 있었지만, 이미 그 암로에는 화약이 묻어져 있으니 들어갈 수가 없었고, 진식을 파훼하기 위해 제갈동이 나섰다.
　"구궁음양진(九宮陰陽陳)은 건궁(乾宮)이 핵심이라 할 수 있으니 정예가 제일 먼저 건궁을 장악해야 합니다. 구궁이 변화를 일으킨다면 다시 산술을 해봐야 하니 아주 복잡해집니다. 하지만 지금은 흑룡방에서 저 기문둔갑진을 움직일 수 있다고 생각하지 않습니다. 문제는 음양이 반복되는 음양진인데, 적이 퇴각하기 전에 폭약을 제거하지 못하면 사상자가 많이 나게 됩니다. 그래서 일단 최정예를⋯⋯."
　변화가 심하고 폭약까지 묻혀 있는 위험천만인 구궁음양진에 뛰어들 정예를 거론하며 제갈동이 사람들을 둘러보자, 삼 파 사람들의 안색은 흙빛으로 변하고 말았다.
　수양을 쌓고 도를 닦은 승려나 도인이라 해서 죽음이 두렵지 않은 것은 아니었다.

　모두가 몸을 사리며 눈을 깔고 숨기만 하니 제갈동은 한숨을 쉬며 하천을 쳐다봤다.

　하천은 기문진식에 대해서 제갈동보다는 못했지만, 자신의 생각을 말했다.

　"일단 폭약을 제거하면 구궁음양진은 저절로 파괴되고, 육갑미혼진(六甲迷魂陳)에 설치된 기관의 일부까지 파괴가 되니, 오히려 흑룡방의 사람들이 깨어진 육갑미혼진에 갇히지 않을까 생각합니다. 그다음에는 암기가 숨겨진 육갑미혼진에 바로 뛰어들 것이 아니라 청량방의 암기로 먼저 공격한 다음 진격한다면 상대할 수 있다고 생각됩니다. 청량방에서 선봉을 맡겠습니다."

　삼 파의 수뇌와 제갈가의 사람들은 하천이 보여주는 진식의 배치도를 보고 정말 폭약이 터지기만 한다면 구궁음양진은 위력을 잃고 육갑미혼진의 기관도 상당 부분이 파괴되니, 흑룡방은 더 이상 진식에 의지할 수 없는 것으로 보였다.

　하지만 음양구궁진의 한가운데 있는 폭약을 어떻게 제거하겠다는 건지 알 수가 없는 일이었다.

　기문진식과 명리학(命理學)에 조예가 깊은 화산의 원송이 나섰다.

　"음, 방주의 말씀은 참으로 일리가 있고, 청량방에서 앞장서겠다니 고맙소. 화약을 터지게 한다면 물론 구궁음양진을 파훼할 수는 있겠지만, 어떤 방법으로 폭약을 터뜨린다는 말이오?"

"직접 폭약을 때리는 방법이 있습니다."

하천이 공손히 말했지만 원명은 도무지 이해할 수가 없었다.

하천은 마차에서 큰 강궁을 꺼내오고 미리 만든 화살촉을 한 궤짝이나 가져와 불에 달군 후, 세 개의 화살을 걸어 활을 당기기 시작했다.

흑룡방의 무사들은 폭약이 있는 곳으로 발갛게 불에 달군 화살이 날아오자, 방패를 들고 달려나와 화살을 막으려 했다.

하지만 화살은 하나의 화살대에 화살촉이 열 개나 달려 허공에서 별똥처럼 떨어져 버리니, 삼십 개의 화살촉을 막느라 많은 무사들이 허둥대고 있었다.

급기야 폭약을 방패로 가리기 시작했다.

하천이 강력한 공력을 실어 활을 쏘니 화살촉은 방패까지 뚫으며 꽂히기 시작했고, 이미 흑룡방의 무사들은 화살을 막느라 많은 사상자가 생겼다.

하천은 점점 더 많은 화살을 걸어 날리기 시작해 나중에는 열 개의 화살에서 백 개의 화살촉이 떨어져 내리기 시작했다.

백 개나 되는 화살을 방패로 다 막을 수는 없는 일이었다. 폭약이 터지게 되면 낭패인지라 흑룡방의 무사들은 더 이상 감당하지 못하고 급히 육갑미혼진으로 철수하고 있었다.

꽈광! 꽝! 꽝!

흑룡방의 무사들이 막 철수를 하고 있는 가운데 지축이 흔들리는 폭음이 들리고 몇 군데의 폭약이 터지기 시작하더니,

연달아 불꽃이 치솟고 급기야 모든 폭약들이 동시에 터지고
말았다.

우박처럼 솟아지는 하천의 화살은 결국 구궁음양진을 파괴
시켜 버렸고, 육갑미혼진에 들어가 있던 흑룡방의 무사들까지
폭약이 터지면서 날아오는 암기에 맞아 처참한 비명을 지르고
있었다.

폭약은 하나가 터지기 시작하자 연이어 터지면서 선녀묘는
불바다가 되고 말았다.

하천은 활을 다시 챙겨 들고 천천히 선녀묘로 걸어가기 시
작했고, 군웅들이 함성을 지르며 달려가기 시작했다.

이미 대세가 기울어진 것이나 마찬가지니, 흑룡방의 사람들
은 모두가 육갑미혼진 안으로 들어가 버렸고, 군웅들은 육갑
미혼진이 펼쳐진 언덕 아래를 봉쇄하고 있었다.

방패로 무장한 청룡당과 백호당의 무사들이 선봉에 서서 탄
궁을 꺼내 들고 둥근 쇠뭉치를 쏠 준비를 했다.

삼 파와 제갈가의 사람들은 이것이 바로 막강한 위력을 발
휘하는 청량방의 대천뢰구라는 것을 알았다.

수십 개의 쇠뭉치가 날아가자 역시 방패를 들고 기관을 보
호하던 흑룡방의 무사들은 처참한 비명을 내지르며 도망치기
시작했다.

육갑미혼진에 설치된 암기가 솟아져 내렸지만 청량방 무사
들의 방패에 다 막히고 말았다.

그렇게나 견고해 보이던 육갑미혼진은 한순간에 파괴되고

말았다.

"방진(放陣)!"

협귀의 외침으로 공격은 시작됐다.

"소진(消盡)!"

이어진 협귀의 외침에 진이 확대되며 삼각형 모양의 추형돌파진이 앞으로 나가고 있었다.

미처 파괴되지 못한 암기가 날아왔지만, 모두가 무사들의 방패에 막혔고, 군웅들은 무사히 언덕을 점령했다.

"탄궁일발!"

협귀의 외침에 다시 소천뢰구가 날아가고, 등을 돌려 도망치던 많은 흑룡방 무사들의 비명 소리가 들려왔다.

삼 파 사람들은 청량방 무사들의 뒤를 따르기만 하면 됐고, 흑룡방의 무사들은 뿔뿔이 흩어져 도망치고 있었다.

일부는 암로에 들기도 하고, 일부는 언덕 아래로 뛰어내리기도 했다.

기선을 제압당한 흑룡방의 사람들은 반격 한 번 해보지 못하고 허무하게 일패도지(一敗塗地)하고 말았다.

견고해 보이기만 했던 구궁음양진과 육갑미혼진이 어처구니없이 무너져 버린 탓이었다.

적벽대전에서 조조가 봉추의 꾀에 속아 모든 군선을 잃었던 상황과도 비슷했다.

삼 파 사람들은 더 이상 흑룡방의 패잔병을 추격할 생각은 하지 않았고, 많은 사람이 상하지 않고 무사히 선녀묘의 흑룡방 무사들을 쫓아버린 것에 크게 만족했다.

　하오문의 사람들은 부지런히 흑룡방 사람들의 행방을 추적
했는데 일부는 작은 배를 나눠 타고 운하로 도주하고, 일부는
변복을 해 다시 항주로 잠입했으며, 일부는 상인으로 변복하
고 서쪽으로 향했다고 했다.
　하오문주는 살짝 하천에게 다가와 흑룡방의 잔당 일부가 밀
로를 통해 오향궁으로 숨어들어 갔다 하며 하천의 눈치를 살
폈다.
　하천은 관홍이 있는 오향궁에 직접 나서기가 곤란해서 영아
를 불러 상의하니, 영아는 문주의 귀에 대고 뭐라고 속삭이며
미소를 지었다.
　하오문주는 삼 파 사람들에게 그 사실을 알렸고, 삼 파 사람
들은 잔당을 잡아들이는 일에 또다시 청량방 사람을 동원하기
미안하다며 제자들을 모아 오향궁으로 향했다.
　하오문과 삼 파 사람들은 오향궁의 주변을 포위하자 하오문
주는 먼저 오향궁과 암로로 연결된 것으로 의심되는 상유다루
를 뒤지게 했다.
　본전로의 상유다루는 오래전 소소가 하천에게 자신의 근거
지라며 찾아오라던 곳이어서 하천은 소소가 어떤 식으로 건
오향궁, 관홍과도 연관되어 있다 생각했지만 이미 지난 일이
고 소소가 과거지사에 관해 말을 하지 않으니 모르는 척하고
말았다.

기관에 정통한 제갈동은 상유다루를 뒤져 암로로 향하는 기관을 찾아냈고, 하오문의 제자들은 암로를 따라가자 여러 갈래로 갈라져 있었다. 그리고는 그중 하나가 오향궁으로 연결되어 있다는 것을 알았다.

상유다루에서 암로로 연결된 모든 곳은 흑룡방의 근거지라 할 수 있었는데, 오향궁을 중심으로 해서 세 군데나 되니 하오문의 사람들은 세 군데 점포의 주인을 잡아들이려 했지만, 이미 모두가 도주하고 일하는 사람들만 남아 있었다.

이미 오향궁에서 밖으로 나가는 모든 암로가 차단되고 말았으니, 오향궁에 있는 흑룡방의 사람들은 도망갈 곳이 없었고, 삼 파의 사람들은 오향궁으로 들어갔다.

여전히 화려한 무복을 입은 관홍이 큰 엉덩이를 흔들며 요염한 자태로 걸어나왔다. 오향궁이 세 군데나 암로로 연결되어 흑룡방 사람들이 오향궁으로 숨어들었다는 말을 듣고는 콧방귀를 뀌었다.

"홍! 오향궁을 인수한 지는 얼마 되지도 않았는데, 오래전 뚫어놓은 암로 때문에 그 책임을 내가 져야 하나요? 또, 이미 오향궁은 팔아버렸느니 이젠 내 거라 할 수도 없어요."

관홍이 딱 잡아떼자, 제갈동이 앞으로 나섰다.

"세 개의 암로는 하나만 제외하고 모두가 근자에 만든 것들이오. 오래전에 만든 하나는 기루의 특성상, 은밀한 손님이 눈에 띄지 않고 출입하기 위한 것이었고 바로 오향궁의 뒤로 나 있으니 제외하겠소. 나머지 둘은 모두가 오향궁의 사람과 연관된 점포이고 최근에 주인이 바뀐 곳이오. 잔말 말고 흑룡방의 사람들을 내놓으시오."

그 순간 밖에서 요란한 피리 소리가 들리자 바로 흑룡방의 무리들이 도주하고 있다는 신호인지라 삼 파 사람들은 급히 밖으로 달려나갔고, 제갈가의 제자들만 관홍을 지키고 있었다.

"오향궁의 사람을 그대로 인수한 까닭에 그 사람들 중 흑룡방의 사람이 있었을 가능성은 있어요. 하지만 그렇다고 해서 그 책임을 오향궁의 현재 주인이 져야 한다고는 생각하지 않아요."

관홍이 다시 억지를 쓰자, 제갈담은 쓴 미소를 짓고 제자들에게 눈짓하여 관홍을 도망치지 못하게 했다.

"더 이상 변명을 할 필요가 없소. 당신이 무고하다면 일단 함께 와선소축으로 갑시다. 당신이 흑룡방에서 어떤 일을 맡고 있는지 말하는 게 몸을 보존하는 데 좋은 일이 될 것이오."

말을 마친 제갈담이 손을 들자, 제갈가의 제자들은 일제히 달려들어 관홍을 잡으려 했다.

하지만 관홍은 소매를 휘둘러 연막탄을 몇 개나 터뜨리고 몸을 뽑아 이층으로 올라간 뒤 뒷길로 향하는 창으로 뛰어내렸다.

하지만 관홍이 채 골목을 벗어나기도 전에 화산의 제자들이 길을 막고 있었다.

관홍은 콧방귀를 뀌고 검을 빼 들려고 했지만, 화산 제자들은 매화표를 날려 관홍이 검을 빼지 못하게 방해하고, 원운과 원명은 관홍에게 검을 찔러갔다.

관홍은 화산 제자들이 던지고 있는 매화표를 간신히 막고 있는데, 갑자기 두 사람의 장로가 검을 찔러오자 당황하여 검을 뽑지도 못한 채 검집째로 두 장로의 검을 막았지만, 그사이 매화표가 관홍의 어깨와 허벅지 옆구리에 세 개나 박히고 말았다.

관홍은 이를 악물고 검을 뽑아 들고 원운에게 찔러가며 발을 들어 원명의 허리를 노려봤지만, 또다시 날아온 매화표를 가슴과 배에 맞고는 신형을 휘청거렸다.

그 순간 원운의 검이 관홍의 검을 날려 버리고 원명은 전면에 뛰어들어 혈도를 짚어버리자 관홍은 바닥에 쓰러지고 말았다.

무당의 제자들도 도망을 치려던 세 사람을 잡아오고 있었고, 범여 또한 두 명을 사로잡아 끌고 오고 있었다.

관홍을 제외하고는 선녀묘에서 폭약과 암기에 맞아 부상을 입은 사람들이라 별 저항도 하지 못하고 쉽게 사로잡혀 모두가 와선소축의 뇌옥에 갇히게 되었다.

하천과 영아는 창을 열고 잡혀오는 사람들을 내다보다가 관홍과 순찰사자를 보곤 깜짝 놀랐다.

관홍과 순찰사자가 그리 쉽게 잡혀 올 줄은 몰랐다.

하천은 제갈담에게 관홍을 잡게 된 경과를 전해 듣고, 검귀는 이미 오향궁을 떠나 버렸거나 관홍과 사이에 무슨 변고가 있는 걸로 생각되었다.

하천은 일단 부상을 입고 있는 순찰사자를 그냥 내버려 둘 수가 없어 부상당한 흑룡방의 사람들을 치료해 주라 하고 살짝 순찰사자를 만났다.

순찰사자는 기관이 폭약에 맞아 터지면서 암기를 맞아 장단지와 옆구리에 큰 부상을 입고 있었다.

걸음도 제대로 걷지 못하는 순찰사자는 처량한 눈빛으로 자신을 보고 있는 하천을 보고는 쓴 미소를 지었다.

하천은 아무 말 없이 소소에게 부탁해 순찰사자를 치료하게 하고 금금보에게 받은 옥적을 들고 왔다.

옥적은 만독을 치료하는 절세 보물이기도 했지만, 검상도 치료할 수 있었으니, 옥적을 몇 번 문지르자 순찰사자는 금세 열이 내리고 통증이 멈추었다.

"마침 보물을 얻어 상처를 치료할 수 있었습니다. 며칠이면 회복될 것이니 너무 심려 마십시오. 사자께서 그곳에 있을 줄은 몰랐습니다. 오향궁이 흑룡방의 근거지였다는 것은 오늘에야 알게 되었습니다. 관홍과 총관은 흑룡방에서 어떤 직분을 맡고 있습니까?"

하지만 순찰사자는 눈을 감으며 고개를 저었다.

"죄송하지만 말씀드릴 수가 없습니다. 흑룡방의 제자 신분으로 어찌 상전의 신분을 발설할 수 있겠습니까?"

하천은 껄껄 웃으며 순찰사자의 손을 잡았다.

"그래야지요, 제가 무례를 했습니다. 편하게 모시고 싶지만, 동료분들에게 오해를 받을까 우려되니 함께 고생 좀 하셔야겠습니다. 하지만 걱정 마십시오. 어떤 일이 있어도 사자께선 무사히 흑룡방으로 돌아가시게 될 겁니다."

하지만 순찰사자는 고개를 저었다.

"흑룡방으로 돌아가고 싶지 않습니다. 그렇다고 방주께 정보를 드릴 수도 없습니다만, 소생을 받아주신다면 흑룡방의 순찰사자는 죽은 것으로 하고, 청량방의 무사가 되어 새로운 신분으로 태어나고 싶습니다."

하천은 이미 순찰사자가 흑룡방에 마음이 떠나 있었다는 것은 알았지만, 흑룡방의 정보를 말할 수는 없다 하니 어쩔 수 없이 고개를 끄덕였다.

"그럼 일단 시체로 보이게 하여 밖으로 내버리고, 잠시 후에 다시 뵙겠습니다."

하천은 빙그레 웃으며 순찰사자의 혈도를 점혈하고 소삼을 불러 귓속말을 한 뒤 거적에 씌워 내어가게 했다.

여기저기 피범벅이 된 순찰사자가 시체가 되어 나오자, 밖에서 기다리던 흑룡방의 포로들은 안색이 하얗게 변하며 순찰사자가 고문을 견디지 못하고 죽었다 생각하고 자신들에게 닥쳐올 고난을 걱정했다.

부상당한 곳을 치료받고, 흑룡방의 사람들은 소삼과 소사에게 문초를 받았다.

모두가 흑룡방 호법들의 제자들이었고, 대부분은 강골이라 고문을 당해도 자신의 신분 외에는 다른 것들은 말하지 않았지만 한 명은 부상이 심해 마음이 약해진 까닭이었는지, 순순히 묻는 것을 자백했다.

관홍의 신분은 흑룡방의 호법 중 하나라 했고, 검귀의 신분
에 대해서는 알지 못했다.

또 관홍은 총단에 속한 호법은 아니라고 했다.

자신의 사부 외에는 알지 못했고, 사부와 함께 제남에 머물
다가 두 명의 사제와 함께 소주로 와 다른 흑룡방 무사들과 만
난 다음 항주로 왔다는 게 전부였다.

더욱 기가 막히는 것은 소주로 와서야 자신이 속한 방파가
흑룡방이라는 것을 알고 충격을 받았다 했다.

흑룡방 호법 제자의 신분으로 총단이 어디인지도 몰랐으며
흑룡방에 대해서 아는 게 없으니 기가 막힐 일이었다.

사부가 제남에서 무관을 운영해 자신은 교두였을 뿐이라 하
니 흑룡방은 평범한 문파나 무관 등으로 위장하여 강호 곳곳
에 은밀히 뿌리를 내리고 있을 가능성도 있었다.

결국 순찰사자가 흑룡방에 관해서는 가장 많은 정보를 가지
고 있었지만, 말을 하지 않는 조건으로 하천의 수하가 되겠다
고 하니 답답할 뿐이었다.

그렇다고 각처에 있는 흑룡방의 분타와 근거지를 다 찾아
헤맬 수도 없는 일이니 난감한 일이었다.

어쩌면 흑룡방은 귀영문과도 비슷한 형태로 자리 잡고 있는
지도 몰랐다.

하천은 장인의 생사가 걸려 있는지도 모르는 일이니, 관홍
을 문초하기가 곤란해서 곡아를 불러 관홍을 문초하라 일렀
다.

곡아는 하천에게 관홍에 대한 이야기를 대충 전해 듣고 이를 갈며 뛰쳐나갔다.

이미 매화표에 맞아 여기저기 상처를 입은 관홍은 악명이 높다는 하오문의 문초실 곳곳에 있는 핏자국을 보며 주눅이 들었고 곡아는 문주의 여제자와 함께 들어가 일단 관홍을 거꾸로 매달게 했다.

관홍은 다리를 묶이고 손은 기둥에 묶인 채 곡아를 노려봤는데, 그 모습을 본 여제자가 발을 들어 관홍의 아랫배를 걷어차 버렸다.

"이 요망한 것이 누굴 감히 노려보는 게냐? 대청량방의 당주님께 도끼눈으로 치켜뜨다니, 이년이 아직 위아래를 알지 못하니 세상 살아가는 예법을 가르쳐 주마."

여제자는 차가운 물 한 동이를 뒤집어씌운 뒤, 채찍을 들고 관홍의 아랫도리를 후려쳐 왔다.

채찍에는 갈퀴까지 달려 있어 한 번 맞을 때마다 살점이 떨어져 나갔고 아랫도리는 피로 물들었지만 관홍은 아혈이 점혈돼 있어 비명조차 지르지 못하니 고통을 참기 위해 이를 악물었다.

여제자가 다시 소금을 한 바가지나 가져와 관홍의 아랫도리에 부어버리자 관홍은 발광을 하며 요동을 쳤지만 여제자는 발로 관홍의 명치를 걷어차 버렸다.

관홍은 그대로 혼절하고 말았지만, 다시 차가운 물 한 동이를 뒤집어쓰고 정신이 들었다.

이미 몸은 만신창이가 되고 말았으니 더 이상 버틸 기력이

없었고 자신이 아는 모든 것을 말하겠다는 표정을 지어봤지
만, 여제자는 목갑에서 큰 거머리 몇 마리를 꺼내서는 아랫도
리에 던져 버리고는 깔깔 웃으며 걸어나갔다.

관홍은 연약해 보이던 어린 소녀가 사갈같이 잔인하니 치를
떨었다.

"그런 몸뚱이로 도대체 누굴 유혹할 수 있었는지 모르겠구
나. 네년이 오향궁의 주인이었다는 게 믿을 수가 없는 지경이
야. 화장을 지운 상판은 술청의 잡부보다 못하고, 비계만 가득
한 몸은 후통의 열 문짜리 퇴물 홍녀 같구나."

이번에는 구석에 앉아 빤히 쳐다만 보고 있던 곡아가 욕을
하더니 밖으로 나가 송아지만 한 개를 끌고 다가오자 관홍은
겁이 나 오줌을 지리고 말았다.

"분근착골(分筋着骨)이니 뭐니 하는 그런 힘든 고문은 하지
않겠어. 아주 약한 걸로 살살 시작해 줄게. 사흘을 굶은 개라
니 머리 하나는 충분히 먹을 수 있겠지? 아! 아이고 배야. 과식
을 했더니 배가 아픈걸. 거름 좀 만들고 올 테니 이 개랑 사이
좋게 일각만 함께 있어. 참, 죽었는지 살았는지는 듣고 있어야
하니 비명은 지를 수 있게 해줄게."

관홍은 눈물, 콧물을 흘리고 요동을 치며 애절한 눈빛을 보
냈지만, 곡아는 얼른 아혈을 풀어주고 아랫배를 부여잡고는
개를 풀어놓고는 밖으로 나가 버렸다.

"아악! 사람 살려!"

개가 껑충 뛰어올라 아랫도리에 매달리니, 관홍은 비명을

지르며 요동을 치고 난리를 했다.

개는 여기저기를 핥아대다가 껑충 뛰어내려 관홍의 얼굴에 다리를 들고 오줌을 갈긴 후 다시 얼굴과 목을 핥아대기 시작했다.

관홍은 개가 목을 핥자 그대로 혼절하고 말았는데, 문이 열리는 소리에 정신이 들었다.

"이게 정말? 뭐 이런 개 같은 경우가 다 있지?"

곡아는 개가 관홍을 핥아대고만 있자, 개를 발로 차 밖으로 내보내고는 끌끌대고 혀를 차며 관홍에게 사과를 했다.

"귀찮게 해서 어쩌나? 내가 실수를 했네. 미안해. 저 개는 도둑을 보고도 짖지를 않아 잡아먹으려고 묶어놓은 개였다는데, 잘못 끌고 왔어. 금방 그놈을 데리고 올 테니 조금만 더 기다려."

곡아가 방글방글 웃으며 작은 엉덩이를 흔들며 나가려 하자 관홍은 울고 불며 소리를 질렀다.

"흑흑흑! 당주님, 알고 있는 모든 것을 말씀드릴 테니 제발 굶은 개만은 끌고 오지 마셔요."

"아니야, 그러지 마. 방주님께선 네 말을 듣고 싶어하시지 않아. 오히려 절대로 입을 열지 못하게 하고 최대한 고통스럽게 천천히 죽게 하라 하셨어. 아직 열 개는 더 준비되어 있는데 벌써 그렇게 나약한 모습을 보여서야 내일까지 어디 살 수 있겠어? 아혈을 풀어준 걸로 문책받을지도 몰라. 난 알고 싶은 게 하나도 없거든."

관홍은 처음부터 아혈까지 봉쇄하고 다짜고짜 매질부터 하는 것이 예감이 좋지 않았는데, 이대로 죽게 된다 생각하자 저절로 눈물이 흘러내렸다.

그때 문이 열리며 잡귀가 안으로 들어왔다.

"곡아야, 그게 무슨 말이야? 방주께서 관홍의 입을 막을 이유라도 있다는 거야?"

잡귀의 등장에 곡아는 배시시 웃으며 황급히 나가 버렸다.

잡귀는 천천히 걸어와 사지를 묶은 줄을 잘라 버리고 관홍을 안아 침상에 눕혔다.

"홍아, 욕심이 결국 화를 부르는 것이다. 신투 사형은 어찌되었고, 빼돌린 재산은 어디다 숨겼어?"

"그게 무슨 말씀이세요? 신투라면 사부님의 사제분이 아니신가요? 빼돌린 재산이라니오? 사부께서 모든 것을 직접 관리하셨는데 어떻게 재산을 빼돌린다는 말씀이세요? 전 총관으로 계신 사부께서 시키는 대로만 했을 뿐, 아무것도 몰라요. 또 한 달에 받는 세 냥 외에는 절대 돈을 손을 댄 적도 없어요."

관홍이 황당한 말을 하자, 잡귀는 퉁퉁 불어서 알아볼 수 없게 된 관홍의 얼굴에 묻은 오물과 피를 닦고 고개를 저었다.

"넌 누구냐? 왜 관홍 행세를 하고 있어?"

잡귀의 말에 관홍은 눈을 동그랗게 뜨고 보더니 입을 열었다.

"전 목아라고 해요. 사부께서 직접 이름을 지어주셨어요."

"네 사부가 누구며 네가 어떻게 살아왔고, 몇 살인지 다 이야기해라.”

“몇 살인지는 확실히는 모르지만 스물넷은 되었을 거예요. 어릴 때 고아가 된 저를 사부께서 거두어주셨고, 남경 외곽의 농가에 저를 맡기고 한 달에 한 번씩 들르셔서 무공을 가르쳐주셨어요. 나무 아래서 주웠다고 목아라 부르셨는데, 열다섯에 사부께서 첩으로 거두셨고, 사부님은 바로 오향궁의 총관이세요. 저에게 오향궁의 주인 행세를 하라셨어요. 원래 오향궁의 주인 행세를 하던 여인 또한 사부님의 첩실이었는데, 방탕한 여인이라 사부께서 내치셨다 해요. 혹시 그 여인의 이름이 관홍인가요?”

관홍의 행세를 한 여인의 말을 들은 잡귀는 대충을 짐작하고 고개를 끄덕였다.

“그래, 원래 남경 만보당 주인의 이름이 관홍이야. 그 관홍이 오향궁의 주인이기도 하지. 총관 놈은 지금 어디 있으며 그놈의 정체를 알고 있느냐?”

여인은 눈을 깜박이더니 고개를 끄덕이고 작은 소리로 입을 열었다.

“다 말하면 살려주실래요? 전 항주로 와 호강을 시켜준다기에 그런 줄로만 알았지 진하게 화장하고 알몸이나 마찬가지인 무복을 입고 남자를 유혹하는 일을 하게 될 줄은 몰랐어요. 가난하게 살던 때가 차라리 그리워요.”

잡귀는 검귀에게 농락당한 가엾은 여인일 뿐이고, 진짜 관홍이 아니자 실망했지만, 검귀의 행방을 알기 위해 계속 여인을 윽박질렀다.

"내가 알고 싶은 것을 네가 말하면 살 수 있을 것이고, 들으나마나 한 것을 말하면은 귀를 잘라 버리겠다. 그러니 네년의 사부와 흑룡방에 관한 것을 알고 있는 대로 말해봐."

여인은 생명을 구할 수 있는 절호의 기회라 생각하고 심호흡을 한 뒤 입을 열었다.

"항주로 오기 전 양주의 작은 기방에서 일 년을 보냈어요. 사부께선 큰일을 해야 하니 서역의 화장술과 방중술을 열심히 익히라 하셨는데, 나이가 많고 기예가 달려 좋은 대접을 못 받았어요. 그런데 항주로 와 오향궁의 주인 행세를 하며 흑룡방의 사람들이 절 호법으로 대우했고, 많은 사람을 부릴 수 있으니 신명나는 일이기도 했어요. 흑룡방의 자금도 사부님께서 직접 조달하시고, 오향궁의 재정도 직접 관리하셨답니다. 또 하나, 무척 인색하신 분이세요. 오래전 본가에 은자를 보내는 서신을 적는 걸 봤는데, 반년치라며 고작 삼십 냥을 보내셨어요."

잡귀는 고자가 된 검귀에게 본처가 있다는 말은 새로운 사실이었지만, 검귀가 인색하고 재물을 밝힌다는 것은 원래부터 알고 있는 일이었다. 여인이 쓸데없는 말을 많이 하자 욕을 해대며 윽박지르고 관홍과 검귀에 관한 것만 말하라고 했다.

여인은 잡귀가 노려보자 다시 입을 열었다.

"전 오향궁의 안주인은 잘생긴 남자만 보면 꼬리를 쳐 사부께서 내치셨대요. 그리고 사부께선 이미 오향궁의 문서와 항주의 점포들을 다 팔아버리셨어요. 그믐이면 비워줘야 하는데 이미 패물과 골동품, 값진 서화는 사부께서 어디론가 가져가 셨고, 지금 오향궁엔 아무것도 없어요. 사부께선 끝까지 버티 다가 목숨을 구하면 양주로 가 칠선녀의 사당을 찾으라 하셨 어요. 본가가 양주 어딘가에 있다니, 사부께서도 양주에 있는 게 분명해요. 흑룡방에서 사람을 모으는 일은 순찰사자를 통 해서 하니, 사자의 직분이 아니면 누가 흑룡방의 사람인지조 차 알지 못해요.”

잡귀는 관홍으로 변신한 여인의 말이 전부가 사실은 아니지 만 아는 대로 말한 것이라 믿고 의원을 불러 여인의 상처를 치 료해 주라 했다.

하천은 자신이 관홍으로 알고 만났던 여인이 가짜였다는 사 실을 알고 쓴 미소를 지었다.

영아 역시 진한 눈 화장과 서역의 무복만 보고 관홍이라 생 각했는데, 한눈에 관홍이 가짜였다는 것을 몰랐으니, 실제 관 홍이 맨 얼굴로 나타난다 해도 알 수 없는 일이라 생각했다.

관홍의 원래 얼굴을 아는 사람은 귀영문의 장로들뿐이니 관 홍을 상대할 일이 걱정이 되었다.

영아는 관홍이 검귀에게 쫓겨났다는 말은 믿기 어려운 말이 었고, 무슨 수작이 있는 게 분명하다고 생각했다.

일단 양주에서 수소문하여 검귀의 행방을 찾아야만 관홍의 행방을 알 수 있다 생각했고, 검귀가 있는 곳에 관홍이 있으리 라 짐작했다.

잡귀는 하천에게 귀검수의 이야기를 들려주기 시작했다.

"검귀의 사부 귀검수는 귀영문의 관문을 통과하지는 못했지만, 문주와도 같은 권한을 행사하며 귀영문을 이끌어왔어요. 그런데 한 가지 이상한 것은 검귀가 관문을 통과하지 못하자 몇 사람의 장로를 데리고 귀영문을 떠나고 말았지요. 귀검수가 사라진 이후 흑룡방이 크게 부흥했고, 그 이전의 흑룡방은 하오문과도 비슷한 오합지졸의 방파였어요. 반대로 귀검수가 사라진 이후, 갑자기 귀영문의 재정이 어려워졌지요. 신투 사형이 문주 대접을 받지 못한 이유가 귀영문의 자금이 넉넉하지 못했기 때문이기도 해요. 짐작이긴 한데 어쩌면 귀검수가 흑룡방주일 수도 있어요. 이미 칠순에 접어들었으니 방주의 권한은 검귀가 행사하고 있는지도 모르죠."

잡귀의 말에 협귀도 고개를 끄덕이며 동조했다.

하천은 잠시 생각에 잠겼다.

귀검수가 칠순의 나이라면 아무리 공력이 높다 해도 체력이 달려 실전에 나서기엔 무리가 있는 많은 나이였고, 무인으로서 황금기라 할 수 있는 삼십 중반이나 사십대의 사람을 당하기는 힘든 일이었다.

귀검수가 흑룡방주고 대제자인 검귀에게 흑룡방의 일을 맡겼다면, 바로 흑룡방의 대호법은 검귀일 가능성이 많았다.

벌써 몇 번이나 자신을 죽이려 했던 대호법이었는데, 결국 그자가 검귀라면 검귀 또한 신투와 마찬가지로 여러 개의 신분으로 살아가고 있을 가능성이 많았다.

청량방의 호법들은 검귀와 관홍의 행방을 찾는 일에 분주했고, 소소는 고심을 하다가 하천에게 검귀와 관홍에 관한 말을 꺼냈다.

"소첩이 알기로는 오향궁의 총관이 실질적으로 흑룡방을 이끌어가는 사람으로 알고 있어요. 총순찰이라는 이름으로 온 서신이 아마 오향궁에서 온 것이 아니었나 싶어요. 제가 아는 그 누구도 총단을 알지 못하고 방주를 뵌 적이 없답니다. 또 관홍이란 여인은 본 적은 없지만, 그 여인 또한 흑룡방의 호법 대우를 받았다 하니, 호법 직위를 내릴 수 있는 사람이라면 방의 책임자가 맞을 거예요. 또 오해하실까 봐 드리는 말씀인데, 소첩이 본전가의 상유다루에 있을 때는 암굴이 없었고, 그때만 해도 흑룡방이 오향궁과 연관이 있다는 것을 몰랐어요. 은왕파파의 제자라는 신분으로 흑룡방에 대해 알 수 있는 건 별로 없어요. 순찰사자는 대부분의 사람을 접촉하니 가장 많이 알고 있을 거예요. 소첩과도 친분이 두텁긴 한데, 만나기엔 좀 어색하겠죠?"

하천은 소소의 말을 들으니 어느 정도 의심이 걷혔고, 빙그레 웃으며 허리를 잡아갔다.

"순찰사자는 흑룡방의 어떤 정보도 말하지 않는다는 조건을 달고 청량방에 투신하였소. 그러니 그 사람을 괴롭혀서는 안 될 것이오. 두 사람이 만난다면 크게 오해를 사게 되니 행여 그런 생각은 마시오."

"알아요, 답답하고 미안해서 그래요. 흑룡방에 몸을 담았으면서도 상공께 드릴 만한 정보가 없어서요."

하천은 소소의 생각이 맞는지는 알 수 없었지만, 검귀의 사부인 귀검수가 흑룡방의 방주라면, 검귀가 흑룡방을 실질적으로 이끌어가는 총순찰이고, 또 때에 따라서는 대호법으로 변신하고 있다고 생각했다.

관홍이 자신을 노려왔다면 분명 검귀가 나설 법도 했는데, 검귀와 마주치지 못했다는 것은 이상한 일이었다.

하천은 결국 검귀가 흑룡방의 총순찰이자 대호법이라고 결론내리고 있었다.

어쩌면 노파탈을 쓰고 있었던 은왕파파 또한 검귀의 또 다른 변신일지도 모른다고 생각했다.

하천의 짐작이 사실이라면 은소소는 검귀의 제자일 수도 있었다.

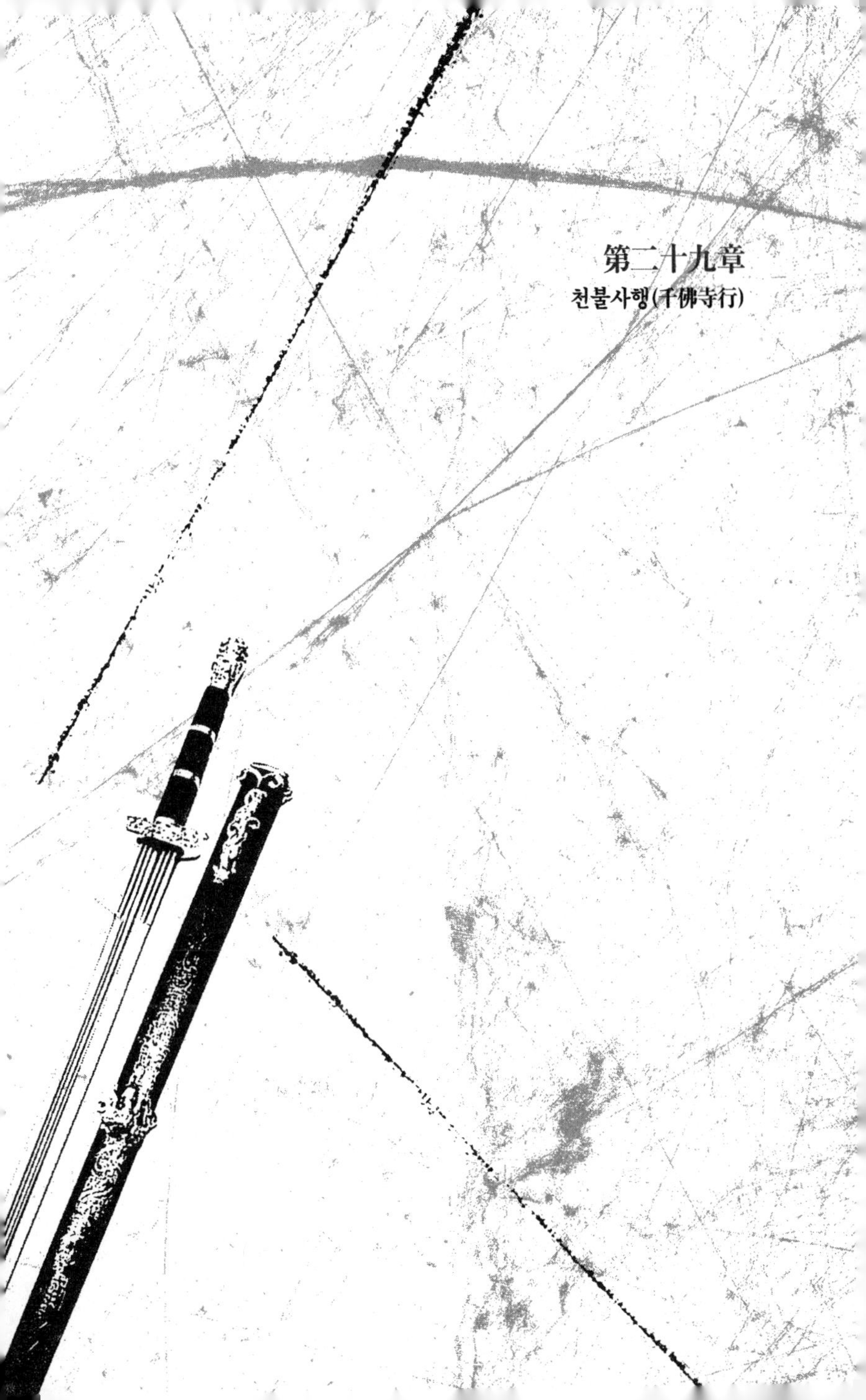

第二十九章

천불사행(千佛寺行)

무영신권
無影神拳

　다음날 아침 삼 파와 제갈가의 사람들은 하천과 작별을 하고 길을 떠났고, 하천도 청량방의 사람들에게 남경으로 떠날 준비를 하라 일렀다.

　하천은 하오문주를 따로 만나 이만 냥을 건네주며 하오문이 제자리를 잡을 때까지 사용하라 하고, 특별히 오향궁의 새 주인을 감시해 달라고 했다.

　하오문주는 여윳돈이라고는 오천 냥밖에 없는 마당에 이만 냥이라는 거금이 생기니 힘이 솟아나는 듯했고, 금화방을 배반하고 청량방에 붙은 일이 정말 잘한 일이라 생각했다. 검귀가 오향궁과 몇몇 점포들을 급히 팔았다고는 하나 덩치가 큰 오향궁이 쉽게 팔릴 만한 물건이 아닌지라, 새 주인 역시 검귀와 연관이 있을 가능성이 많았다. 외숙 마완은 항주의 기루를 맡아 운영해 보겠다며 하천을 졸랐지만, 하천은 지켜보고 감시하지 않으면 언제 어떤 사고를 칠지 모르는 외숙인지라 남경에 좋은 기루가 많다고 위로한 후 함께 남경으로 향했다.

귀영문의 장로들은 신투의 행방이 묘연해 더 이상 신투를 기다릴 수 없다며, 하천이 하루 빨리 귀영문의 관문에 들어 정식으로 귀영문의 문주가 되기를 바랐다. 매동주는 이미 관문에 들기를 포기했고, 관홍 또한 이미 귀영문을 배반했으니 관문에 들어갈 사람은 하천이 유일했다. 많은 귀영문의 장로가 이미 청량방의 호법이 되었지만, 아직도 도귀와 부귀는 종적이 묘연했으며 관주인 불귀 또한 천불사를 지키고 있으니, 하천의 사람이라 할 수는 없었다. 그러나 이미 불귀를 따르던 협귀와 잡귀가 하천의 진영에 가입했다. 불귀 또한 암묵적으로는 하천을 귀영문의 후계자로 인정하고 있었지만, 관주의 신분이라 하천이 관문을 통과하기 전까지는 거리를 둘 수밖에 없는 형편이었다. 장로들은 하천의 자질과 무공이면 귀영문의 관문을 통과하는 것은 문제가 되지 않는다고 이구동성으로 말했지만 하천은 관문을 통과하는 것이 문제가 아니라 지금의 방식으로 문주를 계승해서는 오히려 귀영문의 발전에 장애가 된다 말했다. 장로들과 상의해서 문주가 되는 방식을 바꿔야겠다고 말하자 이미 청량방의 호법이 된 귀영문의 장로들은 하천의 생각에 동조하고 있었다.

　동짓달에 접어드니, 관주로부터 관문을 열 준비가 되었다는 연락이 왔고 하천은 역용을 하고 색귀, 살귀와 함께 천불사로 향했다. 밀로를 빠져나와 하천과 색귀 일행이 청량방을 떠났다는 사실을 아는 사람은 없었지만 양주에 도착하여 주루로 향할 때, 하천은 색귀에게 전음을 보냈다.

　[사방이 적입니다.]

　색귀가 깜짝 놀라 사방을 둘러보자, 자판을 펴고 흥정을 하고 있던 손님과 장사꾼들은 어느새 살수로 변해 장대비가 숏아지듯 암기가 날아왔다.

　하천은 한 손으로는 자신에게 날아오는 암기를 막아 다시 날려 보내고, 다른 한 손으로는 권풍을 날리니 암기를 날리던 살수들은 오히려 암기와 주먹을 맞고 낭패를 당했다.

　색귀는 이미 싸움을 벌이고 있었는데, 일곱 명의 살수가 칠성진을 펼치며 달려들고 있으니 바로 흑룡방 호법들의 제자들로 보였다.

　살귀도 일곱 사람의 살수와 싸움을 벌이고 있자 다시 복면을 쓴 두 사람이 달려오고 있었다.

　하천은 두 사람을 상대해서 우세를 점할 수가 없었다.

　두 사람은 다 협도를 사용했고, 기묘한 합벽진으로 빈틈만 노리며 공격을 하는 통에 하천은 방어하기에 급급했다.

　초식을 전개하기도 전에 두 사람은 미리 초식을 봉쇄했고, 조금도 실력을 발휘할 기회를 주지 않았다.

　눈매로 봐서는 젊은 사람이었고, 하천과 마찬가지로 무영신법을 펼치고 있었다.

하천은 크게 당황해서 금세 손발이 어지러웠다.

다시 한 사람의 복면인이 더 나타나 하천의 배후를 노리자 하천은 휘파람을 불며 몸을 날렸다.

두 사람도 감당하기도 힘이 들었는데, 세 사람을 상대한다는 것은 자살행위였다.

살귀도 몸을 날렸고, 색귀는 늦장을 부리다가 암기에 어깨를 맞고 인상을 찡그렸다.

색귀의 호신강기는 오히려 하천보다도 뛰어난 경지에 있었는데, 그런 색귀의 호신막을 뚫을 정도라면 대단한 고수라 할 수 있었다.

하천은 뒤처지는 색귀의 손을 잡고 몸을 날려 일각 만에 완전히 추격을 뿌리칠 수 있었다.

빈 농가에 숨어들어 간 하천은 살귀에게 밖을 경계하라 하고 색귀의 상처를 치료했다.

색귀가 맞은 암기가 독이 발린 것이라 옥적을 꺼내 독을 빼냈다.

이미 색귀는 열이 나며 정신이 혼미한 상태였다.

한 시진이 지난 후에야 색귀는 어느 정도 정신을 차렸는데, 어깨에 박혔던 암기를 보더니 버럭 소리를 질렀다.

"이건 투골정이오. 투골정을 맞고 살아난 사람이 없다는데, 방주는 뭘로 독을 치료한 거요?"

"금금보에게 얻은 옥적으로 치료했습니다. 옥적이 검게 변할 정도니 독성이 이리 강한 암기는 처음 봅니다. 금금보가 마음이 변해 보물을 가져오지 않았다면 숙부님의 목숨을 구할 수 없게 될 뻔했습니다.”

하천이 웃으며 말하자 색귀도 천운이라 생각했는지 기뻐하며 말했다.

“강기로 몸을 보호해 다행히 뼈에 박히지 않아 무사했지, 뼈에 박혔다면 옥적으로도 어찌할 수 없을 거요. 시험해 볼 수는 없지만 말이오. 하하하!”

색귀는 투골정을 맞고 살아 있다는 게 신기했는지, 옥적과 투골정을 번갈아가며 보고 웃고 있었다.

하천은 소소가 준 약함을 열고 색귀에게 적합한 약을 꺼내 먹이고, 색귀가 운기조식하는 동안 기억을 더듬으며 합공했던 두 사람의 합벽진을 상대할 방법을 생각했다.

두 사람은 하천이 신법을 전개할 수 없게 길목을 차단하고, 상하좌우를 교대로 노리니 하천으로서도 처음 당하는 절묘한 합벽진이라 방어를 하기에도 벅찬 형편이었다.

우연의 일치라 하기에는 두 사람은 너무나 하천의 무공 내력을 잘 간파하고 있었다.

넓은 공간이라면 이리저리 신법을 전개하며 두 사람을 현혹할 수 있었겠지만, 좁은 공간이라면 다시 만난다 해도 별 차이가 없을 것 같았다.

두 사람은 하천이 날리는 권풍과 검강까지 미리 차단을 하니, 그것은 건곤대나이의 방어 수법인지라 어쩌면 두 사람은 귀영문의 반도이거나 또 다른 명교 계파의 사람일지도 모른다고 생각했다.

어느덧 해가 지고 색귀도 기력을 어느 정도 회복하자 하천은 영아에게 배운 역용술로 색귀와 살귀, 자신의 모습을 다시 바꾸고, 이번에는 표국의 허름한 마차에 끼어 상인으로 가장한 채 천불사로 향했다.

다행히도 이번에는 흑룡방의 무사들 눈에 띄지 않고 무사히 제남까지 갈 수 있었는데, 하천은 청량방에 흑룡방의 첩자가 있다고 의심할 수밖에 없었다.

역용을 한 모습을 본 사람이 누구인지 기억을 더듬어봤는데 모두가 믿을 만한 사람밖에 없는지라 머리를 내젓고 아예 생각을 하지 않았다.

괜히 증거도 없이 사람을 의심하는 일은 시간 낭비이기도 했다.

하천은 천불사로 들어간 다음에야 역용을 지우고, 색귀와 함께 불귀를 맞았다.

불귀는 하천을 보고는 눈을 지그시 감은 다음 한참 동안 말이 없었고, 보다 못한 색귀가 손으로 옆구리를 찌르자, 그때서야 눈을 뜨고 입을 열었다.

"관문은 한 달 안에 열두 관문을 돌파해야 하고, 안으로는 아무것도 가지고 갈 수 없소. 마지막 관문을 열고 천천히 걸어 나올 수 있다면 진정한 귀영문의 문주가 될 것이고, 신투 사제와 같이 교묘한 술수로 관문을 간신히 빠져나온다면 문주는 될 수 있겠지만 조사께서 바라시던 진정한 문주가 되지는 못할 것이오."

하천은 신투가 무공으로 관문을 빠져나온 것이 아니라 술수로 관문을 빠져나왔다 하자 조금은 어리둥절했는데, 불귀는 계속 말을 이었다.

"신투 사제는 무공으로 마지막 관문을 열 수 없자, 관문의 기관을 망가뜨려 관문을 밀어젖히고 축골공과 빠른 신법으로 관문을 빠져나와 어떤 식이 되었든 관문을 통과했으니 된 것이 아니냐고 우겼소. 참으로 황당하였지만 전대에서 문주가 나오지 못한 까닭에 당시 장로회의에서 인정해 주고 말았지요. 하지만 승복하지 못하는 몇몇 원로 장로들은 그 일로 귀영문을 떠나고 말았다오. 문제가 되는 것은 귀영문을 떠난 원로 장로들이 흑룡방으로 투신하고 말았다는 것이오. 그 덕분에 흑룡방은 전 강호에 세력을 떨치는 거대한 방파가 되었소."

관주의 말에 하천은 깜짝 놀랐다.

흑룡방의 살수가 귀영문의 무공과 비슷한 무공을 펼치고 건곤대나이를 익히고 있는 것에 대한 의문이 풀렸다.

"검귀의 사부셨던 귀검수께서 제일 먼저 흑룡방에 투신하셨고, 뒤를 이어 도귀와 부귀의 사부가 흑룡방으로 투신했소. 그 세 사람은 귀영문의 삼대고수이기도 했다오. 그러니 귀영문은 큰 손해를 본 거요. 이미 그분들은 나이가 들어 표면적으로 나서지는 않겠지만, 그분들을 따라간 귀영문의 제자가 상당수에 달하니 흑룡방의 수뇌부는 귀영문과 결국 한 뿌리라 할 수 있소. 귀검수께서는 귀영문의 실질적인 문주와 같은 위치에 있었고, 재정을 관리한데다가 귀검수를 존경하며 따르던 제자들이 많았소. 그런 귀검수께서 흑룡방으로 가셨으니 귀영문의 재정은 엉망이 되었고, 이전의 흑룡방은 오합지졸이 모인 하오문과 비슷한 방파였을 뿐이었는데 지금의 성세로 보아 어쩌면 흑룡방의 방주는 귀검수 사백이 아닌가 하는 생각이 드오. 신투 사제가 행방불명이 된 것도 귀검수 사백과 관련이 있을지도 모르지요."

하천은 다른 귀영문의 원로 장로들은 어떻게 살고 있으며 왜 귀영문의 일에 나서지 않는지가 궁금해서 졸고 있는 색귀를 살짝 꼬집으며 불귀에게 물었다.

"그렇다면 왜 귀영문의 원로 장로 어른들께서는 그런 일을 방치하고 계십니까?"

색귀는 깜짝 놀라 일어나긴 했지만 불귀의 말에는 전혀 귀를 기울이지 않았다.

불귀는 눈을 감고 또 한참을 생각에 잠겨 있더니 밀실을 작동하여 서찰 하나를 꺼내 하천에게 건네주었다.

귀영문의 개파조사가 남긴 유언이 적혀 있었는데, 새로운 문주가 탄생하면 일 년 뒤 귀영문의 장로들은 각각 한 명의 제자를 골라 그 자리를 물려주고 귀영문의 은신처로 가도록 되어 있었다.

그렇게 된다면 문주의 권한은 강화되겠지만 원로 장로가 없

는 문파가 되고 문파의 힘은 쇠약해질 수밖에 없는 상황이었
다.

귀영문의 재정이 넉넉하고 관주를 맡고 있는 천불사의 힘이
막강했을 때는 그 규정이 지켜졌으나, 재정이 취약하고 귀영
문과 천불사의 힘이 약해진 이후에는 귀영문과 천불사에서 은
퇴를 거부하는 원로 장로를 어찌할 수가 없었다.

결국 귀영문은 시조가 남긴 유언 때문에 점점 더 쇠락해 가
고 있었다.

하천은 개파조사가 남긴 유언을 꼭 따라야 하는지 귀영문을
이탈한 제자들을 어떻게 다스려야 하는지 막막했고, 이렇게
사정이 복잡한 귀영문의 문주가 되느니 차라리 청량방의 방주
로 살아가는 편이 더 낫겠다는 생각도 들었다.

개파조사가 의심이 많은 여인이라 그랬는지 문규를 따르자
면 문파가 절대로 번창할 수가 없었다.

하천은 개파조사의 의중을 도저히 알 수가 없었다.

불귀는 침통한 표정으로 하천의 질문에 답했다.

"지금 은신처에 들어 계신 원로분들은 세 분밖에 되지 않
습니다만, 귀영문주의 신패가 없이는 그분들을 뵐 수도 없습
니다. 조사께서는 문주가 되기 위한 자질을 보기 위해 십이
관문을 만드셨고, 따로 문주의 신패를 얻기 위해 별도의 관
문을 만들었습니다. 하지만 조사 이후 이대, 삼대에 걸쳐 신
패를 얻은 문주는 없었습니다. 이대 문주께서는 네 번째 관
문에서 막혔고, 신투 사제는 첫 번째 관문조차 통과하지 못

했습니다. 그러니 문주의 권위가 바닥에 떨어질 수밖에 없었지요. 하지만 사대 문주는 꼭 문주의 신패를 얻을 수 있으리라 확신합니다. 문주의 신패를 얻어 귀영문의 모든 법과 제도를 새로 만들어 귀영문을 천하제일의 문파로 만들어주십시오."

불귀는 하천이 이미 심검, 자연검의 초기 단계에 들어 있다는 것을 알았고, 하천이라면 꼭 문주의 신패를 얻을 수 있으리라 확신하고 있는 듯했다.

"문주의 신패는 여섯 번째 관문을 통과하면 얻을 수 있습니다. 나머지 여섯 관문은 조사께서도 이르지 못한 단계를 모아놓은 관문이니 여섯 번째 관문을 통과한다면 이미 조사께서 이룬 성취에 도달한 것입니다. 나머지 관문에는 어떤 것이 있는지는 관주의 신분으로는 알 수 없습니다. 관문을 통과한 문주의 신분이라야 알 수 있겠지요."

하천은 도대체 왜 조사가 이렇게 복잡하게 관문을 만들어놓고 귀영문의 망치려 하는지 알 수 없었지만, 관문을 통과하다 보면 조사의 뜻을 알 수 있으리라 생각했다.

하천은 하루를 쉬며 천불사를 둘러보고, 천불사의 무승들이야말로 귀영문의 진정한 정예라는 것을 알았다.

불귀의 무공은 신투보다도 오히려 높아 보였고, 오만하고 안하무인인 색귀조차 불귀에게는 공손하였으니, 전대 문주가 되어야 할 사람은 신투가 아니라 불귀였다.

하지만 관주는 문주가 될 자격이 없으니 어쩔 수 없는 일이었다.

불귀는 하천에게 뜻밖의 사실을 말했다.

"검귀는 열두 번째 관문을 충분히 통과할 수 있었소만, 그러지 않고 마지막 관문에 적혀 있는 구양신공을 몸에 새겨 도망치고 말았소. 구양신공은 본 문 최고의 절기라 할 수 있는데, 구양신공이 흑룡방으로 흘러갔다면 어떤 일이 있어도 꼭 사대문주는 그 구양신공을 회수해야만 하오. 선사께서는 탈출하는 검귀를 잡지 못한 죄로 장로회의에서 문책을 받고 불명예스럽게 은둔지에 들어가 병을 얻어 바로 돌아가시고 말았소. 개인적으로는 스승이기도 하지만 부친과도 같은 분인데, 불제자의 신분이라 검귀의 목을 베어 선사의 원수를 갚을 수 없는 것이 크나 큰 한이라오."

하천은 고금 최고의 무공이라는 구양신공이 귀영문의 관문에 새겨져 있다는 것이 이상했지만, 관문에 들어가 보면 알 일이라 아무 말 하지 않았고, 검귀가 귀검수의 적전제자이니 어쩌면 이미 검귀는 흑룡방의 방주가 되어 있지 않나 하는 생각을 했다.

불귀는 구양신공에 대해 말하기 시작했다.

"구양신공의 원본은 소림에 있다는 소문이 있긴 하나, 그 원본으로 구양신공을 익혔다는 사람은 듣지 못했지요. 그 이후 아미의 조사께서 구양신공의 일부를 익히고 아미파를 창건하셨소만, 아미의 누구도 구양신공을 익히지 못했습니다. 그 이후, 무당으로도 구양신공이 흘러들어 갔지만, 무당에 들어간 구양신공은 완전히 딴 무공이 되었다 하오. 이후, 우리 귀영문의 뿌리라 할 수 있는 구양 대협께서 고금을 통해 가장 완벽한 구양신공을 익히셨다 하오만, 그 무공이 정말 구양신공이었는지는 아무도 알지 못한다오. 구양 대협께서는 만류귀종이라 어떤 무공이든 극에 이른다면 결국 구양신공과 같은 경지에 이를 수 있다는 말씀을 자주하셨다 하오. 무신이라 부를 만한 그분께서 하신 말씀이니 믿어야겠지요. 본 문에서 가지고 있는 구양신공이 과연 구양 대협께서 익힌 그 무공인지는 불분명하다오. 제자와 첩실분들 중에서도 구양신공을 완벽히 익힌 사람은 없었다 하니, 어쩌면 구양신공은 실체도 없는 허황한 심법일지도 모르지요. 구양 대협께서 조사에게 완전한 구양신공을 주셨는지, 반쪽을 주셨는지도 알 수 없소. 부디 가벼운 것이라도 놓치지 말고 본 문의 무공을 완벽히 익혀주기 바라오. 조사께서는 의심이 많고 속이 깊으신 분이셨다 하니, 허가 실일 수도 있고, 실이 허일 수도 있소. 어쩌면 조사께서는 귀영문의 번영을 원하지 않았던 것이 아닌가 하는 생각이 든다오.”

하천은 불귀가 귀영문의 비밀과 속마음을 이야기하자, 이미 자신을 믿고 있다 생각하고 본심을 이야기했다.

“문주를 관문으로 뽑는다는 자체가 이미 문도들의 단합을 해치는 일이고, 문주는 무공보다는 경륜과 덕망이 있는 사람이 되는 것이 합당하다 생각됩니다. 소림과 무당의 장문을 보면 알 수 있지요. 제자가 문주의 신패를 얻게 된다면, 귀영문의 모든 법과 제도를 바꾸겠습니다. 당장 문파의 이름부터 바꾸려고 합니다. 또, 아랫대에서 문주가 탄생하면 일 년 이내에 전대의 장로들이 은퇴를 해야 한다는 문규도 말이 되지 않습니다.”

불귀도 고개를 끄덕거렸다.

“동감이오. 귀검수께서 많은 제자와 재물을 가지고 흑룡방으로 가는 바람에 귀영문은 재정이 빈약하게 되었소. 그 와중에 관홍에게 빠진 신투 사제가 많은 재물을 관홍에게 들이밀고, 남은 귀영문의 재물은 얼마 되지 않았지요. 하지만 귀영문은 청량방을 통해 다시 일어설 수 있는 절호의 기회를 맞았소. 청량문이 되든 귀영문이 되든 방주께서 문주의 신패만 얻게 된다면 천불사의 제자들은 문주를 따를 것입니다. 또 은둔하고 계신 원로 장로분들을 끌어낼 문규를 만드신다면 본 문은 천군만마를 얻게 될 것입니다.”

불귀는 이미 협귀와 잡귀를 청량방으로 보내면서 내심으로는 하천을 차기 문주로 생각하고 있었고, 하천 또한 그런 불귀의 뜻을 짐작했던지라 천불사에 많은 시주를 해오고 있었다.

결국 어떤 문파라 하더라도 재정이 넉넉하지 못하다면 크게 번성할 수 없는 게 당연한 일이었다.

이제 관문을 돌파할 일만 남아 있었다.

날이 밝자 하천은 불귀와 색귀, 살귀의 전송을 받으며 관문

앞에 섰다.
　과연 천하제일의 신공이라는 구양신공을 익히고 관문을 돌파할 수 있을지 걱정이 되었지만, 하천은 담담한 표정으로 손을 흔들고 관문에 들어갔다.

『무영신권』 제4권에 계속…

은하의 계곡

무천향

武天鄕

허담 新무협 판타지 소설

뿌리를 찾아가는 목동 파소의 여행.
그 여정의 끝에서
검 든 자들의 고향 대무천향 (大武天鄕)을 만난다.

검객 단보, 그는 노래했다.

…모든 검 든 자들의 고향 무천향.
한 초식의 검에 잠든 용이 깨어나고, 또 한 초식의 검에 잠든 바다가 일어나네.
검의 흐름을 따라가다 보면 어느새, 세월도 잊어버리고, 사랑도 잊어버리고,
무공도 잊어버려…….
결국에는 자신조차 잊어버리는…….

은하의 가장 밝은 빛이 되어버린다는
그 무성(武星)들의 대지(大地).

아, 대무천향(大武天鄕)이여!

낭왕 狼王

별도 新무협 판타지 소설

살내음 나는 이야기에 여러분은 가슴 졸인 적이 있는가?
남들이 볼까 두려워하며 책을 가리면서 읽었던 구절을 몇 번이나 반복하며
읽은 적이 없는가?

구무협의 향수를 그리워하던 별도가 결국은
〈무협의 르네상스〉를 부르짖으며 직접 자판 앞에 앉았다.

"제가 무협을 쓰기 시작한 이유는 더 이상 읽을 책이 없었기 때문입니다."

모든 일은 4년 전부터 시작되었다.
살인사건을 배경으로 펼쳐지는 음모와 배신, 사랑과 역공작,
그리고 정사!

우리 시대의 이야기꾼, 별도의 새로운 글, 〈낭왕狼王〉!
〈천하무식 유아독존〉, 〈그림자무사〉, 〈검은여우毒心狐狸〉에
이은 그의 또 하나의 역작!

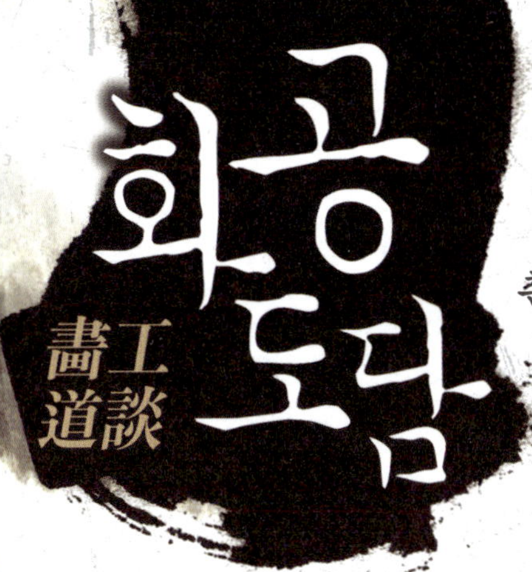

춘부 新무협 판타지 소설

예(禮)와 법(法)을 익힘에 있어
느리디 느린 둔재(鈍才).
법식(法式)에 얽매이기보다 마음을 다하며,
술(術)을 익히는 데는 느리지만
누구보다 빨리 도(道)에 이를 기재(奇才).

큰 지혜는 도리어 어리석게 보이는 법[大智若愚]!

화폭(畫幅)에 천지간(天地間)의 흐름을 담고
일획(一劃)에 그리움을 다하여라!

형식과 필법을 익히는 데는 둔하나
참다운 아름다움을 그릴 수 있게 된
화공(畫工) 진자명(陳自明)의 강호유람기!

유행이 아닌 자유추구 -
WWW.chungeoram.com
Book Publishing CHUNGEORAM

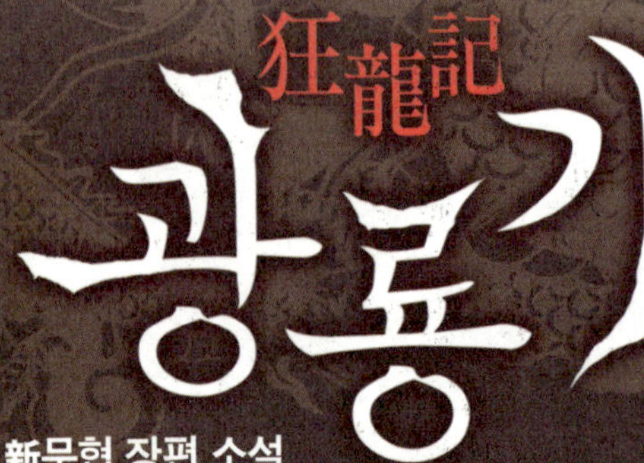

미친 바람이 동해에서 불기 시작했다!
둥지를 떠난 광룡(狂龍)이 강호에 나타났다!

내가 가고 싶은 때로 간다.
내가 하고 싶은 때로 한다.
누구도 내 앞을 막지 마라!

한겨울, 마침내 광룡의 전설이 시작되고,
천하가 광룡과 빙심에 뒤집어졌다!

유행이 아닌 자유추구 -
WWW.chungeoram.com
Book Publishing CHUNGEORAM